FRANÇOISE GUÉRIN

On noie bien les petits chats

Éditions
EYROLLES

De la même autrice

À la vue, à la mort – Roman – Éditions du Masque, 2007
Prix du Festival du film policier de Cognac et prix Jean-Zay des lycéens – série télévisée *Lanester* sur France 2

Mot compte double – Nouvelles – Éditions Quadrature, 2007

Un dimanche au bord de l'autre – Nouvelles – Éditions de l'Atelier du Gué, 2009
Prix Missives

Quatre carnages et un enterrement – Nouvelles – Éditions D'un Noir Si Bleu, 2010

Cherche jeunes filles à croquer – Roman – Éditions du Masque, 2012
Prix Sang pour sang polar – série télévisée *Lanester* sur France 2

Les enfants de la dernière pluie – Roman – Éditions du Masque 2014
Série télévisée *Lanester* sur France 2

Maternité – Roman – Éditions Albin Michel, 2018
Prix Lettres Frontière 2019

Je n'oublie pas… – Récit – Zonaires éditions, 2018

Au chevet des vivants – Nouvelles – Zonaires éditions, 2020

Les Défilés du désir – Nouvelles – Zonaires éditions, 2022

Tu la voyais grande et c'est une toute petite vie – Roman – Zonaires éditions, 2023

La révolte, si elle ne passe pas immédiatement dans des actes précis et efficaces, se change toujours en son contraire, à cause de l'humiliation immédiate produite par le sentiment d'impuissance radicale qui en résulte. Autrement dit, le principal appui de l'oppresseur réside précisément dans la révolte impuissante de l'opprimé.

Simone Weil, *La Pesanteur et la Grâce*

Betty, faut pas pleurer
Betty, faut pas trembler
Je sais, tu vas rester là
T'aimerais plus t'réveiller,
plus jamais rêver

Bernard Lavilliers

Je dédie ce livre aux soignants qui œuvrent au sein des Unités Parents-Bébés et des différents dispositifs de psychiatrie périnatale que je connais bien pour y avoir travaillé.

Infirmières et puéricultrices, pédopsychiatres, psychologues, psychomotriciens, mais aussi sages-femmes, orthophonistes et aides-soignants, ils interviennent au point de rencontre jamais assuré entre un nourrisson et ses parents, là où fantasmes et identifications projectives règnent en maîtres et viennent brouiller les pistes.

Que leur travail, essentiel, soit connu et reconnu de tous et qu'on leur accorde les moyens de recevoir, accompagner et soigner les mères, pères et bébés en souffrance psychique.

Partie 1

Dimanche 5 avril

Elle palpe ton abdomen tendu puis, sans prévenir, fourre ses doigts dans ta vulve, jusqu'à la garde. Tu sursautes, électrisée, et ton vagin, aussitôt, se contracte pour chasser l'intruse.

– Si vous ne me laissez pas vous examiner, on ne va pas y arriver ! gronde la sage-femme.

– Je suis désolée…

Pour un peu, tu t'excuserais de ce que ton corps se rebelle. Malgré la contracture spasmodique qui s'y oppose, elle s'acharne, bien décidée à examiner ton col. Tu te tortilles, tentes de refermer tes cuisses.

– Arrêtez ! Vous me faites mal.

Elle grimace.

– Cessez donc de vous conduire comme une gamine !

Les larmes coulent sur ton visage. La sage-femme n'y prête pas attention et tente de passer en force. Tu cries. Elle soupire.

– Bon, j'ai assez perdu de temps. Croyez-moi, vous n'accoucherez pas aujourd'hui.

Tu la dévisages, incrédule. Cinquante ans, le cheveu rare, des lunettes à la mode et un air de mépris sidérant. Pourvu que tu n'accouches pas avec elle…

Elle retire sa main, son gant, et le peu d'humanité qui lui restait.

– Rhabillez-vous, vous pouvez rentrer chez vous.

Elle a l'assurance des professionnels expérimentés à qui on ne la fait pas. Elle arrête le monitoring puis te libère de l'épaisse ceinture et des capteurs. Tu te redresses, médusée.

– Mais, les contractions…

Elle lève les yeux au ciel.

– Puisque je vous dis qu'il n'y a pas de contraction ! Vous voyez bien !

Elle arrache le ruban de l'appareil et te montre une courbe plate. Son geste est appuyé, rageur, comme on tance une petite fille qui s'obstine dans sa bêtise. Une heure que tu es là, allongée, à haleter telle une jument qui va pouliner et, sur le papier, pas la moindre trace de contraction utérine. Tu rougis, prise en flagrant délit de te plaindre pour rien. Tu lui fais perdre son temps, tu n'es qu'une emmerdeuse. Tu n'oses pas rétorquer qu'une machine peut se tromper, un capteur ne rien capter.

Tu descends sans aide du lit d'examen et entreprends de te rhabiller, en t'appuyant contre le mur. Tes pieds sont tellement gonflés que tu as du mal à enfiler tes chaussures. Tu as les mollets comme des poteaux téléphoniques, la peau distendue et brillante. Tu tires sur ta robe pour masquer ce désastre. La grossesse n'a été, pour toi, qu'une longue suite de déconvenues, tu te détestes avec ce corps difforme.

Tout de même, tu ne peux pas te résoudre…

– Excusez-moi mais… je les sens depuis ce matin. Elles sont de plus en plus rapprochées et j'ai terriblement mal dans le bas du dos…

– C'est rien. Sûrement des troubles digestifs ou de l'anxiété. Croyez-moi, quand vous entrerez en travail, ça sera autrement plus douloureux !

Il y a une nuance menaçante dans sa réponse. Tu dois l'énerver avec tes questions et elle te prend pour une chochotte. Déjà, elle s'éloigne dans le couloir, l'air affairé. Derrière les portes closes l'attendent de vraies parturientes qui ne jouent pas la comédie. Tu surmontes ta honte et tentes une dernière fois de te faire entendre.

– Et si…

Elle se retourne, exaspérée, fouille la poche de son sarrau et te tend une plaquette de comprimés.

– Tenez ! Prenez du Spasfon ! Ça va passer !

Tandis qu'elle entre dans la salle de garde, une nouvelle contraction te plie en deux.

Tu marches péniblement en direction de la sortie, abasourdie par ce qui vient de t'arriver. Curieusement, tu en veux moins à la sage-femme qu'à ton corps. Le vaginisme, qui empoisonnait tes relations au début de ta vie amoureuse, a cessé au fil du temps. Tu ne t'attendais pas à le voir ressurgir aujourd'hui à l'occasion d'un examen de routine.

Le long des pavillons, les trottoirs étroits sont encombrés de voitures qu'on distingue mal dans le soir qui tombe. Par endroits, les éclats du couchant font surgir une vitre, un fragment de tôle qui t'éblouit. Chaque obstacle semble insurmontable pour tes jambes lourdes, parcourues de fourmillements.

À intervalles réguliers, ton ventre durcit et une onde maléfique te coupe le souffle. Tu t'arrêtes quelques instants. Au loin, tu distingues la barrière rouge et blanche qui se lève pour laisser sortir les véhicules de l'hôpital. Tu sais qu'il y a une station de taxis à proximité. Mais cela paraît si loin…

À quelques pas de l'entrée, une contraction plus forte t'arrache un petit cri. Les mains en tenaille autour de ton ventre pointu, tu t'adosses à une ambulance garée en double file. Tout en toi s'affole. Tu voudrais retourner à la maternité, leur crier de te garder, que tu as trop mal, que tu ne peux pas affronter ça toute seule…

– Pitié ! Ne me laissez pas !

Mais on ne te croira pas.

Un taxi ralentit et s'arrête à ta hauteur. Le chauffeur, un homme d'une trentaine d'années au teint bistre, baisse sa vitre.

– Ça va, madame ? Vous avez besoin d'aide ? Je peux vous avancer jusqu'à la maternité, si vous voulez.

Sans attendre ta réponse, il allume ses feux de détresse et descend de la voiture. Tu te redresses, le dos plaqué contre la paroi de tôle chaude de l'ambulance. Tu secoues la tête.

– Non, ce n'est rien. Il faut juste que je rentre chez moi me reposer.

– À votre service ! dit-il en t'ouvrant la portière. Vous habitez loin ?

Le taxi te dépose en bas de ton immeuble au moment précis où s'allument les réverbères. L'ombre, dans l'habitacle, gagne en densité. Tu tends ta carte bancaire et une nouvelle contraction te tord le ventre. Contrairement à la sage-femme des urgences, le chauffeur s'en aperçoit. Il se penche vers la banquette arrière.

– Ça va ? Vous n'accouchez pas dans mon taxi, hein ! Respirez doucement. Voilà, comme ça, c'est bien.

Il te montre comment faire et tu obéis. Sa sollicitude te touche.

– Vous voulez que je vous aide à monter chez vous ?

Tu secoues la tête.

– Ça va aller…

– Vous êtes sûre ? Je vous trouve pas très en forme.

Il t'explique qu'il vient d'être papa pour la troisième fois. Sa femme, jusqu'au bout, a répété « Ça va aller ».

– Mais moi, je voyais bien que ça n'allait pas du tout. Vraiment ! Pas voulu être à sa place !

Ton sourire s'achève en grimace. Il se fige.

– Oh, je suis désolé, je n'aurais pas dû dire ça. Si ça se trouve, c'est votre premier…

– Oui. Et le dernier sans aucun doute !

La contraction est passée, tu reprends ton souffle et ta carte bleue.

– Attendez, je vais vous ouvrir !

Il fait le tour du véhicule et t'offre son bras pour t'accompagner jusqu'à la porte. Tu marches à petits pas. Tes jambes tremblent, tu es trempée de sueur, tu n'as plus de force. Une autre contraction te foudroie au milieu du trottoir.

– Allez, on respire tranquillement…

Des gens passent et vous bousculent, indifférents. Tu serres la main que te tend le chauffeur et te concentres sur ton souffle.

– Voilà, c'est bien…

La contraction reflue et les larmes te montent aux yeux. Il secoue la tête.

– C'est très rapproché, non ? Vous voulez pas que je vous ramène à l'hôpital ? Vous êtes sûre ?

– Non, ne vous inquiétez pas. J'ai pris du Spasfon, cela devrait faire effet bientôt.

Au moment de te quitter, il te tend sa carte sur laquelle il a griffonné un numéro.

– C'est comment votre prénom ?

– Betty.

– Moi, c'est Rakhshan. Betty, je fais le taxi toute la nuit. Appelez-moi si vous avez besoin. Je rapplique à toute vitesse.

La porte de l'immeuble à peine refermée, un long frisson te traverse et tu vomis tes tripes au pied des boîtes à lettres. Quand tu te redresses, des taches lumineuses dansent devant tes yeux. Tu cherches en vain un mouchoir dans ton sac et finis par essuyer ta bouche sur ta manche. Le dégoût te fait cracher un flot de bile amère. Après, tu te sens un peu mieux. Tu respires l'air frais du hall, avec son odeur de cave et de pomme d'hiver.

Mais ton soulagement est bref, déjà la nausée revient. La sage-femme avait raison, tu as une gastro, rien de plus. Vite, monter à l'appartement et rapporter une serpillière pour effacer ton forfait. Ensuite, tu pourras te coucher. Demain, tu iras mieux.

Plus d'une heure que tu es chez toi et la situation a empiré. Impossible de redescendre nettoyer, une contraction plus violente t'a terrassée dans le vestibule et, depuis, tu es assise, dos au mur, face à la porte d'entrée de ton appartement. Tu tentes encore de garder le contrôle en respirant comme te l'a indiqué le chauffeur de taxi. Que faire d'autre ? Le médicament n'a eu aucun effet. Et depuis que tu as vomi, les choses s'accélèrent. Tu n'as plus aucun contrôle.

Pour la dixième fois, tu tentes de joindre Camille. Tous les appels aboutissent sur un serveur. Il doit être dans l'avion qui le ramène de Djibouti. En larmes, tu laisses un nouveau message, absurde, comme tous les autres.

– Camille, c'est Betty ! Rappelle-moi. Ne me laisse pas accoucher toute seule…

Une voix enregistrée te coupe la parole. L'opérateur t'informe que la messagerie de ton correspondant est désactivée. Ton appel ne peut aboutir. Tu pousses un cri rauque, à la mesure de ton désespoir, et le téléphone te glisse des mains. Il termine sa chute entre tes cuisses nues. À cet instant, fugacement, tu ressens de la haine contre ton mari qui a accepté cet ultime reportage à l'étranger à quelques jours de ton terme. Tu ne veux pas que votre bébé naisse sans lui. Tu ne veux pas que votre bébé naisse !

Tu ramasses le téléphone qui baigne dans un liquide chaud et visqueux. La honte a le temps de te submerger avant que tu ne comprennes. Rakhshan, appeler Rakhshan ! Vite ! Tu fouilles tes poches et renverses ton sac sur le sol. La carte de visite ne s'y trouve pas. Tu as dû la perdre dans l'ascenseur ou en bas, dans l'allée. Tu tentes de te remettre sur pied mais, à présent, les contractions s'enchaînent presque sans intervalle. En pleine panique, tu te traînes à quatre pattes avec ta robe trempée et tes genoux qui tremblent jusqu'à la porte que tu tires avec tes ongles. La carte est là, sur le palier à un mètre du paillasson. Tu t'étires et tends ton bras en te mordant les lèvres pour ne pas crier. Encore un effort…

– *Yes !*

Ton triomphe est bref. Au fond de ton ventre, ça monte, inexorablement. Ça s'étend à tout ton corps, ça brise ton dos et broie chacun de tes muscles. Tu rentres à reculons, submergée par une nouvelle vague. Recroquevillée sur le parquet, tu fermes les yeux, face à la porte ouverte. Et tu hurles. Ton cri résonne longuement, amplifié, dans la cage d'escalier.

Rakhshan répond à la première sonnerie.

– Taxi Panthéon, j'écoute !

– Rakhshan… C'est Betty. J'ai perdu les eaux. Faut… Faut venir.

– D'accord. Je termine une course et j'arrive.

– Non ! Maintenant...

Tu sanglotes, cramponnée à ce fichu téléphone, tandis qu'une nouvelle contraction, plus forte, te plaque au sol. Tu lâches un long gémissement de bête agonisante. Depuis que la poche des eaux s'est rompue, tu sens que tout se précipite. La douleur s'est déplacée, plus bas, comme un obstacle au creux de ton corps. Soudain, tu vomis en jet contre le mur du vestibule.

Au téléphone, le chauffeur a compris.

– Respirez Betty, respirez ! Vous êtes chez vous, là ?

– Oui, faut venir. J'en peux plus ! J'ai envie de pousser !

– Vous avez téléphoné aux pompiers ?

Non. Depuis que tu es rentrée, tu n'as cherché à joindre que ton mari. Il y a quelques minutes encore, tu doutais toi-même de ce qui était en train de se passer. Alors, est-ce que les pompiers allaient te croire ?

– Betty, ne poussez pas, vous m'entendez ? Vous devez d'abord appeler les pompiers ! Ils seront là avant moi.

Trop tard. Il y a longtemps que tu ne contrôles plus rien. À genoux sur le parquet, tu sens ton corps céder devant l'intrus qui force le passage. Il s'ouvre sur un flot de liquide brûlant. La tête du bébé glisse, pivote... Une vrille lente et irrépressible qui fend tes chairs. À peine as-tu le temps de mettre tes mains et il est là. Gluant. Gluant et inerte.

Un temps. Infini. Le bébé entre tes cuisses, immobile, silencieux. Irréel.

Tu le contemples, incrédule. Tu n'as pas le réflexe de le prendre contre toi. Tes bras ne t'obéissent plus.

Froid. Tu as froid. Tu te vides par la béance de ce corps transpercé.

C'est fini. Tout est fini. Le bébé mort. Camille qui ne répond pas. Et toi que la vie déserte en vagues sanglantes. Une seule pensée, déroutante : avec tout ce sang sur le parquet, tu peux dire adieu à la caution de l'appartement.

Des pieds nus sur le palier, quelqu'un a entendu tes cris. Un voisin qui reste devant la porte, tétanisé sans doute.

– Je vous en prie, aidez-moi…

Mais il ne bouge pas. Tu n'as pas la force de relever la tête.

– S'il vous plaît… Appelez les pompiers…

Soudain, un long cri dans l'escalier.

– Betty ! Où êtes-vous ? Betty !

C'est Rakhshan, tu reconnais son accent. Il arrive au troisième étage, essoufflé, bouscule le voisin inutile et se jette à tes pieds. Sans un regard pour toi, il prend le bébé inerte et introduit un doigt entre ses lèvres avant de le basculer sur le côté. De la bouche minuscule s'écoule un liquide épais et verdâtre.

– Merde ! Il a inhalé du méconium ! Allez ! Respire mon bonhomme ! Respire !

Le petit corps semble soudain agité de soubresauts, comme s'il toussait, et un râle faible, à peine audible, sort de cette masse visqueuse et dégoûtante encore reliée à ton ventre par son monstrueux cordon violacé.

– Voilà ! C'est bien ! Allez ! Encore ! C'est bien, mon bébé !

Il frotte le torse du nourrisson qui se colore et se met à crier plus fort. Puis, brusquement, il te le tend.

– Mettez-le contre vous pour le réchauffer. Betty, vous m'entendez ?

Mais à la vue de ton teint blafard et de ton regard absent, il se ravise et interpelle le voisin.

– Vous ! Là ! Asseyez-vous près d'elle et prenez le bébé peau à peau. Plus près, c'est ça. Je dois m'occuper de la mère.

Le voisin obéit, mécaniquement. Tu sens sa présence à tes côtés et ta vue s'obscurcit. C'est à peine si, entre les pans de sa chemise, tu vois disparaître le nourrisson avec son cordon qui ne palpite plus. Pendant ce temps, Rakhshan te débarrasse du placenta à demi expulsé et te force à t'allonger, les jambes surélevées par un tabouret. Puis, sûr de lui, il exerce une pression forte sur ton abdomen.

– Il faut stopper votre hémorragie. Restez avec moi, Betty ! Les pompiers vont arriver, je les ai appelés en chemin…

C'est la dernière parole que tu entends avant de sombrer.

Mardi 7 avril

Le bébé est en néonatologie. Il a fait un pic fébrile, quelques heures après votre transfert à l'hôpital, mais il va bien. On surveille sa saturation en oxygène qui se régularise. C'est ce que te dit le chef de la pédiatrie qui s'est aventuré jusqu'à ton chevet. Il aimerait bien savoir combien de temps s'est écoulé entre l'expulsion et l'intervention de ton mari. Ton mari ? Tu fronces les sourcils, ta tête est un vaste chantier, rien n'est encore raccordé, tu planes.

– Vous comprenez, c'est crucial de savoir si son cerveau a été privé d'oxygène.

Tu hoches la tête, par réflexe. Cerveau. Oxygène. Crucial. Le pédiatre finit par renoncer.

– Je repasserai vous voir dans quelques jours, quand vous serez sortie des soins intensifs. En attendant, vous pouvez rendre visite à votre fils, si votre état le permet. Un brancardier vous y conduira avec tout ça…

Il désigne, d'un geste vague, l'oxygène, le pousse-seringue de morphine, la perfusion d'antibiotiques et le drain qui relie ton ventre à une poche plastique.

De nouveau, tu hoches la tête. C'est tout ce dont tu te sens capable.

Le bébé est vivant. Et tu n'y es pour rien. Après le départ du pédiatre, tu fermes les yeux. Alors s'impose l'image du petit corps inerte et blafard tombé entre tes cuisses. Et de son cordon, vrillé et palpitant. Tu n'as rien fait. Rien fait pour le sauver. Comment survivre à cela ?

Mercredi 8 avril

Au troisième jour de ton hospitalisation, tu n'as toujours pas demandé à voir le bébé. Tu flottes au-dessus de ton lit dans une langueur morphinique et c'est à peine si tu comprends ce qu'on te dit. Mais qu'il est étrange et doux de n'avoir plus mal.

Vers la fin de la matinée, une infirmière passe ôter ton dernier cathéter. Ses gestes sont mesurés, son regard paisible.

– Ça va ? Vous atterrissez un peu ? Le réveil a été difficile.

Tu réponds d'un clignement de paupière. Ils parlent par énigme ou bien tu ne parviens pas à rassembler suffisamment d'informations pour obtenir un tout cohérent. Elle t'explique qu'on va te transférer, tout à l'heure, dans une chambre de la maternité. On a arrêté l'oxygène et procédé à l'ablation de ta sonde à demeure. Ton drain ne donne plus rien, il va être retiré avant ton départ. Tes examens sont corrects et tu n'as plus de morphine depuis hier soir. Bref ! Tu es tirée d'affaire.

Plus de morphine ? Alors pourquoi cette sensation de flotter ainsi à distance de ta vie ?

– Vous êtes contente ? Si tout se passe bien, vous aurez votre bébé avec vous demain. Vous voulez qu'on prévienne votre mari ?

Ton mari. Où est-il ? Pourquoi ne passe-t-il pas te voir alors que, d'après les infirmières, il se rend chaque jour auprès de votre bébé ?

La chambre de la maternité est rose pâle avec un mobilier fonctionnel et une jolie baie vitrée qui domine les pelouses de l'hôpital. Au-delà du mur d'enceinte, Paris a le teint brouillé. Paris est un lendemain de fête.

À peine es-tu installée qu'une étudiante sage-femme vient prendre ta tension. Épinglé sur sa blouse, un badge en forme de nuage t'indique qu'elle s'appelle Charlotte. Tu voudrais retenir ce prénom mais les informations glissent sur toi sans te pénétrer.

Charlotte t'invite à t'asseoir au bord du lit et à regarder droit devant toi.

– Ça va ? Ça ne tourne pas ? Alors debout !

Elle te tend un bras secourable. Quelques pas jusqu'à la salle de bains réveillent ton entrejambe meurtri. Tu as mal partout et le miroir te renvoie une image désastreuse.

– Ne vous inquiétez pas, souffle la jeune fille dans ton dos. Demain matin, après une bonne douche, vous irez tout de suite mieux.

Elle s'éloigne pendant que tu prends tes précautions, comme disait ta mère quand tu étais petite.

Prendre ses précautions. Des périphrases, encore et toujours, pour ne pas parler des choses triviales si embarrassantes. Tu t'es souvent moquée de ses formules désincarnées mais le fait est que tu utilises à ton tour cet héritage langagier qui s'impose en toutes circonstances.

Tu chasses cette pensée. Tu dois faire un effort pour commander ton corps et, après trois jours de sonde urinaire, tu es surprise de le sentir fonctionner. Ensuite, l'étudiante te raccompagne jusqu'à ton lit et t'aide à te recoucher.

– Est-ce que je peux examiner votre poitrine ?

Elle soulève ta chemise et, les mains en cuillère, palpe avec douceur tes seins gonflés de veines bleutées.

– Pas d'engorgement. On vous a donné des comprimés pour arrêter la lactation, je crois…

Tu ne sais pas. Tu ne sais rien. Ta tête est remplie d'une brume opaque dont n'émergent que des silhouettes anonymes comme des arbres tordus au bord d'une route.

La stagiaire sage-femme se penche, l'air interrogateur. Tu comprends qu'elle insiste, que sa question ne t'est pas parvenue, alors elle la pose de nouveau en cherchant à capter ton regard.

– Est-ce que vous avez besoin d'autre chose ?

Ta bouche est pâteuse, il te semble que tu n'as pas parlé depuis des siècles. Tu passes une main sur ton visage, du front au menton, comme on quitterait un masque.

– Mes lunettes ? Vous les avez trouvées ?

Elle fait le tour de la chambre et finit par dénicher ton sac à main dans le grand sac plastique où l'on a fourré tes affaires, aux urgences. Le cuir est couvert de sang. Des images déchirent le brouillard confortable dans lequel tu t'étais réfugiée, tu paniques. Elle se méprend.

– On va vous apporter de quoi le nettoyer.

Comme tu restes figée, elle te tend tes lunettes puis ton téléphone. Plus de batterie.

– Vous voulez que je vous prête un chargeur ? J'en ai un sur mon chariot.

Tu acquiesces. Au moment où elle va franchir la porte, une question surgit de tes lèvres :

– Vous allez refaire mon pansement de césarienne ?

Elle se tourne d'un bloc et te regarde avec un air bizarre.

– De césarienne ?

Elle semble gênée, soudain, et, instinctivement, tu baisses les yeux. Elle pose le chargeur sur tes draps.

– Reposez-vous, madame Tavernier. Je vais revenir m'occuper de vous.

Une fois branché, ton téléphone affiche une demi-douzaine d'appels en absence. Tous émanent de numéros masqués ou inconnus, aucun n'est de Camille. Le courage te manque, au moment d'écouter les messages. Tu as la curieuse sensation de fonctionner au ralenti et que chaque geste, chaque pensée te coûte. Rien ne presse. Tu replonges dans ta torpeur.

Qu'est-ce qu'il t'arrive ? Les mots de l'autre te parviennent assourdis, dénudés et craintifs. Il te faut les rhabiller, les rattacher afin qu'ainsi articulés, ils se glissent en toi, lestés d'un sens énigmatique. Plus que ta bouche, c'est toute ta tête qui est pâteuse, comme si tu n'avais plus l'habitude de réfléchir. Dormir. Dormir à l'infini.

Tu as dû t'assoupir et voilà qu'ils débarquent à quatre dans la chambre : l'étudiante que tu connais déjà, la cadre du service avec sa blouse boutonnée de travers, la médecin-chef et un drôle de type barbu qui ne se présente pas.

– Je suis le docteur Melville, dit l'obstétricienne en te tendant la main. C'est moi qui vous ai opérée. Comment allez-vous, madame ?

C'est une grande blonde à la mâchoire carrée, affublée d'un nez sous-dimensionné. Tu fixes ses narines pincées. Tu ne sais que dire.

– Un peu sonnée…

– C'est normal, après ce qui vous est arrivé, répond le barbu d'une voix douce. On vient justement vous voir pour en parler.

Tu te tournes vers lui. Il porte un polo moutarde qui laisse voir ses bras velus et bronzés. Un collier de pâtes roses et vertes orne son cou. L'ensemble te semble parfaitement incongru dans cette chambre d'hôpital.

Il hésite avant de poursuivre.

– Vous vous souvenez de ce qui s'est passé ?

Tu fermes les yeux un instant et te concentres sur le poids de ton crâne au creux de l'oreiller. Te souvenir ? Tu ne veux pas.

– Vous avez accouché d'un beau garçon, madame. Près de trois kilos ! Un petit Noé, c'est ça ?

Noé ? Le bébé s'appelle Noé ? Une douleur te traverse, que tu peines à situer… Noé. Ce n'est pas possible… Tu poses ta main sur ton bas-ventre, là où la cicatrice flambe soudain.

– Vous permettez ? demande l'obstétricienne.

Elle soulève un pan de ta chemise d'hôpital et inspecte le pansement. Le silence devient pesant.

– Pansement propre, une sage-femme passera le refaire un peu plus tard.

– Je vais m'en occuper, répond Charlotte d'une voix feutrée. On a déjà fait connaissance.

Elle te sourit et tu remarques ses joues roses et les boucles brunes qui s'échappent de son chignon. Vingt ans à tout casser…

Le docteur Melville laisse retomber le drap et s'assied au bord du lit.

– Madame Tavernier, dit-elle l'air grave. Il faut qu'on discute. Vous avez accouché par voie basse, toute seule, dans votre appartement. Vous vous souvenez ?

Tu fais signe que non.

– Pourquoi n'êtes-vous pas venue à la maternité quand vous avez senti que le travail débutait ? Je crois que vous n'habitez pas très loin…

Tu écarquilles les yeux. Un souvenir précis vient de percer ton amnésie, celui d'une main vindicative agitant sous ton nez un ruban de papier.

– Je… Je suis venue. L'après-midi, je suis venue. Et on m'a renvoyée. Une sage-femme un peu rousse. Je n'ai pas retenu son nom.

La cadre se penche sur l'ordinateur ouvert sur le chariot.

– Vous devez faire erreur, il n'y a aucune trace de votre passage depuis votre dernière consultation de suivi le 19 mars. Vous êtes sûre que c'était dans cet hôpital ?

Ils te regardent, atterrés. Prise en flagrant délit de mentir… Ou pire, d'affabuler. Tu rougis. Est-ce que ça recommence ? Est-ce que tu imagines des trucs au point de les croire réels ?

– J'étais pourtant sûre…

– Laissons cela, décrète le docteur Melville d'un ton apaisant. Heureusement, votre mari est rentré à temps pour sauver votre bébé et les pompiers vous ont conduite jusqu'à la maternité.

Elle hésite, semble jauger ta capacité à entendre la suite.

– Vous étiez inconsciente quand vous êtes arrivée et, avec votre mari, nous avons dû prendre une grave décision. Vous aviez perdu beaucoup de sang, on vous a transfusée…

Tu soupires. Ce n'est que ça.

– Mais, malgré le remplissage, votre tension ne cessait de chuter. J'ai dû vous opérer en urgence pour tenter une hémostase chirurgicale. Malheureusement, votre…

Elle s'interrompt, se tourne vers le barbu comme si elle quêtait son approbation, puis poursuit d'une voix mal assurée.

– Madame… Votre utérus avait été mis à rude épreuve, il ne contractait plus. D'où l'hémorragie massive. On a dû pratiquer une hystérectomie en urgence. Pour vous sauver, vous comprenez ?

Ils te dévisagent en silence. Sans doute aimeraient-ils que tu réagisses à la perte de ton utérus, que tu dises quelque chose. Que tu pleures, cries ou t'agites. Voilà qui serait normal. Au lieu de quoi, tu restes immobile, sans un mot. Soudain…

– Mon mari ? Est-ce qu'il a dit quand il allait passer ?

Le médecin marque un léger agacement devant ton louvoiement. Il ne s'agirait pas que tu te vautres dans le déni…

– Il n'est pas venu vous voir ? interroge la cadre de santé. Pourtant, il nous demande régulièrement de vos nouvelles au téléphone.

Cette fois, la perplexité change de bord. Ils se regardent.

– On sait qu'il rend visite à votre bébé, matin et soir, poursuit-elle. S'il appelle, je lui dirai que vous souhaitez le voir. Est-ce que… Madame Tavernier, est-ce qu'il y a un problème avec votre mari ?

À peine sont-ils sortis que deux policiers en civil entrent sans frapper.

– Betty Tavernier ? Commandant Tranchet, Police nationale attachée au ministère de l'Europe et des Affaires étrangères. Et voici le lieutenant Schmidt. On voudrait s'entretenir avec vous à propos de votre mari…

Tu remontes précipitamment le drap sur toi et écarquilles les yeux. Imposants par leur stature, les deux hommes portent des costumes identiques, taillés sur mesure. Si l'aîné semble plus athlétique, plus sûr de lui, avec ses lunettes sévères et sa barbe entretenue avec soin, le plus jeune, resté en retrait, peine à dissimuler sa maigreur et une calvitie avancée.

Malgré ton état, ils ne s'embarrassent pas de précautions oratoires. Les mots se percutent dans ta tête. Trop vite. Trop vite pour toi…

– Ça fait plusieurs jours qu'on essaie de vous joindre et, finalement, c'est votre voisine qui nous a dit que vous vous trouviez ici.

Il jette un coup d'œil circulaire à la chambre. Peut-être est-il surpris de n'y pas voir de berceau ?

– Il… Vous le savez sans doute déjà, il y a quelques jours, votre mari a été enlevé en Somalie, avec un autre journaliste occidental et leur fixeur. D'après les services de renseignement, ils sont tombés dans un guet-apens alors qu'ils rentraient d'un reportage à Hargeisa, capitale du Somaliland.

Tu te redresses dans ton lit. Tu n'es pas sûre d'avoir compris.

– Vous devez faire erreur ! Camille était à Djibouti. Et il est rentré pour la naissance du bébé.

Le policier t'arrête net.

– Il n'y a aucune erreur, madame. Est-ce que vous avez vu votre mari ces derniers jours ?

– Je... Pas encore... Mais il demande de mes nouvelles régulièrement...

– Comment ça ? Il vous a appelée ?

– Non. Pas vraiment. Je ne sais pas.

Tu baisses les yeux, submergée par un sentiment de honte. Qu'as-tu fait pour être ainsi abandonnée dans un moment si crucial de ton existence ? L'homme se radoucit.

– C'est bien ce qu'il me semblait. D'après la DGSE, des hommes armés ont intercepté leur véhicule à proximité de leur hôtel. On leur a tiré dessus, à la nuit tombée. On ne sait pas s'il y a des blessés. Un témoin les aurait vus monter dans un camion, sous la menace des armes. Sûrement une milice du régime somalien. Ils sont un peu chatouilleux quand on s'intéresse à leurs affaires et c'est tendu, en ce moment. La région du Somaliland multiplie les actions de lobbying pour se faire reconnaître comme un État souverain auprès des institutions internationales et le moins qu'on puisse dire, c'est que le gouvernement de Mogadiscio n'apprécie pas. Mais les ravisseurs pourraient aussi être des activistes du Puntland qui mènent la guérilla dans le secteur. Ou bien des islamistes du groupe Al-Shabaab qui s'en prennent parfois aux Occidentaux pour les rançonner. Sans compter les pirates qui sévissent sur la côte pour le contrôle du golfe d'Aden. Bref, on a l'embarras du choix.

– Je suis désolée, je ne comprends rien. Des pirates ?

Toute une imagerie flibustière vient contaminer ton esprit embrumé. Tu secoues la tête mais il poursuit.

– La région n'est pas sûre comme vous le savez sans doute. On n'a même plus d'ambassade sur place et le MEAÉ[1] déconseille formellement aux ressortissants français de se rendre dans cette zone, surtout les journalistes qui sont particulièrement visés. Madame Tavernier, je sais que c'est difficile mais… Est-ce que votre mari avait reçu des menaces ? Peut-être qu'il vous a parlé de ce qu'il allait faire à Hargeisa ?

– À Djibouti, il allait à Djibouti. J'ai vu son billet d'avion quand il l'a imprimé…

– Vous n'écoutez pas ce qu'on vous dit, coupe le plus jeune en se rapprochant de ton lit.

Si Tranchet est large d'épaules, imposant par son charisme, Schmidt est fin, osseux et nerveux.

– Djibouti, c'est là qu'ils ont atterri, dit-il fermement. Lui et le reporter du *Spiegel*, Ernst Schulz. Ensuite, ils ont rencontré Ahmed, leur fixeur, qui leur a fait traverser clandestinement la frontière somalienne avant de gagner la région autonome du Somaliland.

1. MEAÉ : ministère de l'Europe et des Affaires étrangères.

Le Somaliland, pour toi qui ne t'es jamais intéressée à la géopolitique, ça a l'air d'une blague, d'un pays inventé pour une mauvaise série avec des trafiquants, des espions, des méchants bien caricaturaux. Les policiers se taisent et tu les fixes, incrédule, cramponnée à tes draps. Est-ce qu'ils sont vrais ? Est-ce que tout cela est vrai ?

– Mon... Mon mari est en France, il est à Paris... Je vous assure...

Tranchet secoue la tête.

– Je suis désolé. Je comprends que cela vous perturbe. Mais ne vous inquiétez pas, le Quai d'Orsay prend l'affaire très à cœur. Ils ont l'habitude des prises d'otage, ils ont un savoir-faire.

De la poche intérieure de son blouson, il tire une carte qu'il te tend.

– Je vous laisse mon numéro, C'est moi qui coordonne les investigations sur le territoire français. N'hésitez pas à m'appeler si des souvenirs vous reviennent. Peut-être que votre mari bossait sur un dossier sensible ?

– Je ne sais pas. En général, il ne me parle pas trop de son travail.

– Peu importe. Appelez-moi dès que vous rentrez chez vous, c'est important ! Et, s'il vous plaît ! Tant que l'affaire ne sort pas dans la presse, dans l'intérêt des otages, il vaudrait mieux ne pas l'ébruiter. Les rédactions de RFI et du *Spiegel* sont d'accord pour garder le silence encore quelques jours. C'est crucial si nous devons engager des négociations.

Tu ne fais aucun geste pour saisir sa carte, alors il la dépose sur la table roulante.

– Bon courage, madame, dit-il en s'éloignant en direction de la porte.

– Attendez !

Comme si les informations parvenaient enfin à ton cerveau, tu les assailles de questions. Est-ce qu'on a un moyen de savoir où ils sont ? Est-ce que l'enlèvement a été revendiqué ? A-t-on essayé de tracer leurs portables et y a-t-il une demande de rançon ?

– Je suis désolé, on ne peut rien vous dire pour l'instant. Je vous en prie, madame Tavernier, faites-nous confiance.

Quelques minutes plus tard, la cadre du service frappe à ta porte et te trouve prostrée, le regard dans le vide. Elle t'informe qu'elle a appelé ton mari et qu'il a promis de passer te voir. Tu exploses en plein vol.

Partie 2

Jeudi 9 avril

Camille a été enlevé. Enlevé. Toute la nuit, assommée par les sédatifs qu'on t'a injectés, tu as rebattu les mêmes images d'assauts armés et d'exécutions sommaires. Tu es en état de guerre intérieure, tu ne sais plus distinguer les contours de ton cauchemar.

Enlevé. Depuis ton réveil, ce mot tourne dans ta tête, comme si tu devais te convaincre de l'impensable.

Il t'a été enlevé.

Ce n'est pas la première fois que ton compagnon se rend dans la Corne de l'Afrique et il ne t'a jamais caché les dangers qu'il courait dans ces pays politiquement instables. Avec sa fibre féministe, il a couvert des mouvements d'émancipation des femmes, interrogé des figures locales qui luttaient contre la tradition de l'excision ou du mariage précoce des filles, accompagné en reportage une jeune égérie qui portait la parole des femmes soudanaises jusqu'à l'ONU. Comment as-tu pu croire qu'il ne se mettait pas en danger en se rangeant ainsi du côté des opprimées, contre les traditions patriarcales et les diktats religieux ? Mais, jusque-là, cela semblait tellement irréel… Et à présent, c'est arrivé. Kidnappé, prisonnier d'on ne sait qui dans une contrée hostile où les journalistes ne sont pas les bienvenus. Qu'est-il allé faire là-bas ? Et pourquoi t'avoir menti en te disant qu'il se rendait à Djibouti, dans un secteur militarisé où il courait moins de risque ? Était-ce pour éviter que tu ne t'inquiètes, si près de l'accouchement ? Des images captées dans de vieux reportages défilent en toi. On y voit des hordes de terroristes qui traversent les villages à bord de leurs pick-up et tirent sur vieillards et enfants, n'épargnant les femmes que pour en prendre possession. Des prisonniers entravés comme du bétail, efflanqués, assoiffés, les pieds en sang. Des hommes et des femmes violés, réduits en esclavage, battus à mort, décapités… Et si on le torturait ? S'il était exécuté par ces brutes illuminées pour qui la vie humaine compte si peu ? Non, ce n'est pas possible. Pas Camille. Pas lui ! C'est l'être le plus doux qui soit. Il y a sept ans, quand vous vous êtes rencontrés, tu te tenais soigneusement à l'écart des hommes et il a pris le risque de t'approcher, avec patience. Tu étais pleine de défiance, prête à griffer. Tes paroles étaient mordantes, ton ironie blessante, mais il a deviné que tu luttais ainsi contre l'effondrement. Sept ans et jamais le moindre reproche. Il a su t'aimer telle que tu étais et cela t'a désarmée. Pacifiée, tu as cessé peu à peu de te détester. Du moins en apparence. Tes larmes jaillissent à la pensée qu'il souffre…

– Bonjour, je vous amène votre bébé !

Une voix, mélodieuse et enthousiaste, te tire de tes pensées sinistres. Une puéricultrice en sarrau rose entre dans ta chambre d'un bon pas en poussant devant elle un petit berceau de plexiglas sur roulettes. Sourire de circonstance, elle doit se vivre comme la bonne fée qu'aucun doute n'affecte. Tu t'essuies discrètement les yeux. Apparemment, on ne l'a pas prévenue de l'esclandre que tu as commis hier soir, ni du sédatif qu'on a dû t'administrer de force pour calmer ton angoisse. Entre le service de maternité et celui de néonatologie, à l'étage au-dessus, l'info ne circule pas très bien.

Elle pousse le berceau près du lit où tu te tiens immobile et caresse la joue de l'enfant endormi.

– Allez Noé, réveille-toi, c'est le moment de rencontrer ta maman. Vous savez, je l'ai prévenu tout à l'heure en lui donnant son bain et il m'a écoutée avec beaucoup d'attention. Je crois qu'il a hâte de vous retrouver…

Son sourire s'efface devant ton air fermé. Visiblement, tu n'es que méfiance. Elle jette un coup d'œil par-dessus son épaule, comme pour s'assurer qu'elle ne s'est pas trompée de chambre.

– Vous êtes bien madame Tavernier ?

Tu ne réponds pas. Tu fixes le petit être assoupi paisiblement. Et tu as peur. Une peur intense, térébrante. Avec ses cheveux drus et sa peau duveteuse, ce bébé a l'air d'un petit animal. Ce ne peut pas être le tien. Tu détournes le regard, tu ne veux pas participer à cette mascarade.

La puéricultrice fait une nouvelle tentative pour le cas où tu n'aurais pas compris ses paroles. Elle parle, cette fois, très lentement.

– Je vous amène votre petit Noé, comme prévu. Et ça va bientôt être l'heure de son biberon. Jusqu'à présent, on l'a nourri avec du lait maternel fourni par le lactarium. Vous aviez prévu d'allaiter, madame ?

– Je ne sais pas.

La surprise lui taille un visage en pointe. Courageusement, elle repart au front.

– Vous n'aviez peut-être pas encore décidé. Vous savez, il n'est pas trop tard, même si on a interrompu la montée de lait, il est toujours possible, pour Noé…

– Pourquoi l'appelez-vous Noé ? demandes-tu froidement.

– Pardon ?

Cette fois, tu parviens à lui couper le sifflet. Elle te contemple avec effarement, les mains serrées autour du biberon. Tu repousses tes couvertures et tentes de te mettre debout. Elle a un haut-le-cœur.

– N'ayez pas peur ! dis-tu en chancelant sur tes jambes engourdies. Je veux juste savoir pourquoi vous l'appelez Noé. Qui a choisi ce prénom ?

Curieusement, ta tentative pour la rassurer n'a pas l'effet escompté. La puéricultrice recule d'un pas et jette un regard affolé vers la porte entrouverte. Sa parole se précipite à la mesure de son effroi.

– Je… C'est le prénom qui est écrit sur le dossier. Et aussi sur son bracelet d'identification. Tout le monde l'appelle Noé dans le service ! Ce n'est pas moi…

Tu soupires. Décidément, la communication est difficile.

– Je ne vous accuse pas. Mais ce prénom, c'est bien quelqu'un qui l'a choisi, non ?

Le soulagement se lit sur ses traits.

– Ah oui, bien sûr ! C'est le papa ! La première fois que votre mari est venu le voir, il a dit que vous alliez l'appeler Noé et d'ailleurs, l'officier d'état civil l'a enregistré comme tel sur le livret de famille. Je vous l'ai mis dans ses affaires.

Elle désigne le sac à langer bleu de Chine qu'elle a déposé sur le lit, celui que tu as préparé toi-même et qui attendait sagement, dans la future chambre du bébé, ton départ à la maternité. D'ailleurs, comment est-il arrivé jusqu'ici ?

Le livret de famille est rangé dans la poche latérale. Après la page de votre mariage célébré à la mairie du 5e arrondissement figure à présent l'acte de naissance de Noé, Pierre, Éloi Tavernier né le 5 avril à 22 h 20. L'adresse est celle de votre domicile, rue Monge.

Noé, Pierre, Éloi.

Durant ta grossesse, incapable de choisir des prénoms masculins, tu as convenu d'un arrangement avec ton mari. Si l'enfant était un garçon, c'est lui qui déciderait comment l'appeler. Dans le cas contraire, tu avais ta petite liste de prénoms féminins.

– Je suppose que c'est aussi mon mari qui a apporté les affaires du bébé ? À quoi ressemble-t-il, cet homme ?

Elle n'ose plus répondre. Tu dois avoir l'air tellement folle, avec tes questions étranges. Alors tu lui assènes ce que tu as dit hier, sur tous les tons : que ton mari a été kidnappé quelque part en Somalie et qu'il ne peut raisonnablement pas être en même temps à Paris. Quelqu'un se fait passer pour le père du bébé… Peut-être pour l'enlever, lui aussi ?

– On l'a kidnappé, vous comprenez ? Alors qui est cet homme qui usurpe son identité ?

Dans son regard, tu lis que la puéricultrice ne croit pas un mot de ce que tu racontes. Déjà, elle empoigne le berceau et ouvre largement la porte…

– Calmez-vous ! dit-elle visiblement pressée de décamper. Votre mari nous a prévenus que votre accouchement vous avait un peu secouée. C'est normal ! Voilà ce que je propose : vous allez vous reposer encore et Noé reviendra vous voir d'ici quelques jours, quand vous vous sentirez mieux.

Tu rugis.

– Non ! Vous le laissez ici ! Vous ne comprenez pas ? Quelqu'un lui veut du mal. Il faut le protéger, je dois le protéger !

Tu te surprends toi-même à vouloir prendre soin de cet enfant qui ne t'est rien. Un bébé qui s'est arraché tout seul de ton ventre, voilà qui n'est pas de très bon augure. Mais c'est le fils de Camille. Tu lui dois cela…

Brusquement, la puéricultrice saisit Noé contre elle et recule précipitamment dans le couloir.

– Code bleu, chambre 121 ! crie-t-elle à la cantonade. Code bleu !

On accourt de toutes parts. En quelques secondes, des soignants envahissent la pièce, il en vient de tous côtés, tu as l'impression qu'ils sont des dizaines, massés devant la porte. Tu fonces dans le tas, pitoyable avec tes pieds nus et ta chemise d'hôpital ouverte dans le dos.

– Elle emporte le bébé ! Ne la laissez pas… Il va lui faire du mal !

– Qui ça ? demande un brancardier en te barrant la route.

Tu essaies en vain de le repousser et de te frayer un passage.

– Je ne sais pas. Je ne sais pas comment il s'appelle ! Pitié, empêchez-le !

Tu sens que tu perds pied.

– Vous êtes épuisée, dit une sage-femme d'une voix apaisante. Vous ne savez plus ce que vous racontez ! Votre bébé retourne en néonat, il y sera en sécurité. On va vous donner quelque chose contre l'angoisse et le psychiatre de liaison va venir parler avec vous.

Tu croises son regard, y lis plus de douceur que d'inquiétude. Comme tu aimerais la croire. Pouvoir te reposer sur elle. Pourquoi faut-il toujours que tu luttes ? Tu secoues la tête.

– Je vous en prie ! Il faut m'aider ! Les terroristes… Ils vont tuer mon mari ! Laissez-moi veiller sur mon bébé…

C'est la première fois qu'un possessif te vient à propos de cet enfant. Tandis qu'il disparaissait dans les bras de la puéricultrice, tu as entrevu quelque chose de familier. Camille est né coiffé et couvert d'un duvet soyeux qui s'est estompé au bout de quelques jours. Tu l'as vu sur les photos et cette particularité lui vaut, depuis toujours, le surnom de chaton. Chaton, cela lui va si bien, un mélange de douceur et d'espièglerie.

Pouvoir évocateur des mots, ton mari est là, soudain, à tes côtés. Il te murmure de tenir, d'être forte.

Une rumeur enfle derrière les blouses blanches dressées devant toi. Quelqu'un court dans le couloir.

– Je l'ai ! Faites passer !

Un petit paquet circule de mains en mains jusqu'au premier rang. Tu distingues une seringue et des compresses imbibées d'alcool.

– Non, je ne veux pas de ça. Vous ne comprenez pas ? Je ne suis pas folle. Il faut me croire ! La vérité, c'est que…

Une pensée importune te traverse, fugacement. Tu voudrais la retenir, même si elle te glace d'horreur. La vérité, c'est que… Trop tard, elle s'efface, comme un cauchemar succombe au réveil. Ne reste que ce malaise profond, cette angoisse vive, insoutenable. Quelqu'un hurle dans la pièce, tu mets plusieurs secondes confuses à comprendre que c'est toi. Le monde tourne. Il s'effondre et toi avec.

– Betty ! crie l'étudiante sage-femme en se détachant du groupe.

Elle te rattrape à bras-le-corps et t'aide à t'asseoir sur ton lit. Tu trembles de ce que tu viens d'entrevoir et qui, déjà, s'enfuit. Elle passe son bras autour de tes épaules et t'attire contre elle.

– C'est moi, c'est Charlotte, vous me reconnaissez ? J'ai changé votre pansement hier.

Tu gémis.

– Charlotte… Ne le laissez pas me faire du mal…

– Mais de qui parlez-vous ?

Les larmes te montent aux yeux, tu en ignores la cause.

– Je ne sais pas…

– Voilà, c'est ça, pleurez. Vous avez bien le droit… Pleurer chasse l'angoisse. Ici, personne ne vous veut du mal. Je suis là, je vais veiller sur votre bébé. Je vous promets…

Tu sanglotes, à présent, dans un fouillis de cheveux, avec la voix apaisante de Charlotte qui murmure à ton oreille, qui ne te lâche pas. Quelque chose s'ouvre en toi et ton chagrin s'écoule. C'est de cela que tu avais besoin : une épaule pour pleurer. Quand, soudain, tu sens qu'on te pique la cuisse. Tu te redresses et tu as le temps de croiser un regard triomphant. Charlotte proteste contre cette injection inutile.

– Mais pourquoi ? Elle était en train de se calmer…

– Toi, crache une grande femme rousse, passe ton diplôme d'abord et après, tu nous diras comment faire notre boulot !

Tu écarquilles les yeux. Tu reconnais cette voix, c'est celle de la sage-femme de garde, celle qui t'a éconduite quelques heures avant que tu n'accouches. La rage te déborde. Tu t'élances vers elle, les poings en avant, avant de t'écrouler sur le lino.

– C'est un bébé. C'est pour ça qu'il est tout petit, mais il va grossir et il ne sera plus aussi mignon, tu verras. Il sentira mauvais, il fera ses crottes partout ! Allez, choisis autre chose ! Regarde ! Il y a des poupées, des peluches, des jeux de société... Sois raisonnable !

Mais tu n'as pas l'âge d'être raisonnable. L'index tendu, tu désignes le frêle animal prisonnier d'une cage minuscule. On a beau chercher à te convaincre, depuis que tu as croisé les petits yeux ronds et craintifs, tu sais que c'est lui. Lui et toi, vous vous ressemblez. Vous connaissez la peur.

– Je choisis le cochon d'Inde et rien d'autre. Je vais l'appeler Pistache !

Le forain hausse les épaules.

– C'est qu'elle est têtue, votre gamine ! Allez, dépêchez-vous, il y a des gens qui attendent. Approchez messieurs dames ! Cinq ballons éclatés et vous remportez un magnifique lot ! Par ici les tickets !

Exceptionnellement conciliant, ton père tente encore de t'amadouer avec un ours bleu, blanc, rouge, une trompette en plastique remplie de bonbons, un jeu de badminton. Mais tu te penches vers la cage que tu entrouvres, juste assez pour y glisser tes doigts. Aussitôt, l'animal se tasse dans un coin et son museau frémit d'inquiétude. Ta mère intervient avec son air des mauvais jours.

– Ah non ! Tu ne prends pas cette bestiole ! Je ne veux pas avoir à m'en occuper, avec tout le travail que j'ai déjà !

– Maman, je t'en supplie.

Tu saisis le rongeur et le sors de sa geôle. Lorsque tu le prends contre toi, il se réfugie en trémulant dans le creux de ton cou. Son petit cœur bat si vite !

– Regarde comme il est gentil...

– Adjugé ! brame le forain, pressé de se débarrasser de vous. Maintenant, tu es responsable de sa vie.

Ton père proteste mais, déjà, l'homme vous pousse loin de son stand.

– Allez les fléchettes ! Les fléchettes, c'est la fête ! Cinq ballons éclatés et vous remportez le gros lot ! Approchez ! Approchez !

Tes parents sont dépités et tu rayonnes.

– Promis, je m'occuperai de lui ! Je lui fabriquerai un lit avec de la paille, je lui donnerai de la salade, je le promènerai ! Promis. Promis. Promis !

Le docteur Lorrain n'a pas de bureau dans le service, c'est pourquoi il vient à ton chevet. Tu émerges à peine de ton lourd sommeil chimique lorsqu'il se présente et tu reconnais le barbu d'hier, avec son collier de nouilles et son jean usé. Il te propose un verre d'eau fraîche que tu bois lentement en l'observant avec curiosité. Tu as la tête douloureuse et du mal à tenir tes paupières ouvertes.

– Quelle heure est-il ? demandes-tu la bouche sèche.

– Tard. Vous avez dormi six heures d'affilée. Ça va ? Pas de contracture dans la mâchoire ? Je crois qu'elles ont un peu forcé sur la dose. Vous permettez ?

Il s'approche avec une petite lampe qu'il dirige vers tes pupilles. Puis il saisit ton poignet qu'il plie et déplie lentement. Tu sens que l'articulation résiste.

– Qu'est-ce que vous faites ?

Tu as du mal à parler, comme si ta langue était paralysée. Tu termines le verre qu'il remplit de nouveau.

– Je vérifie que vous n'êtes pas trop shootée pour discuter. Buvez, ça vous aidera à éliminer le sédatif.

Tu obéis. L'eau fraîche achève de te réveiller. Après quoi, il prend place dans le fauteuil, une jambe repliée sur l'autre. Il a l'air parfaitement décontracté.

– Il faut qu'on se parle, madame Tavernier. Je suis le psychiatre de liaison et j'interviens...

– Je n'ai pas demandé à vous voir.

Tu es aussi surprise que lui par ton hostilité. Après tout, tu n'as rien à lui reprocher.

– Ça ne marche pas comme ça. C'est l'équipe qui m'a demandé de passer vous voir, comme elle le fait quand une mère lui pose des difficultés.

– Je ne pose pas de difficulté. Quant à ce qui est d'être mère...

Il sourit largement.

– Vous allez répondre du tac au tac, comme ça, à chacune de mes paroles ?

Tu le toises avec un air de défi avant de baisser les yeux.

– Pardon. Je sais que vous voulez m'aider... mais personne ne me croit, ici.

Tu lui racontes la visite des deux policiers et les nouvelles inquiétantes au sujet de Camille. Tu livres un récit embrouillé et morcelé qu'il écoute patiemment, les mains croisées. Impuissante, tu conclus :

– Ils travaillaient pour le ministère des Affaires étrangères. Vous pouvez les appeler pour vérifier, si vous voulez. Ils ont laissé leur numéro sur le plateau...

Tu te tournes et constates que la carte n'est plus là. La dame de service a dû la déplacer en nettoyant la table roulante. À moins que tu n'aies rêvé ?

– Elle était là...

– Peu importe. Je vous crois.

Il se penche en avant pour solliciter ton attention.

– Je viens vous proposer un transfert dans mon service. Vous ne relevez plus de soins en maternité.

– Alors je peux sortir ?

Il sourit.

– Dans votre état ? Vous voulez vraiment sortir et vous retrouver en tête à tête avec un nourrisson inconnu ? Comme vous ne recevez pas de visite, j'en conclus que vous n'avez pas de famille à Paris.

– C'est mon fils, je vais apprendre à le connaître. Je n'ai besoin de personne.

Tu n'es ni convaincue, ni convaincante et tu le sais.

– Écoutez-moi jusqu'au bout ! Le temps que votre mari soit libéré, je vous offre une place à l'unité mère-bébé. C'est un service spécialisé qui accueille des jeunes femmes avec leurs bébés pour les aider à se sentir mères.

– En psychiatrie ?

– Oui, en psychiatrie périnatale. Mais la psychiatrie, ce n'est pas ce que vous croyez. Le service est ouvert et je ne vous y reçois que si vous êtes d'accord pour vous soigner. On pourra traiter votre angoisse et l'équipe vous aidera à rencontrer votre bébé.

– Je l'ai déjà rencontré.

Il soupire et attend d'avoir croisé ton regard pour dire, calmement :

– Rencontrer, c'est autre chose.

Il s'apprête à partir quand on frappe à la porte.

– Entrez ! dites-vous d'une seule voix.

Charlotte apparaît, immédiatement confuse. Elle venait prendre ta pression artérielle, elle repassera.

– Non, restez ! On avait fini. Et pendant que vous y êtes, vérifiez aussi sa tension debout, s'il vous plaît. Elle a eu une belle dose de neuroleptiques, vos collègues n'y sont pas allées de main morte.

L'étudiante s'exécute. Elle commence par prendre ta tension tandis que tu es encore allongée puis elle repousse les draps et t'aide à te lever de ton lit.

– Ça va, ça ne tourne pas ? Tenez-vous à moi.

Tandis que le brassard se gonfle, les regards se fixent soudain sur ta cuisse droite.

– Betty, qu'est-ce que vous avez fait ?

Tu baisses les yeux et l'épouvante t'arrache un cri.

NOÉ. Trois lettres majuscules d'une hauteur de cinq centimètres chacune, taillées à même ta peau. Le mot se détache, boursoufflé et rouge sur ton épiderme laiteux. Noé… Qui a osé ?

Pendant que Charlotte prend sur le chariot, de quoi désinfecter les plaies, tu croises le regard du psychiatre. Il semble déçu. Profondément. Tu connais ce sentiment pour l'avoir si souvent lu sur le visage de tes parents.

– Je vous jure, ce n'est pas moi. Je n'ai rien fait. Il faut me croire.

– Je vous crois mais avouez que c'est troublant. Vous étiez seule dans cette chambre, sans surveillance particulière…

– Mais je dormais…

– Heureusement, murmure Charlotte en se penchant sur tes plaies, ce n'est pas profond. Des griffures, essentiellement. Pas besoin de suturer. Mais ça risque de laisser des cicatrices. Ça va, pas trop douloureux ?

Tu secoues la tête. Tu as l'impression que ton corps est absent, tes sensations comme émoussées.

– Je vous jure…

Le docteur Lorrain inspecte ta table de nuit, puis ouvre le tiroir.

– C'est à vous, ça ? demande-t-il en exhibant des ciseaux à ongles sur lesquels on distingue du sang et des lambeaux de peau.

– Oui. D'habitude, ils sont dans mon sac, mais je m'en suis servie ce matin.

Tu lèves les yeux, effrayée :

– Ça recommence.

Noé. Énigme de ce prénom qu'un autre a choisi
à ta place et qui fait vibrer ton être au-delà
du raisonnable.
Trois lettres maléfiques et bouleversantes.
Gravées dans ta chair par une main inconnue.
Familiarité insensée de ce prénom, hors de toute
référence.
Tu ne connais pas de Noé, tu n'en as jamais
connu, tu ne veux pas en connaître !
Violence de la douleur qui te lamine sans raison.
Mélange d'horreur et de peur dont la cause
te reste étrangère.
Que ça s'arrête.
Que ça se taise.
Que ça disparaisse à jamais.
Et qu'on te laisse tranquille dans ta sage
ignorance.

Vendredi 10 avril

On a apporté des affaires pour toi, ce matin. Quelqu'un les a déposées à la salle de soins et la personne qui les a réceptionnées est une intérimaire arrivée le jour même. Elle s'est contentée de coller un Post-it avec ton nom, elle n'a aucun souvenir de la tête du livreur.

– Ça continue. Tout le monde le croise mais personne ne peut le décrire…

La cadre de santé lève les yeux au ciel. Désormais, tu le sais, tout ce qui sortira de tes lèvres passera pour pure élucubration. Elle te tend la petite valise que tu avais préparée en vue de ton séjour à la maternité. Apparemment, celui qui se fait passer pour ton mari a récupéré les clés de ton appartement. Prise d'une inspiration subite, tu fouilles ton sac. Ton trousseau est là, au complet. Pourtant, tu ne te souviens pas l'avoir vu quand tu cherchais tes lunettes, avec Charlotte.

– Voici une ordonnance pour les soins de votre cicatrice. Les points sont résorbables, inutile de les faire enlever.

Tu saisis la feuille qu'elle te tend. Elle poursuit.

– Comme vous étiez très confuse après votre intervention, on vous a programmé un fond d'œil et une IRM cérébrale. Le psychiatre parle d'un épisode dissociatif mais on ne sait jamais. Je vous ai tout écrit sur ce papier.

– Merci.

– Habillez-vous, un brancardier passera vous chercher vers onze heures pour votre transfert à l'UMB.

L'affaire des scarifications a emporté ton consentement pour l'hospitalisation proposée par le docteur Lorrain. Au moins, si tu dérailles, tu seras au bon endroit.

– Pas la peine de déranger un brancardier, je peux y aller seule à pied, puisque c'est dans l'hôpital…

– Je ne vous le conseille pas. Jusqu'à votre départ, vous êtes sous ma responsabilité, tenez-vous tranquille et tout ira bien.

Elle tourne les talons, manifestement pas fâchée de se débarrasser de toi.

Tu te lèves et enfiles une robe suffisamment longue pour masquer le large pansement qui recouvre ta cuisse. Puis, à l'aide d'une serviette en papier imbibée d'eau froide, tu entreprends de nettoyer tes ballerines et ton sac à main. Le chiffon se couvre de sang à mesure que tu frottes et une odeur métallique te donne la nausée. Tu remets, une à une, tes affaires à leur place, en contrôlant que rien ne manque. Lorsque tu saisis ton téléphone, l'écran de veille affiche de nouveaux messages. Après une nuit de sommeil et une bonne douche, tu te sens enfin la force de les écouter.

Beaucoup d'appels en absence mais peu de messages. Le premier émane d'un certain Rakhshan qui demande de tes nouvelles. Tu mets un moment à comprendre qu'il s'agit du chauffeur de taxi qui t'est venu en aide. Tu te promets de le rappeler pour le remercier.

Suit un message du service petite enfance de ta mairie d'arrondissement. La responsable t'informe que ta demande de crèche sera examinée prochainement en commission. Pourrais-tu renvoyer les documents demandés avant le 6 avril, cachet de la poste faisant foi ? Tu consultes la date du jour : c'est trop tard. D'ailleurs, le message suivant t'informe que ton dossier étant incomplet, il n'a pu être présenté en commission d'attribution des places.

– Mais une nouvelle réunion devrait se tenir début juillet. Attention toutefois, il faudra fournir l'acte de naissance du bébé et remettre à jour vos fiches de paie et quittances de loyer qui doivent obligatoirement dater de moins de trois mois…

Les messages vocaux suivants sont des appels masqués. Une voix impérieuse te demande de rappeler au plus vite pour raisons graves. Mais, curieusement, ne laisse pas de numéro. Suivent deux autres appels, avec la même voix mystérieuse, qui t'enjoint de répondre au plus vite. Dans le dernier message, toutefois, on t'indique qu'il est question de ton mari mais toujours pas de numéro pour rappeler, c'est pratique !

Enfin, deux messages concernent le petit lit que vous avez commandé pour le bébé. Après des semaines d'attente, il est enfin disponible. Il faut prendre un rendez-vous pour la livraison qui ne peut avoir lieu que le mardi matin ou le vendredi après-midi.

– Super !

Tu es amère. Tu n'oses t'avouer que cela manque d'appels amicaux, de messages d'amour ou de félicitations. Mais tu n'as encore prévenu personne de la naissance de ton bébé. Tu ignores si tu le feras un jour.

Au moment d'éteindre ton téléphone, une idée te traverse et tu composes le numéro de Camille. C'est seulement en entendant sonner interminablement dans le vide que tu comprends. Tout cela n'a rien d'un rêve, ton mari a bien été enlevé et l'on ignore où il est. Il ne sait pas que votre bébé tant attendu est né. Et, comme une idiote, tu as perdu les coordonnées de Sylvain Tranchet, la seule personne un peu fiable qui pourrait te donner de ses nouvelles. Décidément, tu es vraiment nulle.

Nulle. Tu es nulle.
Tu ne sais pas te faire entendre.
Tu échoues à te défendre.
Fautive, forcément.
Perpétuellement coupable de tout et de rien.
Tellement pitoyable !
Si seulement tu pouvais changer…
Opter pour une autre version de toi-même.
Une Betty dont tu n'aurais pas à rougir.
Mais en as-tu la force ?

Tu patientes, les yeux clos, légèrement essoufflée. Ta fatigue reste importante, elle survient au moindre effort. Tu l'as signalé au docteur Melville qui a mis ça sur le compte de l'hémorragie dont tu as souffert et a prescrit du fer. Sur le plan somatique, tu récupères bien, tu n'as aucune excuse. Aucune excuse pour ne pas t'occuper de ce fichu bébé.

Un bébé ! Quelle idée !
Tu sauras t'en occuper ?
Être mère ne s'improvise pas.
Tu n'as rien dans la cervelle.
Avec toi, il crèvera de faim.
Es-tu sûre d'être prête ?

Ton cerveau est en roue libre, tu rumines en attendant qu'on vienne te chercher. Pas longtemps. Ça te démange sous le pansement que Charlotte a refait hier. Tu poses ta main, résistes à te gratter. Toute ta cuisse est chaude, douloureuse. Il te semble même que tu peux sentir chacune des trois lettres du prénom de ton fils comme si on y avait mis le feu. Les lettres vibrent, elles sont vivantes, elles te narguent. N'y tenant plus, tu arraches ton pansement. Le mot est là, énorme, rouge et boursoufflé. L'angoisse monte aussitôt, elle te prend à la gorge, tu perds tout contrôle. Tu te rues dans le couloir et fonces jusqu'à la salle de soins. Le personnel est en réunion, tu frappes à la vitre et, sans attendre qu'on t'y invite, tu pousses la porte.

– S'il vous plaît, cries-tu, j'ai besoin d'aide, regardez !

Tu montres ta cuisse enflée et écarlate. L'affolement se lit sur ton visage. Mais ton irruption ne plaide pas en ta faveur.

– Retournez dans votre chambre, madame Tavernier, on va venir vous voir ! soupire la cadre en te faisant signe de sortir.

– J'ai très mal, je ne sais pas ce qui se passe, c'est peut-être une allergie…

Un rire gras te coupe la parole.

– Allez ! Allez ! Quand on fait des conneries, faut les assumer ma petite dame ! lance la sage-femme qui t'a si mal accueillie le premier jour.

Elle prend ses collègues à témoin.

– Y en a qu'ont pas volé leur transfert en psychiatrie !

Quelques rires lui répondent, discrets, comme gênés. Tu cherches en vain l'étudiante qui t'a déjà apporté son soutien.

– Charlotte n'est pas là ?

– Elle est en repos, répond une jeune sage-femme, visiblement enceinte. Retournez dans votre chambre, madame, je vais venir vous voir.

– T'es bien aimable ! persifle sa collègue. Attention qu'elle te cogne pas, c'est une violente.

– S'il vous plaît ! gronde la cadre pour calmer ses troupes.

Mais il est trop tard. Prise dans le faisceau des regards, tu sanglotes.

– C'est pas vrai, c'est pas moi… Faut me croire !

Ta voix est celle d'une fillette punie par erreur. La honte arrive en fanfare. *Petite menteuse, toujours prête à faire ton intéressante, n'est-ce pas ?* Tu reflues en t'excusant, les yeux baissés.

La porte refermée, une immonde solitude te happe entre ses griffes. Tu sais déjà qu'elle ne te lâchera pas.

Comme promis, la sage-femme vient quelques minutes plus tard, le ventre en avant, avec un petit nécessaire à pansement.

– Prenez ça ! dit-elle en te tendant un minuscule comprimé blanc. Laissez-le fondre sous la langue.

– C'est quoi ?

– Un anxiolytique léger. Vous êtes angoissée, on le serait à moins. Vous ne devriez pas laisser les gens vous parler de cette manière.

Tes yeux s'embuent. Elle saisit ta main et la serre entre les siennes.

– Allez, ne vous inquiétez pas, elles ne sont pas toutes comme ça. Mais... je pense qu'elles ont peur. On leur a dit que vous étiez psychologiquement fragile. Lorsqu'une patiente arrive dans le service avec une étiquette psy, elle perd toute crédibilité.

Tu soupires, désespérée.

– Mais je n'ai pas d'étiquette ! Je n'ai jamais eu besoin de consulter...

– Ce n'est pas ce que dit votre mari quand il parle avec la cadre au téléphone. Selon lui, vous avez de lourds antécédents psychiatriques.

– Enfin, c'est faux !

Tu vacilles et elle te rattrape.

– Allongez-vous.

Tu glisses le comprimé entre tes lèvres et tu obéis. Elle relève le bas de ta robe.

– Que s'est-il passé ? demande-t-elle en examinant tes plaies avec attention.

– Je n'ai rien senti, je dormais, assommée par les médicaments... On a utilisé mes propres ciseaux à ongles qui traînaient sur la table de nuit. Forcément, pas très propres.

Elle marque un temps d'arrêt, le temps de dévisser un écouvillon qu'elle promène sur le N de Noé.

– Je fais un prélèvement bactériologique au cas où on vous aurait refilé une saloperie en vous scarifiant. On risque surtout de trouver du staphylocoque. Rien de grave, je vous ferai suivre les résultats.

Tu te soulèves sur les coudes pour la dévisager.

– Vous me croyez ?

Elle grimace.

– Shootée comme vous étiez, vous n'avez pas pu vous scarifier toute seule ! Regardez comme les lettres sont bien formées. Et vous n'auriez pas eu la présence d'esprit d'écrire dans ce sens. Les lettres sont tournées pour qu'on les lise facilement quand on vous regarde de face.

– Oui, vous avez raison. Je n'y avais pas pensé. Je ne vais plus oser me mettre en maillot de bain.

Aussitôt, tu regrettes cette parole, tellement futile en la circonstance.

– C'est probablement le but, murmure la soignante en désinfectant soigneusement les plaies, vous pousser à vous cacher, à vous retirer des lieux publics. Est-ce que quelqu'un vous veut du mal ? Votre mari ? Certains hommes deviennent violents et possessifs quand leur femme accouche. Ils sont jaloux du bébé qui leur pique leur place privilégiée.

Elle se tait, le temps d'étaler des compresses stériles sur les plaies.

– Ces hommes confondent amour et instinct de possession. Ils marquent leur territoire avec leurs poings ou tout ce qui leur tombe sous la main. Souvent, ça commence dès la grossesse.

L'image de Camille flotte devant tes yeux. Tu souris.

– Mon mari est quelqu'un de très doux. Quand je l'ai connu, il militait dans un mouvement féministe et récoltait des fonds pour un foyer de femmes battues.

– Ça n'empêche pas ! La paternité change les hommes, vous savez. Il y en a que ça peut rendre fous. Tout comme la maternité, d'ailleurs.

Tu évites de répéter que le cher homme est prisonnier, quelque part dans la Corne de l'Afrique. Jusque-là, le dire ne t'a pas trop réussi. Tu laisses passer un silence durant lequel elle referme le pansement. Soudain, elle relève la tête et te regarde dans les yeux.

– Je ne crois pas que vous soyez folle, précise-t-elle comme si elle avait entendu ta supplique muette. Mais vous êtes fragile, comme toutes les jeunes mères. Peut-être un peu plus, on n'est pas toutes égales dans ce domaine-là.

Tu hoches la tête. Tu sais qu'elle a raison.

– C'est une chance que le docteur Lorrain vous prenne dans son service. Vous allez voir, c'est quelqu'un d'exceptionnel.

Alors qu'elle s'apprête à sortir de la chambre, elle se ravise, referme soigneusement la porte et se rapproche de ton lit.

– Charlotte m'a raconté, pour votre passage aux urgences, chuchote-t-elle. Je ne devrais pas vous dire ça mais... vous seriez en droit de porter plainte. Comme dans toutes les professions, il y a des gens peu recommandables. Édith en fait partie et elle a un sacré palmarès !

L'idée de te plaindre te met mal à l'aise. Spontanément, tu prends sa défense.

– Elle a pu faire une erreur. L'appareil à monitoring ne fonctionnait peut-être pas bien...

Tu as touché un point sensible, elle s'enflamme.

– Mais vous, vous fonctionniez ! Elle pouvait vous écouter ! Comment faisait-on avant l'invention de tous ces appareils ? Je ne dis pas qu'ils sont inutiles mais écouter les patientes, c'est la base ! On n'est pas dans leur corps, on ne sait pas ce qu'elles ressentent si on ne leur demande pas ! Oh, non, ne recommencez pas à pleurer…

Tu souris au milieu de tes larmes.

– Merci. Merci de me croire.

Elle serre ta main avec émotion. Puis, avant de te quitter, elle te recommande de ne plus impliquer Charlotte.

– Édith l'a dans le collimateur. Si elle voit qu'elle est trop proche de vous, elle risque de peser de tout son poids pour ne pas lui valider son stage. Parce qu'elle ne s'en prend pas qu'aux patientes, croyez-moi !

Partie 3

Le docteur Lorrain te reçoit rapidement, peu après ton transfert à l'unité mère-bébé. Tu notes qu'il porte un polo myrtille et qu'il a taillé sa barbe.

Visiblement, il est au courant de ta dernière crise de nerfs.

– Vos petites altercations avec le personnel, souligne-t-il en déverrouillant la porte de son bureau, ça met de l'ambiance mais faudrait pas que ça devienne une habitude ! Entrez !

Il s'efface pour te laisser passer. Une infirmière se glisse à votre suite, un calepin à la main. Fabienne t'a accueillie à ton arrivée. Désormais, elle sera présente à tous les entretiens, comme c'est l'usage dans le service.

La pièce est curieusement configurée. Pas de bureau mais trois fauteuils rouges en arc de cercle autour d'un grand tapis d'éveil où s'égayent une girafe, une balle à grelot et quelques hochets colorés. Sur les murs blancs, des masques coutumiers de toutes les régions d'Afrique, une galerie d'ancêtres aux yeux vides. L'ensemble est chaleureux, tu en oublierais presque que tu te trouves à l'hôpital.

La consultation est brève.

– On va vous montrer votre chambre. Ce week-end, repos. Vous pouvez sortir dans le parc, discuter avec les infirmières et les autres patientes, bouquiner, prendre des forces… Lundi matin, on fait venir votre bébé de néonat et on passe aux choses sérieuses.

– C'est quoi les choses sérieuses ?

– Devenir mère. Essentiellement. Fabienne ?

En quelques mots, l'infirmière t'explique le fonctionnement du service. Quand ton bébé sera là tu devras t'en occuper entièrement, en présence des soignants. Si tu ne sais pas, tu apprendras.

– Vous avez déjà donné le bain ? Préparé ses biberons ? Écouté ses pleurs pour tenter de comprendre ce qu'il dit ?

Ce qu'il dit ? Tu ouvres de grands yeux.

– Rien de tout ça ! coupe le docteur Lorrain.

Et ça sonne, à tes oreilles, comme un reproche. L'infirmière sourit.

– Alors c'est la grande aventure… Accrochez-vous, ça va swinguer !

Tu dois afficher une drôle de tête car le psychiatre éclate d'un rire franc.

– Pas de panique, on est là pour vous accompagner. Par ailleurs, je vous verrai en entretien une fois par jour. Court mais intense. Des questions ?

– Vous pensez que je suis folle ?

– Et vous ?

– Non. Oui. Un peu…

– Parfait, ça nous fera une bonne base de travail. À lundi ?

Ta chambre est petite, vieillotte, encombrée d'une table à langer et d'un petit lit à barreaux. Ici et là, la peinture s'écaille. Tu ouvres le placard, du mauvais contre-plaqué dont les champs se décollent, et tu y déposes tes affaires. Dans la salle d'eau, une douche antique voisine avec un lavabo comme on n'en fabrique plus. L'abattant des toilettes est propre mais usé au point de se fendiller par endroits. C'est donc vrai ce qu'on dit ? La psychiatrie, parent pauvre de l'hôpital lui-même si mal loti ? Comment habiter ce lieu étriqué et sombre ? Comment y rencontrer ce bébé dont le prénom, à lui seul, constitue un supplice ?

Tu sors dans le couloir, à la recherche de la bibliothèque dont t'a parlé Fabienne. Sur huit patientes que comprend ce petit service à taille humaine, deux viennent de partir en permission pour le week-end et seulement trois sont hospitalisées à temps plein avec leur bébé. Tu les observes de loin, dans la salle commune dont la porte-fenêtre s'ouvre sur le jardin. Une très jeune fille donne le biberon à un nourrisson chétif qui s'agite en tous sens comme pour échapper à la tétine. Dans le fauteuil opposé, une femme enceinte se tient immobile, le regard dans le vague, tandis qu'à ses pieds, une petite fille, allongée sur le dos, tire sur ses chaussettes en gazouillant. Elle ne paraît pas l'entendre. De temps en temps, elle lève sa main droite et la contemple comme si elle la découvrait. Son air désespéré t'émeut.

Tu restes à distance, tu n'as pas envie de te mêler à ces vies qui côtoient la tienne. Tu ne veux pas devenir comme ça, une pauvre cinglée perdue dans d'improbables pensées. La psychiatrie, ce n'est pas pour toi !

Alors que tu regagnes ta chambre, bien décidée à plier bagage, tu croises une autre mère, une métisse immense et plantureuse, serrée dans un jogging canari. Accrochée à son téléphone, elle parle très fort et rit à plein gosier tandis que son nourrisson, hagard, glisse sur ses hanches rebondies. Elle t'aperçoit de loin et interrompt sa conversation pour te demander, tout à trac :

– Il est où, ton bébé ?

Tu lui réponds qu'il est encore à l'hôpital. Elle te considère avec des yeux noirs aux pupilles dilatées.

– L'hôpital, c'est là. C'est là, l'hôpital, tu sais ? Il est où ton bébé ? T'en as fait quoi ?

Sa voix est aiguë, précipitée. Tu te figes devant son air inquisiteur. Une infirmière vole à ton secours.

– Madame Sanogo, laissez-la tranquille, elle vient d'arriver.

L'autre fait un grand geste de la main, majeur dressé vers le ciel.

– Putain, je la laisse tranquille mais il est où son bébé à elle ? Hein ? Il est mort ? C'est ça, il est mort ?

Je veux savoir ! Répondez ! Les Français ont le droit de savoir !

Elle paraît survoltée et débite, à vive allure, toutes sortes de formules creuses empruntées à d'autres discours que le sien. Tu n'oses plus répondre. Fuir serait sans doute la réaction la plus appropriée mais, sans un regard pour le nourrisson qui s'agrippe comme il peut à son T-shirt distendu, la dame t'emboîte le pas, bien décidée à percer le mystère de ton bébé absent.

– C'est Madeline, moi. C'est... C'est Madeline ! C'est quoi ton nom à toi ?

– Betty.

Elle est soudain prise d'un fou rire gargantuesque qui te laisse perplexe. Cette fois, l'infirmière se rapproche et, discrètement, récupère le bébé avant que l'hilarité maternelle ne le fasse chuter.

– Tes... Tes parents, ils t'ont appelée Betty parce que t'es bête ?

Tu hoches la tête.

– Oui, ça se défend !

– Madame Sanogo, intervient l'infirmière, s'il vous plaît, allez donc prendre l'air dans le jardin. Sinon, je vous redonne quinze gouttes, parce que vous êtes trop excitée, là.

– Eh, tes gouttes, Jeannette, tu peux t'les mettre où je pense !

Elle marque un temps d'arrêt, comme si elle cherchait l'inspiration, puis souligne, hilare :

– Dans ton cul !

– J'avais compris l'idée, madame Sanogo, répond l'infirmière en lui montrant calmement la porte du jardinet réservé au service. Venez avec moi, madame Tavernier, on a des papiers à remplir ensemble.

Contre toute attente, Madeline obtempère, trop heureuse de pouvoir en griller une.

– Tu… Tu gardes Pablo, hein Jeannette ! crie-t-elle en agitant sa main. Au revoir gentil bébé, maman va fumer une clope ! Je reviens…

Tandis que la patiente s'éloigne, l'infirmière te pousse à l'office et, plutôt que des papiers, te propose un thé glacé. Tu t'assieds avec précaution tandis qu'elle verse l'infusion sirupeuse sur les glaçons qui claquent dans les verres. Ensuite, elle jette une pluie de feuilles de menthe. De l'autre main, elle berce le petit Pablo.

– N'écoutez pas ce qu'elle raconte, conseille-t-elle en désignant Madeline par la fenêtre. Elle s'excite à chaque fois qu'une nouvelle arrive, c'est sa façon de s'inquiéter pour vous, mais elle va s'habituer à votre présence. Vous verrez, c'est quelqu'un de profondément gentil.

Tu regardes, de loin, la patiente faire des tours de cour comme si elle était punie et tu protestes. Tu ne verras rien, pas question de rester, c'est trop dur, tu n'as pas ta place ici. Les gens sont si bizarres…

– Vous connaissez quelqu'un qui n'est pas bizarre, quand on s'y intéresse de près ? demande Jeannette en s'asseyant enfin.

Tu hésites. À vrai dire…

– Mon mari. Il n'est pas bizarre du tout.

Elle fronce le nez.

– Mouais ! Il vous a quand même laissé accoucher toute seule à Paris pour aller dans un pays où on pratique le safari sur les journalistes. Avouez que ce n'est pas commun !

Tu comprends que le psychiatre a briefé l'équipe à propos de ton époux kidnappé et de ton accouchement-catastrophe. Tant mieux, tu n'as pas envie de raconter tout cela. Tu sirotes une gorgée, attentive à un souvenir qui vient d'éclore.

– À l'origine, ce n'est pas lui qui devait partir, il avait posé des congés pour être sûr de rester dans les parages. Mais un de ses confrères a eu un accident. Une chute dans les escaliers du métro. Bilan : une entorse à la cheville et deux côtes cassées. Mon mari a dû le remplacer au pied levé parce qu'il était le seul spécialiste de la Corne de l'Afrique encore disponible. Il n'a pas osé refuser.

Tu trempes tes lèvres dans ton verre. C'est délicieux.

– Ça ne fait pas très longtemps que Camille travaille pour RFI... On n'est à Paris que depuis l'année dernière.

– Ah, c'est ça, votre accent. Vous êtes du Sud-Ouest, non ?

– De Tarn-et-Garonne, vous connaissez ? On habitait une maison en pierre, au milieu des vignes et des vergers. C'était petit, mais tellement romantique. Camille travaillait pour *La Dépêche*. Et moi, j'étais projectionniste de cinéma à Montauban. C'est ma passion, le cinéma. Avant, j'étais scripte. J'adorais ce métier, mais j'ai dû arrêter.

L'évocation de ces bons souvenirs s'achève en soudaine déconfiture.

– Il va falloir que je trouve un travail rapidement si je dois élever un bébé toute seule.

– Allons, ne vous découragez pas. Je suis sûre que les autorités vont libérer votre mari et que vous serez bientôt réunis.

Tu reposes ton verre. La fraîcheur de la menthe te requinque un peu. À moins que ce ne soit cette conversation improvisée avec Jeannette. Il y a si longtemps que tu n'as pas parlé à quelqu'un. Parlé *vraiment* à quelqu'un qui t'écoute *vraiment*.

Tu observes le bébé qui, bien calé dans le giron de l'infirmière, se laisse déjà aller au sommeil, avec ses petites mains ouvertes.

– Je ne saurai jamais, dis-tu en le désignant du menton. Calmer un petit... Il faudrait déjà que j'arrive à me calmer moi-même.

Jeannette sourit devant tes efforts de lucidité.

– Mais si, vous allez voir, on va vous aider...

Tu cueilles une feuille de menthe au bord de ton verre et la glisses entre tes dents. Un parfum puissant se répand dans ta bouche.

– Vous savez, je ne me suis jamais occupée d'un bébé. Je suis fille unique et ma famille était très réduite. Des bébés, je n'en voyais jamais !

– Pas même chez les amis de vos parents ?

– Ils n'avaient pas d'amis. On a beaucoup déménagé car mon père était militaire. On allait de caserne en caserne, prêts à dégager à la prochaine mutation. Et comme il ne s'entendait avec personne, cela arrivait souvent plus vite que prévu. Il y avait toujours des cartons non déballés dans les coins des pièces. Mes parents ne se liaient avec personne, à quoi bon puisqu'ils allaient repartir...

– Et vous ?

– J'avais des bonnes copines. Que je perdais à chaque déménagement. Mais pas question de les inviter à la caserne. Mes parents disaient que c'était interdit par le règlement. Il a fallu que j'attende d'être adulte pour découvrir que ce n'était pas vrai, qu'ils se servaient de cette excuse pour avoir la paix.

– Vous deviez vous sentir très seule.

Une boule dans la gorge t'empêche de répondre.

Dans le silence qui suit, vous entendez la respiration régulière du petit Pablo, presque un ronronnement. Tu le regardes, attendrie par la confiance qu'il témoigne à l'adulte.

– Et ils sont où, vos parents, aujourd'hui ? Le docteur Lorrain dit que vous n'avez eu aucune visite pendant votre séjour à la maternité.

Que quelqu'un ait pris la peine de noter ce détail te paraît incroyable.

– Ils vivent quelque part dans les Landes. Mon père est arrivé à la retraite sans jamais atteindre le grade qu'il espérait. Il est confit d'amertume. Alors il s'est construit une espèce de bunker perdu dans la pinède. Bunker avec piscine mais bunker. Il pourrait y vivre heureux mais il ne supporte rien. Ni les mouches qui entrent dans la maison, ni les palombes qui roucoulent, ni les cigales sur lesquelles il tire avec son fusil. Bref, une fois de plus, il s'est créé un enfer sur terre.

– Et votre mère ?

– Ma mère n'existe pas. Elle est comme son ombre, elle ne pipe pas mot. Rien ne dépasse, elle a été absorbée.

Tu avales la dernière gorgée et reposes ton verre couvert de buée.

– Elle *est* le bunker.

Cette longue conversation t'a épuisée. De retour dans ta chambre, tu t'allonges sur ton lit et replies tes jambes pour atténuer les douleurs de ta cicatrice. Finalement, tu t'en tires avec une double peine : les séquelles d'un accouchement par voie basse qui te laisse le périnée en bouillie et la suture de ton hystérectomie. Mais sans l'intervention du docteur Melville, tu serais morte à présent. Tu t'en sors plutôt bien.

Tu somnoles un moment en repensant à tout ce que tu viens de raconter à Jeannette. Et pour la première fois depuis longtemps, tu as envie de parler à ta mère. Tu l'aimerais là, à tes côtés. Tu ne sais pas très bien pourquoi mais il te semble que cela te rassurerait. Sur ton téléphone, tu fais défiler tes contacts. Celui de ta mère est affecté d'une photo qu'elle t'a envoyée à l'occasion des soixante-dix ans de ton père. Elle se tient derrière lui, penchée par-dessus son épaule, avec un sourire tendu, tandis que, bougon, il souffle sur sept pauvres bougies bancales. Le gâteau est minuscule, l'avarice de ton père combinée à l'absence de convive. Tu devines qu'ils ont pris un selfie pour immortaliser cet événement qui n'en était pas un. Tu cliques sur l'icône du téléphone et te prépares à entendre la voix moelleuse de ta mère, avec ses inflexions d'hôtesse d'accueil. Mais à la troisième sonnerie, le courage te manque et tu raccroches.

Vers la fin de l'après-midi, une pluie dense ramène les patientes à l'intérieur. Madeline Sanogo tourne en rond dans le service.

– J'vous jure, clame-t-elle sur tous les tons, j'm'ennuie tellement, qu'on dirait je suis morte. Décédée. Crevée. Kaput… Je vous invite toutes à mon enterrement.

– C'est bon, on a compris l'idée…, soupire Jeannette qui termine une discussion avec deux jeunes mères. Allez ! Mesdames, sortez les tapis ! Relaxation pour tout le monde, même les bébés.

Tu bats prudemment en retraite avant d'être dénoncée par Madeline qui veille au grain. Elle te tend un tapis de yoga en mousse grise.

– On a dit tout le monde ! Tiens, installe ton cul de princesse à côté du mien. Comment tu fais pour être si mince ? Tu viens pas d'accoucher ? Putain, c'est pas juste, la vie !

Tu te demandes à quoi va bien pouvoir ressembler une séance de relaxation à côté de la trépidante Madeline mais, à ta grande surprise, dès les premières notes de musique, elle se tait, les yeux clos. Installées côte à côte dans la salle d'activité, vous passez une heure de douceur et de lenteur au son de la voix bienfaisante de Jeannette. Tu te sentirais presque bien.

La séance terminée, Madeline recommence son bavardage tonitruant et Fabienne l'envoie aussitôt mettre la table.

– Le repas a lieu à 19 heures à la salle à manger, précise-t-elle à ton intention.

Tu acquiesces et pars en direction de ta chambre. L'idée de dîner tous ensemble, comme en colonie de vacances, ne te dit rien qui vaille. Tu ouvres la porte et retiens un cri.

– Comment est-ce possible ? Vous avez vu quelqu'un circuler dans le service ?

Tout le monde est massé à l'entrée de ta chambre où, tremblante, tu désignes, sur ton lit, l'oreiller en charpie. Le prénom de ton fils est écrit en grosses lettres rouges sur ce qui reste du tissu, au milieu d'un débordement de mousse semblable à des flocons de neige sale.

– C'est du sang ! crie Madeline au comble de l'excitation. Du sang ! Du sang ! Du sang !

– Madame Sanogo ! Retournez dans votre chambre.

Mais elle se cramponne au chambranle, les yeux écarquillés.

– Peut-être c'est un vampire !

Fabienne s'approche du lit et se penche prudemment vers l'oreiller.

– Du marqueur, tout au plus. Une très mauvaise plaisanterie. Allez, fin de l'attraction. Je propose que tout le monde aille se reposer jusqu'au dîner.

– Hé ! insiste Madeline. J'espère, le vampire, il est beau comme Robert Pattinson. Il va venir dans ma chambre me faire des choses avec sa grosse…

– Stop ! Un mot de plus et je sors les gouttes !

Des patientes rient, d'autres soupirent, excédées, mais toutes finissent par s'éloigner. Tu restes seule avec les infirmières.

– Qu'est-ce qui s'est passé ? demande Jeannette comme si elle te soupçonnait de pratiquer la calligraphie à tes heures perdues.

Tu protestes, tu n'y es pour rien, tu étais avec les autres en séance de relaxation. Du reste, vous étiez toutes ensemble.

– Personne ne vous accuse, madame Tavernier. J'essaie juste de comprendre.

Elle contourne le lit et ramasse une paire de ciseaux pointus.

– Et voilà l'arme du crime. C'est à vous ?

Tu rougis en reconnaissant tes ciseaux à ongles. Des fibres jaunes correspondant aux draps de l'hôpital sont coincées entre les lames.

– C'est avec ça qu'il m'a scarifiée.

Tu désignes ta cuisse. Les infirmières froncent les sourcils. Visiblement, elles ne sont pas au courant. Alors, avec précaution, tu décolles un coin du pansement.

– Mon Dieu ! Mais qui s'est permis un truc pareil ?

– Mon mari, je suppose. Enfin, celui qui usurpe son identité. Je sais, c'est très fou et je ne veux pas de vos gouttes. Il faut juste me croire.

Tu as la tête qui tourne mais tu hésites à t'asseoir sur le lit, si près de ce nom en forme de menace.

– Je vais appeler la police, décide Fabienne en tournant les talons. Il n'est pas normal qu'on puisse entrer dans ce service comme dans un moulin.

Tu la suis dans la salle de soins. Mais le commissariat oppose une fin de non-recevoir à la demande de l'infirmière. Ils sont en sous-effectif, pas question de se déplacer pour un oreiller déchiré et quelques égratignures...

– Adressez-vous à la sécurité de votre établissement.

Fabienne raccroche, ulcérée.

– Tu crois qu'ils réagiraient pareil avec les autres services ? marmonne-t-elle déçue. Est-ce que nos patients de psychiatrie ont moins de droits que les autres ?

– Les accuserais-tu de psychophobie ? ironise Jeannette occupée à remplir un rapport d'incident.

Ta décision est prise.

– Je vais partir d'ici. Je ne veux pas rester dans un endroit où il peut m'atteindre encore et faire du mal aux autres. Il y a des bébés ici. C'est... Ça m'angoisse !

Tu refuses l'anxiolytique qu'elles te proposent, tu veux juste sortir sur décharge et rentrer chez toi. De guerre lasse, elles appellent le docteur Lorrain, lui expliquent la situation et te le passent.

– Les infirmières ne me croient pas, murmures-tu au téléphone.

– Mais si. Ne recommencez pas avec ça.

– Je veux sortir. C'est trop angoissant de rester ici. Je me sens enfermée et à sa merci.

– Écoutez, si quelqu'un vous persécute, vous êtes plus en sécurité à l'UMB que toute seule chez vous, non ? Je vais parler aux vigiles de l'hôpital pour qu'ils programment des rondes autour du bâtiment. Et demain matin, je passerai dans le service et on appellera la police pour déposer une plainte.

– Pour un oreiller déchiré ?

– Pour l'agression dont vous avez été victime. Vous croyez qu'on a le droit d'écrire sur les cuisses des gens, comme ça, sans permission ? Et puis quoi encore !

Son humour te rassérène un peu.

– OK, je reste.

– C'est bien. Écoutez, je ne voulais pas vous le dire pour ne pas vous inquiéter mais j'ai déjeuné avec le pédiatre de néonatologie à midi. Il trouve que votre bébé ne va pas très bien. Il fait des pauses respiratoires, on a dû le scoper. D'après lui, il n'est pas encore bien accroché à la vie, comme s'il était en stand-by. C'est là qu'on a une partie à jouer, vous comprenez ? Ce petit, il n'est pour rien dans tout ce bazar. Psychiquement parlant, il n'est pas encore tout à fait né. Il vous attend.

Samedi 11 avril

Il est là, de bon matin, à la salle à manger, avec un polo menthe à l'eau et son collier de nouilles. Il se sert un café et vient s'asseoir à la table où tu termines ton thé bon marché parfumé à rien.

– Bien dormi ?

Tu hoches la tête. Tu en as presque honte. Ton mari est retenu en Somalie sans qu'on sache ni où, ni par qui, mais toi, tu t'enfiles dix heures de sommeil, sans broncher.

– Je suis passé au poste de garde en arrivant. Les agents de sécurité ont effectué des rondes toute la nuit et ils n'ont rien repéré de suspect. De toute façon, la nuit, le service est fermé à clé.

– Pas la journée ?

– Vous vous croyez en prison ?

– C'est l'image qu'on a de la psychiatrie.

– Hélas...

– Et puis, je me sens toujours coupable de tout, alors de là à croire qu'on va m'enfermer !

– J'avais remarqué. Vous avez probablement de bonnes raisons. On en reparlera...

Tu le contemples, troublée par le criard assemblage de macaronis et coquillettes qu'il porte autour du cou.

– Ce sont vos enfants qui vous ont offert ce beau collier ?

– Joker ! Disons que j'ai perdu un pari...

Est-ce que toi aussi, un jour, tu auras des cadeaux de fête des mères aussi touchants ? Est-ce que tu vas réussir à être la maman du bébé que tu as porté ? Enceinte, tu t'inquiétais de devenir une bonne mère. La meilleure qui soit. Depuis, tu as revu tes ambitions à la baisse.

Cette fois, c'est le docteur Lorrain qui appelle la police. Il se présente comme le chef de service de l'unité mère-bébé et insiste sur la violation des lieux de soin par un individu mal intentionné. Il veut porter plainte pour des blessures à l'arme blanche commises sur une patiente. Est-ce le fait qu'il soit un homme en position d'autorité ? Peu après, une voiture de police se gare devant le service. L'équipage est conduit par une femme aux yeux gris qui coache une jeune recrue mal réveillée. La cinquantaine bien tassée dans un tailleur démodé, la capitaine Llorca écoute patiemment ton récit. Puis elle prend des photos de l'oreiller éventré et de tes blessures, avant de récupérer les ciseaux à ongles incriminés.

– Arno ! Pièce à conviction ! souligne-t-elle à l'intention de son stagiaire qui lui tend précipitamment un sachet de scellés.

Le dénommé Arno a tout l'air de rentrer de boîte avec ses cheveux hirsutes et ses yeux désynchronisés.

On devine un gros déficit de sommeil mal compensé par la caféine. Tu désignes les ciseaux.

– Vous savez, plein de gens les ont touchés.

– Je m'en doute ! Dommage qu'on ne nous ait pas appelés avant. On aurait pu relever des empreintes.

Elle se penche pour remplir l'étiquette et fermer le sachet.

– Le problème de cet hôpital, dit-elle avec lassitude, c'est que c'est une ville dans la ville. Personne pour prendre les décisions. Quand il y a un souci, les médecins se défaussent sur les administratifs qui se tournent à leur tour vers les vigiles. Mauvais plan. On les connaît, les gars, ils sont sympas mais c'est pas des foudres de guerre. Certains tournent à deux grammes dès neuf heures du matin. Faut pas leur en demander trop.

Elle fixe son stagiaire qui suit votre conversation avec un ostensible désintérêt.

– Après, vous savez ce que c'est, la police manque d'effectifs. Sans compter que certains collègues ont du mal à décoller le cul de leur chaise. Ils préfèrent se planquer derrière leurs ordis. À moins d'un meurtre, vous ne les verrez pas sur le terrain.

Un lourd silence suit ce qui ressemble fort à un règlement de compte. Tu t'empresses de reprendre la parole et tu lui expliques qu'à la maternité, personne ne t'a crue.

– Ils ont pensé que j'étais folle et que je m'étais fait ça toute seule pour me rendre intéressante.

La policière lève les sourcils. Le docteur Lorrain confirme.

– C'est malheureusement vrai. On vit à l'ère du soupçon généralisé, personne ne croit plus personne…

Il te pousse à raconter l'enlèvement de ton mari que les soignants ont qualifié de délire paranoïaque. La capitaine Llorca n'est manifestement pas au courant de cette prise d'otage dont aucun média n'a parlé. Tu détailles la visite du commandant Tranchet…

– Oh, je le connais, Tranchet ! On a bossé ensemble pendant des années. C'était un chic type, Sylvain, à part qu'il conduisait comme un pied et qu'il emboutissait toutes les voitures de service. L'enjeu, c'était de choper les clés avant lui. Vous l'avez prévenu qu'on vous harcèle ? Les deux affaires sont peut-être liées.

Penaude, tu avoues que tu as perdu ses coordonnées. À moins que ton visiteur inconnu ne les ait dérobées.

– Décidément… Ne vous inquiétez pas, je vais lui transmettre mon rapport.

Vous raccompagnez les deux policiers jusqu'au parking. Une fois dehors, la capitaine observe la façade peu reluisante du bâtiment.

– C'est quoi, au juste, ici ?

Lorsqu'elle apprend qu'il s'agit d'une unité de soin dédiée aux difficultés maternelles dans le post-partum, elle tombe des nues.

– Dommage que ça n'ait pas existé quand je suis devenue mère. Ça m'aurait peut-être évité d'être odieuse avec mes mouflets.

Et, comme si elle n'attendait que ça depuis vingt ans, elle vous raconte ses trois maternités, trois gosses adorables mais qui la sollicitaient jour et nuit tandis que son mari, représentant de commerce, la laissait seule pour sillonner la France.

– Pendant qu'il se la coulait douce à l'hôtel, moi, j'étais réveillée dix fois par nuit et j'étais épuisée.

Je n'avais pas une minute à moi. Je les aimais, ces gosses, mais ils me tapaient sur les nerfs à chouiner tout le temps. Combien de fois j'ai failli les passer par la fenêtre, surtout l'aînée !

Le psychiatre sourit.

– Par la fenêtre ? Il paraît que c'est interdit...

Llorca lui rend son sourire.

– Il paraît, oui...

Elle te tend une main chaleureuse.

– Prenez soin de vous, madame, je vais veiller à ce qu'on ne vous importune plus.

Une fraction de seconde, tu envisages de te jeter dans ses bras et tu te raidis.

Llorca partie, le psychiatre t'invite à passer dans son bureau. Tu prends place dans un des fauteuils rouges et laisses ton regard courir sur les sculptures de bois sombre qui ornent les murs.

– Bon, si on parlait un peu de vous, madame Tavernier ?

– À quel propos ?

Il se tait et te contemple. Tu te renfrognes, prête à mordre.

– Vous essayez de m'analyser ? Je vous préviens, je n'ai rien à dire.

– On parie ?

Il t'invite à présenter ton parcours, tes études.

– Jeannette m'a dit que vous aviez étudié à la Fémis et que vous bossiez comme scripte dans le cinéma.

– Elle vous raconte tout ?

– On travaille en équipe.

Tu soupires.

– Le ciné, c'était avant. Mon actu, c'est plutôt le chômage. On dit que vivre à Paris est idéal pour trouver un job dans l'audiovisuel, mais depuis que je suis ici, je n'ai pas décroché un entretien. Bon, faut dire que je ne postule pas…

– Ça peut jouer, glisse le médecin en souriant.

– En fait, je n'arrête pas de réécrire mon CV. J'ai dû créer cinquante versions, aucune ne me convient. Il est nul.

– Vraiment ?

– Non, c'est moi qui suis nulle. Quand une offre se présente, je suis incapable d'y répondre dans les délais. Rien que rédiger une lettre de motivation, je suis en transe.

– Comment expliquez-vous ça ?

– La peur. Peur de ne pas être à la hauteur. Dans ce métier, il faut afficher une grande confiance en soi. Montrer qu'on assure. C'est une telle responsabilité ! Le scripte, c'est la mémoire du film. On attend de lui qu'il fixe chaque scène pour éviter les faux raccords. Sur le tournage, il est garant de l'identité visuelle, plan après plan, de sorte qu'au montage, tout s'accorde, même si les séquences n'ont pas été tournées dans l'ordre. Pour porter un film de bout en bout, il faut vraiment croire en soi.

– Croire…

Tu soutiens son regard, et comme il ne flanche pas, tu consens à raconter.

Raconter ce long-métrage sur lequel tu as été embauchée en début de carrière. Le réalisateur avait la réputation d'être exigeant, un caractériel qui soufflait le chaud et le froid et terrorisait les techniciens. Durant la préparation du film, tu as beaucoup travaillé. Tu te sentais dans ton élément, fébrile mais heureuse.

– Après quelques jours de tournage, j'ai déchanté. Le réal n'était jamais satisfait. Il n'en finissait pas de retourner les mêmes séquences, et tout s'enchaînait si vite que j'avais à peine le temps de noter les plans. J'étais noyée. Il l'a vu et il a commencé à douter de moi. Alors, j'ai paniqué. Je n'arrivais plus à me fier à ma mémoire, je devais tout le temps vérifier. Pendant que les autres allaient déjeuner à la cantine, je visionnais les rushes, j'essayais de récupérer mon retard. Mais plus je contrôlais, plus je faisais des erreurs. Serge, le réal, s'est mis à me balancer des reproches. Il disait que le tournage prenait du retard à cause de moi alors que c'était lui qui n'arrêtait pas de changer le plan de travail et qui provoquait le chaos dans les équipes. Un cadreur est parti en claquant la porte et même les comédiens menaçaient de se barrer. Mais la coupable idéale, c'était moi.

– Pourquoi ? Ce n'était pourtant pas de votre faute.

– Non, bien sûr. Enfin, je ne crois pas. Mais, un jour qu'il était particulièrement énervé, le réalisa-tueur m'a virée du plateau en hurlant qu'il ne voulait plus me voir derrière le combo. Il a confié mon poste à l'assistant-scripte et j'ai fini le tournage en régie.

– Le réalisa-tueur ?

– Non ! Je n'ai pas dit ça !

– Si.

Tu rougis.

– Voilà, je raconte n'importe quoi. Vous allez me donner le même traitement qu'à Madeline ?

– Au contraire, votre lapsus résume bien votre perception inconsciente des événements.

– C'est possible. Serge a tué le peu de confiance qu'il me restait. Et comme si cela ne suffisait pas, il a répandu le bruit que j'étais lente et imprécise. Tout se sait dans ce milieu. Après cette histoire, je n'ai tourné que des films d'entreprise et des docus sans intérêt.

– Eh bien, souligne Lorrain en se levant, pour quelqu'un qui n'avait rien à dire…

– Vous m'avez envoûtée. C'est de la sorcellerie.

– Peut-être bien…

Après le départ du psychiatre, tu erres sans but dans le service. Madeline te propose de jouer aux échecs, pendant que son bébé dort. À coup sûr, ça va être vite plié…

Ça l'est, en effet, mais pas comme tu l'avais imaginé. Madeline est redoutable. Sa concentration est immédiate, sa rage de gagner se lit dans son regard. Tu perds deux parties d'affilée et refuses la troisième.

– En vrai, commente la jeune femme en versant de l'eau chaude sur son café soluble, je sais que j'ai l'air d'une débile. Mes frères m'ont toujours dit : « T'as l'air d'une grosse débile ! » à cause que j'avais des lunettes épaisses qui me faisaient des yeux de poisson ! Mais faut pas se fier à ce qu'on voit…

– Qui t'a appris à jouer comme ça ?

– Les infirmiers, à l'hôpital. La psychiatrie, c'est ma maison depuis que j'ai quatorze ans. J'ai bien plus parlé avec les psys et les infirmiers qu'avec mes parents dans toute ma vie. Ma parole, c'est le seul endroit où on me prend pas pour une débile. On me respecte ici, on sait que je suis malade. C'est pas honteux d'être malade, tu sais ? Si t'avais une maladie du genou, t'aurais honte ? Mon frère Virgile, y dit que j'ai la plomberie qui déconne dans ma tête, alors je me soigne…

Elle s'interrompt, repousse son verre de café et se lève brusquement.

– Faut que j'y aille, y a mon Pablo qui pleure.

– Mais je n'entends rien !

Elle sourit, ravie de te damner le pion.

– C'est parce qu'on n'est pas câblées pareil, toi et moi. Avec mes bébés, j'ai le sixième sens, mes oreilles traversent les murs.

– *Tes* bébés ? T'en as combien ?

– C'est le troisième !

Elle attrape son paquet de clopes et file lourdement en direction de sa chambre.

Restée seule, tu t'installes, portable en main, face au jardin criblé par la pluie et tu entreprends de trouver les coordonnées du journaliste que Camille a dû remplacer. Tu inscris son nom sur un moteur de recherche et parcours plusieurs pages avant de te souvenir que les adresses mail de Radio France sont toutes construites sur le même modèle. Tu tentes ta chance et envoies un message à Didier Torre, en espérant qu'il consulte sa messagerie professionnelle pendant son arrêt maladie. Après avoir expliqué qui tu es, tu lui demandes de te rappeler dès que possible.

Le message envoyé, tu te sens ridicule. Que cherches-tu au juste, en embêtant cet inconnu pendant qu'il se remet de ses blessures ? Qu'es-tu en train d'imaginer ? Tu bois une gorgée de ton café soluble qui a eu le temps de refroidir. Il a un goût de caramel amer qui te soulève le cœur. Puis tu te décides à téléphoner à Rakhshan, le chauffeur de taxi. À mesure que ta mémoire se précise, tu te souviens de la manière dont il t'a raccompagnée jusqu'à la porte de ton immeuble et qu'ensuite, ne parvenant pas à joindre Camille, tu l'as appelé au secours. En revanche, le reste est encore brumeux, comme si, dans l'action, faute d'être suffisamment irrigué, ton cerveau avait choisi entre préserver ta mémoire et piloter tes fonctions vitales.

– Taxi Panthéon, j'écoute !

C'est lui, tu reconnais sa voix. Tu te présentes et tu n'as pas le temps de terminer ta phrase qu'il te propose de venir te voir. Tu t'attendais si peu à ça que tu déclines précipitamment. Il semble déçu mais, très vite, il te présente ses excuses, il ne veut pas t'importuner maintenant que tu as ton petit Noé.

Il masque mal son amertume et l'angoisse te traverse telle une flèche envenimée.

– Comment savez-vous son prénom ?

Soudain, il se montre fuyant, prétexte un double appel et promet de te rappeler au plus vite. Médusée, tu écoutes les tonalités avant de raccrocher à ton tour. Tu songes à l'ère du soupçon dont parlait le psychiatre, un peu plus tôt. Serais-tu atteinte, toi aussi, par une forme de paranoïa ? Est-ce que c'est héréditaire ?

Et si c'était Rakhshan qui usurpait l'identité de ton mari ? Plus tu réfléchis, plus ça semble coller. Il connaît ton adresse, il a pu regarder quand tu composais le code de l'immeuble et il semble qu'il ait pénétré dans ton appartement pour te venir en aide. Et s'il avait confisqué tes clés le temps de les dupliquer ? Mieux, s'il avait pris le trousseau de Camille dans l'entrée ? Lorsqu'il part à l'étranger, ton mari laisse toujours ses clés pendues à un crochet, près de la porte. Pendant ton séjour en soins intensifs, Rakhshan avait tout le loisir de fouiller ton appartement. Il aurait ainsi pu récupérer les affaires du bébé et le livret de famille, puis ta valise... Mais pourquoi ? Qu'est-ce qu'un inconnu pourrait bien retirer d'un tel subterfuge ? Ce qui, fatalement, te conduit à la question suivante : si ce n'est pas un inconnu, qui est-ce ?

À ton grand étonnement, Rakhshan te rappelle vingt minutes plus tard. Il vient de déposer quelqu'un, il a un peu de temps pour discuter.

– Écoutez, je n'aurais jamais dû faire ça. Je suis désolé. Je m'en veux.

Tu te raidis.

– Faire quoi ?

Il te raconte qu'il y a deux jours, un peu déçu de n'avoir aucune nouvelle de ta part, il a profité d'une rotation dans l'hôpital pour s'arrêter en double file devant la maternité. Une des employées du bureau des entrées le connaît bien car il travaille fréquemment avec les services hospitaliers. Elle a consulté son ordinateur et situé Betty Tavernier chambre 121 à la maternité, ainsi qu'un petit Noé du même nom, arrivé le même jour et émargeant en néonatologie.

– Bravo pour le secret médical !

– Oui, c'est vrai, reconnaît le chauffeur de taxi. Je sais que c'est mal mais... Ce bébé, c'est particulier pour moi. Comment vous expliquer ? Écoutez, il faut qu'on se voie. S'il vous plaît, acceptez que je vous rende visite demain avec ma femme. Je lui ai tellement parlé de vous ! Elle voudrait vous connaître. Allez ! Dites oui !

De guerre lasse, tu consens à une visite mais seulement quand tu seras rentrée chez toi.

– Vous ne voulez pas plutôt qu'on vienne vous voir à l'unité mère-bébé ?

– Mais comment savez-vous ? ! C'est insensé ! Vous m'espionnez ou quoi ?

– Non, ce n'est pas ce que vous croyez... Ah ! Zut, encore un double appel. Je... Je vous laisse ! À demain !

Il raccroche et te laisse à ta perplexité. Qui est cet homme et que te veut-il ? T'avoir sauvé la vie lui donne-t-il des droits sur toi ? Est-ce qu'il surveille tes faits et gestes ? *Ce bébé, c'est particulier pour moi.* Qu'est-ce que ça peut bien vouloir dire ?

Malgré tous tes efforts, les souvenirs se refusent. Impossible de te rappeler son visage. À la place, tu vois ses mains sur le corps d'un petit cadavre. Un enfant. Gris comme un noyé. Soudain, l'angoisse surgit et tu portes tes mains à ta gorge serrée. Des images trop précises te traversent. Tu voudrais, tout à la fois, les chasser et les retenir. Ne rien savoir et comprendre. Oublier ce que tu cherches à te remémorer.

Toute à ta lutte intérieure, tu sursautes quand la porte-fenêtre de la salle d'activité s'ouvre brutalement sous l'effet du vent. Une bourrasque de pluie te frappe au visage. Tu pousses un petit cri qui fait surgir Nesrine, l'infirmière du matin. Elle t'aide à refermer les battants mais il y a du jeu dans la poignée et comme la poussée du vent reste forte, vous tirez une lourde table devant la fenêtre pour la maintenir fermée.

– Vieux bâtiments, jamais de sous pour les rénovations. Bienvenue en psychiatrie, madame Tavernier !

Tu ris en contemplant tes vêtements trempés. Un peu de légèreté qui chasse tes pensées angoissantes.

– Ça rafraîchit !

Ensemble, vous épongez le sol puis elle te fausse compagnie.

– Je vais appeler les services techniques pour qu'ils viennent réparer, mais avec toute la flotte qui tombe depuis hier, ils doivent déjà être en train de pomper dans les sous-sols. Le navire prend l'eau. Allez donc vous changer, vous risquez d'attraper froid.

En milieu d'après-midi, tu as la surprise de recevoir la visite de Charlotte. Elle vient de terminer son service et t'apporte un sachet de fondants à la menthe acheté en passant à la boutique de l'hôpital. Vous vous installez dans la salle de séjour déserte et piochez dans les friandises.

Charlotte déborde d'enthousiasme tandis qu'elle te décrit la Maison de naissance où elle est affectée depuis la veille.

– C'est une équipe géniale et tellement différente de ce que j'ai connu dans mes autres stages. C'est l'idée que je me fais de la sororité. Des femmes qui accompagnent d'autres femmes, sans préjugés, avec le moins de médicalisation possible. J'adore !

Sa gaieté est communicative. Tu souris malgré toi.

– Ce matin, poursuit-elle en s'étirant comme un chat, j'ai participé à un accouchement dans un grand bain d'eau chaude. La jeune mère était très détendue, on voyait qu'elle était en confiance. Elle avait juste besoin de s'appuyer sur son compagnon et sur nous pour laisser faire la nature, sans précipitation, sans angoisse. Tout s'est passé merveilleusement et elle a eu une adorable petite fille, elle aussi très détendue.

– Laisser faire la nature…

Des bribes du carnage vécu dans ton appartement te reviennent peu à peu à l'esprit. La nature ne te laisse pas que de bons souvenirs…

– Non, mais ce n'est pas pareil ! Vous étiez seule, en panique, et vous aviez perdu confiance en vos sensations à cause de cette garce d'Édith ! C'est pour ça qu'après mon diplôme, je veux exercer dans une Maison de naissance. Pour ne pas avoir à bosser avec des Édith frustrées qui se vengent sur les mères d'avoir raté leur vie personnelle. Ou avec certains obstétriciens butés qui n'ont encore pas compris que les femmes n'étaient pas des bouts de viande qu'on peut cisailler comme on veut sans se soucier de leur consentement.

Tu ris de la voir ainsi remontée. Cette fille est un concentré de joie, tellement spontanée, tellement sincère. Elle pioche un nouveau bonbon et poursuit, la bouche pleine.

– Le docteur Melville n'est pas comme ça, elle est à l'écoute et elle reprend ses internes quand ils font des touchers vaginaux comme des brutes. Mais certains ne veulent rien entendre. Ils sont aveuglés par leur prétendu savoir médical, ils ne comprennent pas que les femmes aussi ont du savoir.

Tu fais la moue. Du savoir ? Rien n'est moins sûr.

– Si ! Du savoir sur leur corps, sur le bébé qu'elles portent, sur leur capacité à surmonter ou pas la douleur. On peut les écouter et leur permettre de s'écouter elles-mêmes… Les violences obstétricales, c'est pas une légende. Vous devriez aller lire un peu sur le sujet. C'est passionnant de voir dans quelles logiques ça s'inscrit.

Une patiente entre dans la pièce et Charlotte baisse la voix.

– Au fait, j'ai su le fin mot de l'histoire, pour Édith.

– Comment ? Quelle histoire ?

– Je l'ai entendu discuter jeudi avec Marianne, une autre sage-femme qui travaille surtout en consultations prénatales. Elles sont bien copines, ces deux-là, aussi garces l'une que l'autre, ça crée des liens. Eh bien, Édith s'est vantée d'avoir tout de suite deviné que tu étais, je cite, « une emmerdeuse et une hystérique » quand tu es passée dimanche aux urgences. Et elle a rajouté que, pendant que tu étais sous monitoring, ton mari l'a interpellée dans le couloir pour lui expliquer que tu affabulais, que tu étais fragile psychologiquement et que, depuis le début de ta grossesse, tu n'arrêtais pas de débouler dans tous les services d'urgences pour dire que tu étais sur le point d'accoucher.

Tu la contemples, stupéfaite.

– Tu es sûre de ça ?

Insensiblement, vous êtes passées au tutoiement, comme dans une version plus intime de la rencontre.

– Certaine. Je complétais des dossiers dans le bureau d'à côté, elles n'ont pas vu que j'étais là. Et tu sais comme elle parle fort, Édith. J'ai tout entendu, y compris quand elle a raconté qu'elle n'avait pas pris la peine d'enregistrer ton passage sur le logiciel de soins. Elle était très contente d'elle.

– Mais alors, ça signifie que celui qui se fait passer pour Camille était là bien avant que je sois hospitalisée ? Et c'est à cause de lui que je me suis retrouvée à accoucher toute seule. Mais pourquoi ? Dans quel but ?

– Ton bébé ? C'est peut-être un couple en mal d'enfant ?

– Alors qu'il est si facile de voler un gamin au square ?

Elle te regarde, un peu effarée, comme si tu étais coutumière de ce genre d'exaction. Mais tu as la tête en feu. Une nouvelle fois, l'idée que le dénommé Rakhshan pourrait être derrière tout cela t'envahit. N'est-il pas venu à ta rencontre, à l'intérieur même de l'hôpital ? Il devait bien se douter que, dans ton état, tu ne rentrerais pas en métro. Dans quel guêpier t'es-tu donc fourrée en montant dans ce taxi ?

Profitant d'une éclaircie, tu raccompagnes Charlotte jusqu'à la sortie de l'hôpital. Le pavillon de psychiatrie est complètement à l'opposé, comme si on avait jugé utile de reléguer les malades mentaux dans les endroits les plus reculés de l'établissement.

Marcher te fait du bien, même si cela réveille les douleurs de ton entrejambe meurtri. Arrivées à la barrière blanche et rouge, vous vous arrêtez, face à face, pareillement émues. Tu la remercies de sa présence et vous vous étreignez comme deux vieilles amies.

– Pourvu que mes collègues ne me voient pas, murmure-t-elle soudain inquiète. Elles seraient fichues d'écrire dans mon rapport de stage que je m'implique trop et que je ne respecte pas les distances soignant-soigné !

– Tu veux rire !

– Pas vraiment. Tu sais, dans les services, j'ai rencontré des professionnelles extraordinaires qui m'ont enseigné la maïeutique comme un art. Et d'autres qui m'en ont fait baver et m'ont traitée de merdeuse idéaliste. Toutes les stagiaires passent par là, elles plient ou elles se cassent.

– Ne change rien, Charlotte ! Tu vas être une sage-femme formidable. Et repasse me voir quand tu veux !

Tu rentres, guillerette, par le même chemin. Arrivée dans le service, ta joie retombe brutalement. Durant quelques minutes, tu as oublié le réel auquel tu as affaire : un mari kidnappé et en danger de mort, un bébé que tu ne connais pas encore et qui ne semble pas très convaincu de vivre et toi, pauvre cloche, hospitalisée en psychiatrie avec la truculente Madeline et Sophia qui contemple ses mains comme si elle ne les avait jamais vues. Pas vraiment de quoi se réjouir. Tu regagnes ta chambre, bien décidée à dormir jusqu'au soir mais au moment de pousser la porte…

– C'est pas vrai !

Sur le battant une main anonyme a inscrit *Tu m'appartiens* au marqueur rouge.

Appelée à la rescousse, la sécurité de l'hôpital ne peut que constater le graffiti. Les agents ont du mal à saisir l'émoi qu'il provoque en toi.

– Des incivilités comme il en existe beaucoup dans un établissement de cette taille. Rien ne dit que vous êtes visée.

Toutefois, ils promettent de renforcer les rondes autour du service. En attendant, l'unité est fermée à clé jusqu'au lendemain, au grand dam de Madeline qui y voit une atteinte à sa liberté individuelle.

– Madame Sanogo…, soupire l'infirmière du soir, vous ne sortez jamais du service.

– C'est pas une raison, j'vous ferais dire ! Si… Si Robert Pattinson veut venir me voir, hein ? Comment qu'il fera si la porte est fermée !

– Ce cher Pattinson ! Ça faisait longtemps. Eh bien, il sonnera et je me ferai un plaisir d'aller lui ouvrir.

Armée d'un chiffon imbibé d'alcool, tu frottes chaque lettre, obstinément. À peine parviens-tu à affadir le rouge. Profitant de ce que Pablo dort, Madeline vient te relayer dans tes efforts. Mais, bientôt, vous voilà toutes deux essoufflées et dépitées de voir que cela ne vous mène à rien. Alors qu'elle passe dans le couloir chargée d'un plateau-repas, Nesrine vous invite à cesser.

– De toute façon, j'ai déjà envoyé un mail aux services techniques pour qu'ils viennent repeindre.

Tu la regardes s'éloigner jusqu'au bout du couloir, frapper à une porte et entrer. Tu te tournes vers Madeline.

– Il y a quelqu'un là-bas ? Je croyais qu'on n'était que quatre aujourd'hui…

– C'est la chambre de Mme Lagnieu. Personne ne la voit jamais. Des jours et des jours qu'elle quitte pas son lit.

– Elle est punie ?

Madeline te dévisage avec perplexité et tu as honte de ta question.

– T'es grave, toi. Tu crois la psychiatrie, c'est pour punir les gens ? Mais tu sors d'où ?

Elle vérifie que personne ne l'écoute et baisse la voix.

– Madame Lagnieu, elle a essayé de se tuer avec son bébé. À cause des voix. Et du délire.

D'après Madeline, la patiente était convaincue que son petit Hugo souffrait d'une maladie incurable et qu'il lui demandait d'abréger ses souffrances. Chaque pleur était interprété comme une douleur et une supplique d'en finir. Tous les pédiatres consultés rendaient le même verdict : votre bébé va bien.

– Y voyaient pas qu'elle était perturbée et qu'elle avait besoin d'aide. Personne l'a crue.

Ton ventre se serre. Pauvre femme !

– Alors ?

La honte, encore et toujours, devant les sourcils froncés de Madeline.

– Un jour, elle a sauté dans la Seine avec son petit. Mais ça lui a fait un choc, elle a empêché son bébé de se noyer et la brigade fluviale les a repêchés. Depuis, elle s'en veut à mort... Son mari lui amène le bébé de temps en temps mais elle veut pas le prendre, elle a trop peur de recommencer.

La porte de la chambre s'ouvre et l'infirmière, l'air sombre, ressort avec le plateau intact.

– C'est pour ça, chuchote Madeline, elle se laisse mourir de faim.

Nesrine repasse à votre hauteur, elle semble découragée. Madeline l'interpelle.

– Vous voulez qu'on essaie ?

– Non, madame Sanogo, c'est pas votre boulot.

Elle hésite, puis laisse Madeline lui prendre le plateau des mains.

– Après tout, on n'a rien à perdre. Mais en douceur, hein ! Pas de forçage.

Madeline sourit largement.

– Vous savez, Nesrine, je suis la reine de la douceur.

– C'est ça...

La chambre de Mme Lagnieu est plongée dans l'obscurité. Depuis la porte, tu distingues une silhouette allongée telle une gisante. La lumière du couloir éclaire un visage las et marqué, d'une pâleur mortelle. Des mèches luisantes de sueur sont collées sur un front mélancolique et une humeur blanchâtre cerne des lèvres pincées. Alors, cela s'impose à toi.

Fuir. Fuir l'horreur de cette vision. T'extraire de la scène, en voiler le caractère mortifère. Tu recules d'un pas et chuchotes à Madeline que tu ne peux aller plus loin.

– Ferme la porte en partant, dit-elle sobrement en déposant le plateau sur la desserte.

En te dérobant, tu as le sentiment de ta lâcheté. Ou peut-être te protèges-tu ? Mais de quoi ?

De retour dans ta chambre, tu découvres que Didier Torre a répondu à ton mail. Il apprécie que tu demandes de ses nouvelles mais il s'étonne : pourquoi l'épouse d'un collègue prend-elle cette peine alors que vous ne vous connaissez pas ? Il te laisse son numéro et te propose de le rappeler si tu le souhaites. Ce que tu fais immédiatement pour chasser l'angoissante vision de la femme au bout du couloir.

Tu commences par l'informer de l'enlèvement de Camille. Étonnamment, la rédaction de RFI ne l'a pas mis au courant. Il accuse le coup.

– Comment est-ce possible ? J'ai appelé mon rédac-chef pour l'informer de ma prolongation d'arrêt de travail et il ne m'a rien dit.

Tu n'es pas surprise au vu des consignes de discrétion reçues de la part de la DGSE.

– Moi qui rageais de m'être cassé la gueule aussi bêtement dans un métro que je prends tous les jours, je crois que ça m'a porté chance.

– Je vois, réponds-tu sans parvenir à cacher ton amertume.

Il se reprend aussitôt, ce n'est pas ce qu'il voulait dire, il est tellement embêté pour Camille qui l'a remplacé sans discuter, sur ses différentes missions.

– C'est un chic type, votre mari, et un sacré bon professionnel. Il ira loin…

Il est déjà loin, songes-tu en constatant que ton interlocuteur enchaîne les gaffes. Comme une défense, l'ironie, chez toi, prend le dessus.

– Monsieur Torre, vous disiez que vous étiez tombé bêtement…

– Non, chère madame ! On m'a bousculé ! Je descendais le grand escalier qui mène aux quais et quelqu'un, qui devait être très pressé, je suppose, est arrivé par-derrière et m'a poussé sur le côté. J'ai raté une marche, puis une autre, et j'ai roulé jusqu'en bas. Sincèrement, j'ai eu de la chance, j'aurais pu me tuer !

– Et le type qui vous a poussé ?

– Pas vu ! Il a continué de descendre et ne s'est pas soucié de moi. C'est une dame qui m'a secouru puis les agents de la RATP sont arrivés. Le temps que je réalise, il avait disparu. À la réflexion, il aurait très bien pu m'éviter, il avait largement la place de passer…

Intriguée, tu lui demandes de te préciser le moment et le lieu. Si des agents RATP sont intervenus, c'est sans doute qu'ils ont repéré l'accident sur leurs écrans de surveillance. Tu te sens soudain l'âme d'une détective…

– Une dernière chose, monsieur Torre. On me prie d'être extrêmement discrète sur cette affaire. Je n'aurais déjà pas dû vous en parler…

– Ne craignez rien, madame Tavernier. Je serai muet. Camille est un chic type. Quand je pense qu'il a renoncé à ses vacances pour me remplacer !

À peine as-tu raccroché que tu reçois un appel d'un numéro inconnu. Tu hésites à décrocher. Et si c'était ton harceleur ? Tes mains tremblent quand tu prends la communication.

– Commandant Tranchet ! On s'est parlé l'autre jour mais vous étiez un peu dans les vapes. Je suis chargé de l'enquête sur l'enlèvement de Camille Tavernier.

Il a la voix rocailleuse comme s'il avait passé la journée à aligner les clopes.

– Je me souviens de vous. Est-ce que vous avez des nouvelles de mon mari ?

Il hésite.

– Oui et non. La bonne nouvelle, c'est qu'on sait qui le retient prisonnier et ce ne sont pas des islamistes. Les motivations des ravisseurs seraient plus financières qu'idéologiques, ce qui, croyez-moi, est un atout majeur dans ce domaine. Quand un otage a une valeur marchande, généralement, on en prend soin. En revanche, on ne les a toujours pas localisés.

– Financières ? Ça signifie que vous avez reçu une demande de rançon ?

– Je ne suis pas habilité à vous donner cette information, répond-il sèchement.

Il doit entendre ton désarroi car il se radoucit et t'enjoint de faire confiance aux autorités. Officiellement, l'État français ne paie pas de rançon.

– Officiellement, vous entendez ?

– C'est censé me rassurer ?

Il garde le silence quelques secondes et tu crains qu'il n'ait raccroché.

– Allô ? dis-tu d'une voix suppliante. Vous êtes toujours là ?

– Je suis là. Est-ce qu'on peut parler un peu de vous ? Je crois que vous traversez des choses difficiles…

Tu lui racontes par le menu ce qui s'est passé depuis votre première rencontre. L'intrusion dans ta chambre de maternité avec les scarifications pratiquées sur ta cuisse, ton oreiller en pièces à l'unité mère-bébé…

– Et vous pensez que c'est en rapport avec l'enlèvement ?

Tu hésites.

– Il y a autre chose… Tu m'appartiens.

– Pardon ?

– Quelqu'un a écrit « Tu m'appartiens », tout à l'heure, sur la porte de ma chambre. Le même genre de lettres capitales rouges que sur ma cuisse et sur l'oreiller. J'ignore qui est l'auteur mais cette ordure ne recule devant rien. Venir jusque dans le service où je suis hospitalisée pour me harceler ! Depuis, je ne me sens plus en sécurité ici…

– Je préfère vous savoir là que seule chez vous, coupe Tranchet. J'ignore si les deux affaires sont reliées mais, dans le doute, il vaut mieux que vous restiez à l'hôpital pour le moment. Vous avez pris en photo l'inscription sur votre porte ? Je vais vous donner une adresse mail pour la transmettre à notre analyste de données. Si cette graphie a déjà fait l'objet d'une plainte, il saura nous trouver l'info… Vous avez de quoi noter ?

Tu passes une soirée morose dans la moiteur d'une salle embuée. Dehors, le tonnerre gronde et la pluie cingle les vitres. Avec les derniers départs en permission, l'unité s'est encore vidée de ses occupantes. À l'exception de Mme Lagnieu, dont la figure de morte-vivante te hante, ne restent que Sophia, Solène et Madeline qui ne tient pas en place depuis que Pablo a vomi son biberon du soir. L'enfant somnole dans son landau, les traits tirés. De temps à autre, il sursaute et geint doucement.

Après le dîner, Marielle, l'infirmière de nuit, vous propose une partie de Scrabble. Tu acceptes pour ne pas rester seule, mais Sophia n'est pas concentrée et le jeu s'éternise. À quoi peut-elle bien penser, avec ses grands yeux vides et son air désespéré ? Est-ce que tu vas finir comme elle, égarée entre deux mondes ?

– Sophia, c'est à toi de jouer, murmures-tu en claquant des doigts pour tenter d'attirer son attention.

Elle te regarde avec surprise puis plonge dans ses lettres et livre enfin un mot. Une nouvelle fois, Marielle se tourne vers Solène qui est scotchée devant une émission de téléréalité.

– Un peu moins fort, la télé, s'il vous plaît, on ne s'entend plus jouer.

– Oui, et puis tu empêches Pablo de dormir ! gronde Madeline au bord de la crise de nerfs.

Comme Solène ne réagit pas, elle se lève d'un bond et lui pique la télécommande. L'autre proteste quand elle éteint le téléviseur.

Madeline n'attendait qu'un signal pour exploser.

– Arrête, tu nous saoules avec ces conneries ! Tu crois que c'est ça, la réalité ? Vivre en maillot de bain, rouler en décapotable et passer ses journées à draguer en buvant des cocktails ? Et Machin, il est sorti avec Machine ! Et Bidule, il est trop musclé, j'adore ! Gna-gna-gna !

Solène se dresse, ulcérée.

– Rends-moi cette télécommande, je veux voir la suite !

Mais Madeline n'en a pas fini avec elle.

– Putain ! Tu vois pas que ces programmes à la con, c'est pour t'abrutir ? Déjà que ceux qui t'ont pondu, ils ont oublié les finitions !

– Madame Sanogo ! Vous dépassez les limites.

Madeline se tourne vers l'infirmière.

– Quoi ! C'est pas vrai peut-être ?

– Non, et ça suffit !

Marielle ébauche un geste d'apaisement.

– Et si vous me disiez plutôt ce qui vous angoisse ?

Madeline redescend aussitôt. Elle plonge une main dans le landau et la pose sur le front de son fils.

– Il faut lui reprendre la température, Marielle ! Je suis sûre qu'il a au moins quarante.

– Je l'ai prise il y a moins d'une heure et il n'avait pas de fièvre. Laissez-le dormir un peu et venez plutôt nous aider à finir cette partie.

En soupirant, Madeline fait le tour des chevalets, pointant ici ou là un mot et indiquant où le poser sur le plateau. Cette fois encore, tu es surprise des capacités de cette grande fille aux allures de bécasse. La dernière lettre utilisée, elle réclame le thermomètre.

Un peu avant 23 heures, l'infirmière de nuit se résout à appeler l'interne de garde, moins pour Pablo que pour sa mère qui répète en boucle que le bébé a de la fièvre, qu'il souffre d'une méningite et qu'il va forcément mourir de convulsions. Tu files te coucher avant de connaître le verdict.

Dans ta chambre, la chaleur est étouffante et tu marches jusqu'à la fenêtre que tu ouvres pour faire entrer un peu d'air frais. Il pleut toujours, une pluie dense qui martèle les feuilles naissantes des arbres et transforme le sol en bouillasse. Sur la chaussée défoncée qui longe le service, de larges flaques se soulèvent au passage des voitures.

Accoudée au chambranle humide, tu respires l'odeur puissante de la terre détrempée. Tu l'aimes, ce parfum, il te rappelle les camps de ton adolescence, des moments où tu te sentais si proche de la nature, si vivante… Tu aurais voulu que cela ne s'arrête jamais.

Tu écoutes la nuit. Quelque part dans le service, tu entends la voix forte de Madeline qui parle encore de méningite. Madeline, la mère-louve… Et soudain, tu te prends en pleine face tout ce que tu as écarté depuis une semaine. Ton accouchement solitaire, d'une violence inouïe, la vision d'un bébé sans vie entre tes jambes, la sensation de mort imminente ressentie avant de t'évanouir puis ton réveil à l'hôpital, cernée de machines et de tubulures. Tu rajoutes la perte de ton utérus auquel tu ne veux résolument pas penser, mais qui laisse une large cicatrice au-dessus de ton pubis. La disparition de ton mari, une information que tu assimiles à grand-peine tellement elle te paraît irréelle. Et cet inconnu qui se joue de toi et des soignants en imprimant sa marque de jouissance jusque sur ton corps. Qui est-il ? Pourquoi te harcèle-t-il ainsi ?

Au mur de tes lamentations s'ajoute ton atterrissage en catastrophe dans une unité psychiatrique. Le seul endroit où l'on ne te prend pas pour une folle, c'est un comble… De ce côté-là, tu es contrainte d'avouer que tu aurais pu tomber plus mal. Mais tout de même ! La psychiatrie ! Qui aurait pu imaginer un tel déchaînement du destin contre toi ? Qu'as-tu fait pour mériter tout cela ? Pourquoi toi ?

Assise au bord de ton lit, tu pleures longuement mais, cette fois, loin de t'apaiser, les larmes débouchent sur l'angoisse, à mesure que ton esprit torturé déroule tout ce qui t'attend encore. Lundi, tu dois rencontrer ce bébé dont tu as si peur. Rencontrer, c'est le terme qu'ils emploient tous, ici. S'occuper d'un bébé n'est sûrement pas si compliqué, mais le rencontrer ! Et si tu n'y parvenais pas? Et si tu n'en avais aucune envie? Et si ce bébé ne voulait pas de toi? La façon dont il s'est échappé de ton ventre te fait douter. Sans compter que, depuis, tu l'as relégué au loin. N'est-il pas fondé à t'en vouloir? Certes, il est en sécurité aux mains des soignants mais quel abandon il a dû vivre! Non seulement tu n'as pas cherché à le voir mais jamais tu n'as demandé de ses nouvelles. Tu as honte. Tu l'as pondu, comme dirait Madeline avec son franc-parler, et tu n'as rien voulu en savoir. Pire, par moments, tu as l'impression que tu lui en veux. Mais comment peut-on en vouloir à un nourrisson qu'on ne connaît pas? Il n'a que quelques jours…

Ce bébé, un autre l'a voulu, un autre l'a affublé de ce prénom que tu n'as pas choisi et qui provoque en toi un malaise profond. Noé. Mon Dieu, quelle angoisse!

Tu fouilles dans ta table de nuit, à la recherche d'un mouchoir. Il y a longtemps que tu n'as pas autant pleuré. Des années, sans doute. De la dernière fois, tu n'as qu'un souvenir vague, celui d'une petite fille assise au bord d'une piscine, avec un cochon d'Inde inerte entre ses mains tremblantes.

Pistache. Tu l'avais appelé Pistache à cause de sa petite taille et d'un vague reflet vert dans ses minuscules yeux ronds. Et tu l'aimais. Tu l'aimais éperdument.

Le souvenir de Pistache te ramène à ton nouveau-né couvert de duvet. Lorsque tu l'as entraperçu, il t'a semblé foncièrement étranger.

N'était cette ressemblance avec Camille bébé, rien ne le relierait à toi. Car c'est une erreur. Tu n'as pas voulu de bébé. Encore moins celui-là. Tu as dit oui pour le concevoir mais c'était comme un saut obligé dans l'inconnu. Au fond, tu as détesté être enceinte, détesté prendre du poids et croiser ton reflet déformé dans les vitrines, détesté te sentir épuisée et nauséeuse. Vraiment, comment peux-tu prétendre à la maternité ? Tu ignores pourquoi mais c'est une certitude : tu ne peux être mère. Tu ne sauras pas le protéger. Tu vas te noyer avec lui…

Te reprocher chacun de tes actes et jusqu'à tes omissions. Voilà ce que tu sais faire de mieux. Retourner contre toi le fer qui te blesse. Te meurtrir plus encore, crucifiée de culpabilité et de haine pour toi-même. Ça ne s'arrêtera donc jamais ?

On frappe à ta porte et sans attendre ta réponse, Madeline passe la tête pour t'annoncer que Pablo n'a pas de méningite ! Il n'a pas digéré son nouveau lait mais heureusement, il lui reste une boîte de l'ancien.

– Fausse alerte ! Tout va bien !

Son sourire disparaît quand elle capte ton expression.

– Qu'est-ce qui t'arrive ?

Tu lui fais signe de te laisser. Tu n'as pas envie d'être consolée. Tu mérites ta peine et tes angoisses, tu mérites tout ce qui t'arrive, ce sont les conséquences de ta lâcheté. À qui diable pourrais-tu dire un truc pareil ?

Mais Madeline passe outre. Maintenant qu'elle est rassurée pour son petit Pablo, ses grands bras sont disponibles pour t'enlacer et te serrer contre sa poitrine gigantesque.

– Pleure ma belle, pleure. Y a pas de honte à avoir du chagrin…

Dimanche 12 avril

La fraîcheur humide du petit matin te procure un réveil pénible. Tu tournes légèrement la tête, assez pour constater que la fenêtre est restée ouverte. Et que tu as dormi tout habillée. Alors, ta soirée te revient à la manière d'un album qu'on feuillette : l'interminable partie de Scrabble, la fausse méningite de Pablo, la mort de Pistache et les bras de Madeline. Quelle heure peut-il bien être ? Tu tends la main pour récupérer ton portable et ne le trouves pas sur la table de chevet. Tu te redresses d'un bloc, sans égard pour la cicatrice qui se réveille en même temps que toi.

Le long couloir est éteint, seules des veilleuses tracent un chemin au pied des murs. Tu déambules jusqu'au bureau de soin avec la sensation d'être ivre.

– Déjà levée ? demande Marielle en ôtant précipitamment ses pieds nus posés sur une chaise. Qu'est-ce qui se passe ?

Elle parle à mi-voix pour ne pas déranger Rosa, l'aide-soignante qui somnole dans la pièce à côté. Glissant un marque-page dans son livre, elle t'invite à t'asseoir. Devant elle, un thé fumant et un sachet de galettes de riz qu'elle pousse dans ta direction.

– Non, merci.

Tu lui parles de ton portable qui a disparu. Pourtant tu es sûre de l'avoir emporté avec toi en allant te coucher. De peur d'aggraver ton cas, tu n'oses lui faire part de tes soupçons de vol.

– Alors il ne doit pas être bien loin, répond la soignante en se levant.

Elle enfile ses chaussures, s'étire soigneusement, et te suit jusqu'à ta chambre. Elle s'offusque de trouver ta fenêtre ouverte.

– C'est pas très prudent, vous savez ! N'importe qui peut enjamber et vous voler vos affaires. Certains ne reculent devant rien pour s'acheter leur dose ! Vous n'avez pas assez d'ennuis comme ça ?

Tu baisses la tête, coupable. C'est plus fort que toi. Mais, bien vite, tu te reprends.

– Cette fenêtre est cassée, Marielle. On ne peut plus la verrouiller.

– Oui, répond-elle en se penchant pour chercher sous le lit, j'ai vu que Fabienne avait envoyé un message aux services techniques pour qu'ils viennent la réparer. Mais depuis que la maintenance a été confiée à une entreprise privée, il faut au moins dix signatures avant qu'on nous envoie un serrurier. C'est plus cher et c'est moins bien ! C'est ça, l'externalisation. Une boîte privée pour le ménage, une autre pour les repas, la blanchisserie, le gardiennage… Bon, y a rien là-dessous.

Elle se redresse.

– On a vendu la santé en pièces détachées. Vous verrez qu'un jour, ils privatiseront même l'air qu'on respire.

Vous fouillez le placard, la salle d'eau, secouez les draps avant de conclure à la disparition de ton portable.

– Vous l'avez peut-être laissé quelque part dans le service.

Tu en doutes mais acceptes de faire le tour avec elle. Il est tôt, toutes les pièces sont désertes. Dans la salle d'activité, sous la table, tu trouves un pion de Scrabble que tu ramasses pour le ranger dans sa boîte. Pas de téléphone à l'horizon, mais devant les fauteuils vides, le tapis d'éveil désert et les jouets pêle-mêle dans leur caisse, un vague à l'âme te saisit. Hier, tu regardais tout cela d'un œil curieux mais singulièrement absent, comme si tu n'étais guère concernée. À présent, tu prends la mesure de ce lieu dont tu n'avais jamais entendu parler et qui a dû être le décor de tant de détresse. Est-il possible qu'il faille des hôpitaux pour aider des femmes à rencontrer leur enfant ? Les autres mammifères s'en sortent bien tous seuls ! Cela ne se fait-il pas naturellement, en vertu d'un instinct ancestral et d'un orage hormonal ? Au fond de toi, tu sais bien que non, tu le ressens intimement.

Tu ouvres la porte-fenêtre et te tiens sur le seuil, devant le jardinet inondé. La pluie a cessé mais les rares fleurs ploient sous le fardeau de l'eau. On l'entend ruisseler dans les canalisations et la grille d'évacuation saturée lâche des bulles qui éclatent paresseusement. Les égouts sont sans doute engorgés. Un peu plus loin, au centre du jardin, d'immenses flaques frissonnent sous le vent comme autant de lacs miniatures. Tu as le cafard.

– Venez me voir si vous avez besoin de discuter, dit l'infirmière en regagnant son bureau.

Mais tu n'as pas envie de parler. Tu te sens si fatiguée, si désolée. Après quelques minutes de contemplation solitaire, tu retournes te coucher.

Il est là, posé dans les plis de ton couvre-lit, le téléphone que tu as cherché partout. Pas de doute, tu es en train de devenir folle. Tu le saisis d'un geste rageur et le fourres dans ta table de nuit. Puis tu tentes de bloquer la fenêtre coulissante et te recouches, tout habillée, enroulée dans ta couverture. Dormir. Dormir jusqu'au retour de Camille. Ne se lever que pour se blottir contre son torse, la tête posée sur son épaule.

– Bien dormi ?

Tu lèves les yeux de ton bol et contemples Madeline qui se pose lourdement en face de toi. Elle paraît nettement plus détendue qu'hier. Elle porte une chemise de nuit abricot rehaussée d'une profusion de dentelles et rubans qui lui donne l'air d'un gros bonbon acidulé.

– Cadeau de ma mère, précise-t-elle comme si elle devinait tes pensées. Comme tu peux voir, elle a toujours eu un goût très sûr en matière d'habillement.

Elle se tait, le temps qu'une infirmière entre dans la pièce, dépose des comprimés près de son bol et repart sans un mot.

– Celle-là, c'est Solange, chuchote Madeline en prenant son traitement. Tu t'en méfies, d'accord ? Elle est pas comme les autres infirmières. Les autres, tu peux leur faire confiance, tu peux tout leur dire, elles sont géniales ! Mais elle, c'est une garce de première. Ou une conne. Ou les deux. Une garce-conne. Heureusement, elle bosse que les week-ends, ça limite les dégâts.

Tu hoches la tête. Tu as l'impression d'être en taule avec une codétenue qui t'explique quel maton risque de t'envoyer au mitard. Madeline verse du lait chaud sur son cacao et va chercher, dans son casier, un petit pot de miel qu'elle pose entre vous deux.

– Prends-en, si tu veux. C'est meilleur que la confiture de l'hosto.

Tu ne te fais pas prier. Tu as besoin de te requinquer. La petite heure de sommeil que tu as réussi à grappiller n'a eu pour effet que de t'épuiser un peu plus. Tu as encore rêvé de Pistache. Pistache qui s'enfuyait. Pistache que, clouée au sol, tu ne parvenais pas à rattraper. Pistache qui flottait, entre deux eaux, avec son ventre gonflé et ses petites pattes toutes raides. T'émouvoir ainsi pour la perte de ton animal, à trente ans passés, te paraît complètement incongru, vu les circonstances. Mais qu'est-ce qui ne va pas chez toi ?

– Madeline, tu crois qu'un cochon d'Inde peut ouvrir sa cage lui-même pour sauter dans une piscine ?

– Bien sûr ! Entre un cours de claquette et un stage de licorne. Le cochon d'Inde est un animal très performant ! Mange, l'hypoglycémie, ça te vaut rien !

Tu goûtes le miel de lavande, fleuri et crémeux à souhait.

– Réserve personnelle ?

– C'est ma daronne qui me ravitaille. Elle doit avoir peur que l'hôpital ne me fasse maigrir.

Elle mord dans sa tartine avant d'ajouter :

– Ma mère me couvre de cadeaux, elle n'a pas un sou mais dès qu'elle voit un truc, elle me l'achète. C'est maladif. Avant, j'en voulais pas, ça me gavait. À chaque visite, je lui balançais ses cadeaux à la gueule et elle repartait en pleurant. Ensuite, j'étais malade de remords pendant des jours et des jours. C'est en discutant avec le docteur Lorrain que j'ai compris.

Elle pioche une nouvelle tranche de pain qu'elle tartine généreusement.

– Compris quoi ? demandes-tu, piquée par la curiosité.

– Ben... Compris que c'était sa façon de m'aimer. Et que ça servait à rien d'attendre autre chose. On a les parents qu'on a, faut bien s'en accommoder...

Tu hoches la tête sans trop savoir pourquoi.

– Et toi, tes vieux, y sont comment ?

Tu repousses ton bol et rassembles tes miettes du tranchant de la main.

– Loin. Même quand ils sont assis à côté, ils sont loin. Je pense qu'ils m'aiment, mais dans leurs têtes, c'est la guerre.

Tu as parlé sans réfléchir et, comme chaque fois, tu es surprise de la justesse de ce qui te vient.

– Y sont contents d'avoir un petit-fils ?

– Ils ne sont pas encore au courant.

– Ah ouais, quand même, sont pas très envahissants !

Tu ris de bon cœur.

– Pas très. La dernière fois qu'on les a vus, c'était pour le réveillon de Noël. J'étais enceinte de cinq mois, mais avec les pulls, cela ne se voyait pas vraiment. Enfin, eux, ils n'ont rien vu.

– Gros sens de l'observation...

– Énorme. On n'était que quatre, mais il y avait de la nourriture pour quinze. Ma mère a passé la soirée dans sa cuisine à préparer des plats que personne ne mangeait. Mon père est sorti trois fois pour vérifier qu'il avait bien enclenché l'alarme de sa voiture et, le reste du temps, il contrôlait ses caméras de surveillance sur son portable. Il en a installé tout autour de la maison. Comme ils vivent à l'écart de tout, elles ne filment que des hérissons et des chauves-souris mais il est en alerte maximum dès que quelque chose bouge.

– Cool… Ils habitent où ?

– Le Sud-Ouest. Ma mère, elle ne comprend pas qu'on ait choisi de « monter vivre dans un coupe-gorge », comme elle dit. Elle répète tout le temps que la vie parisienne est très dangereuse, qu'il y a beaucoup de meurtres et d'agressions et qu'il faut à tout prix qu'on évite de sortir après 19 heures.

– Les pauvres ! soupire Madeline compatissante. Ils ont l'air encore plus timbrés que moi.

Tu souris de son audace avant de poursuivre.

– Ils te plairaient. Mes parents sont complètement intoxiqués par les chaînes d'info en continu. Ils n'éteignent jamais la télé, il paraît que cela effraie les voleurs. Finalement, je n'ai pas eu le courage de leur annoncer que j'étais enceinte et on est repartis sans rien dire.

C'est au tour de Madeline de rire.

– Ça va leur faire beaucoup de nouvelles d'un coup !

Et si tu les appelais ? Depuis que tu as accouché, l'idée te traverse plusieurs fois par jour. Puis tu renonces. Quelque chose te retient sans que tu te l'expliques. Une distance s'est installée entre vous, qui n'a rien de géographique. Ils sont dans leur vie, abrités de tout sauf d'eux-mêmes. Et absolument pas curieux de la tienne. C'est comme ça depuis… C'est comme ça depuis toujours.

Vous terminez de déjeuner et Madeline sort fumer dans le jardin, malgré la pluie fine. Tu l'accompagnes en restant à l'abri sur le seuil.

– Tu fais quoi dans la vie ? Je veux dire : quand tu n'es pas à l'hosto…

Elle te raconte son job de caissière-ouvreuse dans un petit théâtre privé. Le travail lui plaît beaucoup. Sauf quand elle doit passer l'aspirateur dans la salle.

– Les gens sont crades, t'imagines pas ce que je ramasse comme cochonneries. Un jour, j'ai même trouvé un slip de mec entre deux sièges. D'où tu oublies ton slip au théâtre ?

Elle se renfrogne, tire sur sa cigarette et se détourne pour souffler la fumée.

– Avant que je tombe malade, mon rêve, c'était de devenir instit de maternelle parce que j'adore les gosses. J'ai toujours eu le feeling avec eux. Mais depuis ma première bouffée délirante, mes études, c'est parti en cacahouète. Il y a trois ans, on a monté un projet avec Véronique, mon assistante sociale. J'ai pu passer le CAP Petite Enfance pour bosser comme ATSEM[1] dans les écoles ou les cantines. Aider les enfants à manger, attacher les lacets, moucher les petits nez, tout ça. J'ai le diplôme mais avec mon pedigree, j'ai jamais pu décrocher un poste. Ça se voit trop sur ma gueule que j'ai vécu à Psychose-Land ! Les gens sont pas prêts, trop de préjugés à la con ! Et surtout, les entretiens d'embauche, tellement

1. ATSEM : agent territorial de service en école maternelle.

je flippe, je deviens folle. Quand l'angoisse prend le dessus, je suis ingérable. Ça tourne dans ma tête, je suis complètement obsédée et j'agresse tout le monde. T'as bien vu hier soir ! J'essaie de me contrôler mais c'est difficile. Fabienne et Jeannette, elles savent bien me calmer. Je les aime d'amour, ces deux-là !

Elle éteint sa cigarette dans une flaque et vient jeter le mégot dans le cendrier, près de la porte.

– On rentre ?

Tu vérifies que la garce-conne est hors de portée avant de glisser :

– Je vais aller voir mon bébé, ce matin, en néonat.

– T'as le droit ? Tu crois qu'ils vont te laisser entrer ?

Tu la regardes, muette de surprise.

– Ben, c'est mon fils…

C'est la première fois que tu le revendiques.

– C'est bien, vas-y ! Si Solange te cherche, je te couvre. Moi, mes gamins, ils ont été placés dès leur naissance, pour les protéger de mes sautes d'humeur, qu'il a dit, le juge du tribunal de mes fesses. Parce que quand je pète un câble, je suis pas capable de m'arrêter. Je peux les voir qu'en milieu protégé, comme ici. C'est pour leur bien. Enfin, à ce qu'il paraît…

– Tu es une bonne mère, Madeline.

– J'sais pas, faudra demander à Pablo quand y saura causer !

Tu sonnes à l'interphone du service de néonatologie. Une longue minute s'écoule avant qu'une voix jeune ne te demande de décliner ton identité. Tu t'exécutes.

– Ah ? Vous voulez quoi ?

– Je viens voir mon bébé, Noé Tavernier.

L'effort qu'il te faut pour prononcer cette simple phrase !

– Je vais me renseigner, répond la voix juste avant qu'un bip ne te signale qu'on a raccroché.

Tu patientes longuement, adossée au mur, avec ton cœur qui s'emballe. Voir Noé. Ça t'a pris d'un coup en écoutant Madeline, comme si son désir d'enfant t'avait contaminée. Finalement, la porte s'ouvre. Pas de chance, c'est la puéricultrice de l'autre jour, celle qui a déclenché une alerte comme si tu la menaçais avec un flingue. Inutile de dire que son accueil n'est guère chaleureux.

– Qu'est-ce que vous voulez ?

– Voir mon fils, s'il vous plaît.

– Les visites sont interdites.

Dialogue en ping-pong, ça s'engage mal. Tu décides de la jouer profil bas.

– Écoutez, je suis désolée de vous avoir effrayée l'autre jour, ce n'était pas mon intention. Je veux juste le voir quelques minutes, savoir comment il va. C'est à peine si je l'ai entrevu…

– À qui la faute ?

– Pardon ?

– Soyez raisonnable, on a des consignes.

– Des consignes ? Mais c'est *mon* bébé ! Je ne comprends pas…

Ta voix a vrillé dans les aigus et, immédiatement, elle te prie de te calmer et de cesser cette agressivité intolérable.

– Je ne vous agresse pas, j'essaie de comprendre. Vous dites que les visites sont interdites mais vous le laissez venir, lui. Celui qui se fait passer pour son père. Il vient toujours matin et soir, je présume.

– Ça ne vous regarde pas.

– Vraiment ? Avez-vous seulement vérifié son identité ?

– Je n'ai pas à vous rendre compte de mon travail. Et maintenant, ça suffit ! Vous verrez Noé demain, comme prévu dans le protocole.

Protocole. Le grand mot est lâché. Tu es sur le point de battre en retraite et tu songes à Madeline, à tout ce qu'elle endure, à son courage… Tu te redresses et regardes la puéricultrice, droit dans les yeux.

– Attendez, je suis la mère de Noé. En aucun cas vous ne pouvez m'interdire de lui rendre visite.

– Vous croyez ? C'est dans l'intérêt de votre fils. Votre mari nous a mis au courant de vos problèmes psychologiques. Nous devons protéger les bébés qui nous sont confiés.

– Mes problèmes ? Quels problèmes ?

– Vous savez bien !

Déjà, elle recule et tente de refermer la porte mais tu t'interposes à la manière d'un vendeur d'assurance, un pied dans l'entrebâillement. Elle lutte contre toi. Tu tiens bon. Ta colère monte.

– Madame, enlevez ce pied ou j'appelle la sécurité. Vous voulez finir en chambre d'isolement, c'est ça ? Ça ne vous a pas suffi, les autres fois ?

– Mais je…

Tu obéis. Tu n'as jamais su résister très longtemps à l'autorité. La porte se referme et se verrouille automatiquement. Tu frappes sur le battant.

– Attendez ! Je voudrais savoir… Savoir ce qu'il raconte !

– Madame, intime la soignante à travers la porte, retournez dans votre service et laissez-nous travailler. Vous devez vous montrer plus docile si vous voulez récupérer votre bébé.

Tu t'apprêtes à quitter les lieux quand tu avises le panneau qui indique les horaires des visites strictement réservées aux parents des enfants hospitalisés. Pourquoi ne pas attendre près de cette porte ? Si un visiteur se présente pour voir Noé, tu pourras le confondre et avoir la preuve qu'il ne s'agit pas de Camille. Mais au bout de quelques minutes, ton corps malmené te rappelle que tu es une jeune accouchée et que tu ne tiendras pas debout durant des heures au milieu de ce couloir.

Tu en es là de tes réflexions quand la porte s'ouvre brutalement. La puéricultrice semble excédée.

– Vous êtes encore là ? Je vous préviens, j'ai appelé la sécurité. Ça va peser lourd pour votre IP[1].

1. IP : information préoccupante.

– S'il vous plaît, je veux juste voir mon bébé.
– C'est le juge qui en décidera.
– Le juge ?

Dans ton dos, des pas pressés. Deux hommes viennent à ta rencontre. La puéricultrice te désigne d'un signe de tête.

– C'est elle.

Et avant que tu n'aies pu protester, elle referme la porte.

Les hommes de la sécurité sont les mêmes que ceux qui sont venus constater l'inscription sur la porte de ta chambre. Ils te saluent avec politesse.

– Alors madame, on vous raccompagne jusqu'à votre pavillon ? Sans faire d'histoire…

Ils t'encadrent en se gardant bien de te toucher. Tu abdiques.

– Ça va. Je connais le chemin.

Tu t'éloignes aussi vite que le permettent les séquelles de ton accouchement.

Laisse tomber, on ne te croira pas.
Ta culpabilité se lit sur ton visage.
Quoi que tu dises.
Quoi que tu fasses.
C'est ta parole contre celle de l'autre.

À peine es-tu rentrée à l'unité mère-bébé que Solange t'interpelle depuis la salle de soins. À sa tête, tu devines qu'elle a été informée.

– Vous cherchez les ennuis, madame Tavernier ?

– Pas besoin, ils savent très bien où me trouver. Je veux voir mon bébé, c'est tout.

– Ce n'est pas une raison pour menacer le personnel.

Au moins, tu connais la teneur du rapport que la puéricultrice va écrire sur toi.

– Menacer ? Mais je n'ai menacé personne.

Sourire narquois pour toute réponse. Tu comprends qu'il est inutile de discuter. La garce-conne a déjà jugé et tu es coupable. Tu soupires.

– J'ai une question. Une vraie question. Pourquoi est-ce qu'on ne me croit jamais ?

La réponse ne prend pas de détour.

– Peut-être que vous croyez un peu trop aux histoires que vous vous racontez ? Prenez du recul et tout ira mieux.

Voilà. Fin de la partie. Tu t'éloignes, tête baissée. Elle te poursuit de sa voix aigre.

– À l'avenir, je vous demanderai de prévenir les soignants quand vous sortez dans le parc. C'est un lieu de soins, ici, pas un club de vacances !

– J'avais remarqué…

Tu trouves Madeline à quatre pattes sur le tapis d'activité. Pablo, en pleine forme, essaie de se retourner sur le côté pour saisir les hochets qu'elle lui présente.

– C'est bien, mon Pablo ! Continue !

– Madeline, c'est quoi une IP ?

Elle braque son regard sur toi, le visage soudain tendu.

– Merde ! Qui t'a parlé de ça ?

– La puer de néonat…

– Merde ! Merde ! Merde ! Oh, pardon, Pablo ! Ferme tes petites oreilles !

Elle se relève avec peine et s'approche pour te serrer contre elle. Tu es surprise de constater à quel point cela te fait du bien.

– Ça veut dire qu'il va y avoir un signalement.

Madeline te lâche et se laisse choir avec lassitude sur une chauffeuse.

– Une information préoccupante, ça débouche sur une enquête qui peut finir sur le bureau du juge des enfants. Parfois, il y a placement, mais le plus souvent, on te colle un éduc au cul pour vérifier que tu fais pas trop de conneries. Remarque, quand l'éduc est pas nouille, c'est utile ! J'en ai eu un pour mon premier, un chic type, je l'aurais volontiers épousé. Sauf qu'il voulait pas, tu penses... Le pauvre, je crois que je le terrifiais ! Ensuite, ma fille est partie en famille d'accueil.

– Et donc toi, tu en as eu, des IP ?

Elle explose de rire.

– Moi, je suis une info préoccupante sur pattes ! Alors, c'est sûr, j'en ai eu ! Je crois ils ont un bureau spécial, à l'ASE[1], rien que pour s'occuper de mon cas ! Allez ma belle, te bile pas. Le docteur Lorrain va te sortir de là. On voit bien que t'es pas plus folle que la reine d'Angleterre !

Tu médites cette comparaison hasardeuse en regagnant ta chambre où tu t'allonges, les jambes repliées pour soulager ton bas du ventre douloureux. Sous le pansement, ta cicatrice recommence à te brûler. Et tu n'oses imaginer à quoi ressemble ton intimité. De toute façon, tu n'envisages pas de reprendre un jour une sexualité. Pas après ce que tu as traversé. Pas dans l'état de délabrement où tu te trouves à présent. Ta vie de femme, c'est terminé !

Ton intimité. Encore un mot de ta mère. Chez tes parents, la pudeur façonnait un monde de circonvolutions langagières dont toute référence directe au corps était bannie. On avait des désordres, des embarras, des imprévus. Mais ni colique, ni nausée, ni règles. D'une tante âgée atteinte d'un cancer, on disait qu'elle voyait le médecin ou qu'elle se rendait

1. ASE : Aide sociale à l'enfance.

à l'hôpital. Et quand la maladie avait eu le dessus, qu'elle s'en était allée. Seule et dans le silence pudibond d'une famille occupée à ne pas voir. Car regarder chez l'autre faisait courir le risque d'être regardé à son tour avec son corps, ses sentiments et l'urgence pulsionnelle.

La langue tenait lieu de paravent. Été comme hiver, les mots étaient boutonnés jusqu'au cou. Dire, ou même mi-dire, c'était déjà médire.

On frappe à ta porte et tu te redresses sur un coude. Sophia se glisse dans ta chambre, aussi désincarnée que possible, avec son teint livide et ses joues creuses.

– Madeline m'a dit.

Cette phrase englobe tout. Bavarde comme elle est, la jeune femme peut avoir raconté n'importe quoi.

– Et ?

– Je peux t'expliquer le fonctionnement d'une IP.

Tu te pousses pour lui laisser une place sur ton lit.

– Assieds-toi, je t'écoute.

Elle se pose, sans quitter la gangue raide qui enveloppe son corps.

– Elle t'aime beaucoup, Mady. C'est rare qu'elle apprécie les nouvelles. D'ordinaire, elle leur mène la vie dure comme si elle leur en voulait d'être de passage. Mais toi, Betty, c'est pas pareil. Elle veut te protéger. Elle dit partout que tu es une fille géniale. Madeline se trompe rarement sur les gens.

Elle a débité tout cela sur un ton monocorde. Tu croises son regard triste, tu te demandes à quoi elle pense.

– Merci. Moi aussi, je l'apprécie. C'est une chic fille.

Tu es frappée du caractère creux de tes paroles. Sophia remue un peu puis, les mains posées sur le sommet de son ventre, elle te récite un cours accéléré sur la procédure de signalement. Sa voix est lente, précieuse.

– Lorsqu'une maternité, par exemple, est inquiète pour un bébé, soit que ses parents ne sont pas en état de s'en occuper, soit qu'ils déconnent gravement, l'équipe peut transmettre une information préoccupante directement au juge des enfants. C'est ce qui a remplacé le signalement pour enfant en danger. Le juge s'en saisit et peut ordonner une enquête. En fonction des résultats, il décide un accompagnement éducatif ou même un placement dans une pouponnière, le temps d'évaluer si les parents peuvent s'occuper de leur bébé. Tu comprends ?

Elle a parlé d'une traite, sans reprendre son souffle.

– Comment tu sais ça ?

– Je suis infirmière puéricultrice à la base.

– À la base ?

Elle a un sourire contraint qui te fait regretter ta question indiscrète.

– Excuse-moi, je voulais pas…

Elle hésite et des taches carmin s'étalent sur son cou et ses joues.

– Je suis tombée très malade peu après la naissance de Sarah.

Elle marque un temps d'arrêt avant de poursuivre.

– Déjà, à la mat, je me sentais pas très bien. J'arrivais pas à dormir, j'avais toujours les mêmes idées qui tournaient dans la tête, ça m'épuisait.

– Je connais ça.

Elle ignore ton intervention.

– Surtout, j'avais l'impression de ne pas être en sécurité. J'étais convaincue que je devais veiller sur mon bébé, quitte à ne pas dormir, et je ne comprenais pas pourquoi je ne pouvais pas fermer la porte de ma chambre à clé, la nuit. J'étais folle d'angoisse.

Tu l'écoutes patiemment.

– Quand je suis enfin sortie de l'hôpital, notre immeuble était en plein ravalement et pour protéger le bébé du bruit et de la poussière, on a emménagé à la campagne, chez mes beaux-parents qui sont des gens très gentils, très prévenants. Mais, du jour au lendemain, ils sont devenus inquiétants. J'avais l'impression qu'ils me mentaient, qu'ils étaient fourbes. J'ai fini par me persuader qu'ils voulaient m'évincer. J'interprétais leurs paroles comme des messages à double sens. Je ne supportais pas qu'ils touchent ma fille, ni même qu'ils la regardent. Alors, pendant des jours, je me suis empêchée de dormir. Je mettais des alarmes sur mon téléphone, je me mordais les joues pour rester éveillée tout le temps. Je passais des nuits entières à veiller jalousement sur mon bébé comme si on allait me le prendre. J'avais peur et j'étais à bout de nerfs. Folle d'angoisse et vibrante de colère. Mon mari n'arrivait pas à me raisonner. J'explosais sans arrêt. Je n'avais jamais été comme ça, je ne me reconnaissais plus. Je voyais des choses bizarres aussi… Bref, j'étais complètement parano. *Rosemary's Baby* puissance dix.

– Tu devais être très mal !

– Oui, je ne souhaite ça à personne.

Elle caresse son ventre, songeuse, avant de poursuivre.

– Un jour, mon beau-père est rentré de la pâtisserie avec un Paris-Brest, mon gâteau préféré. C'était de la pure gentillesse, un geste d'amour et d'apaisement. C'est ce que j'ai compris bien plus tard. Mais moi, j'étais tellement mal… Je lui ai jeté à la gueule que je n'étais pas dupe, que je savais bien qu'il voulait m'empoisonner et que mon mec était complice. Ils m'ont traînée de force chez le psy, mais c'était un ami de la famille alors je lui ai pas décroché un mot.

– Pourtant, il aurait pu t'aider.

– Mais je ne pensais pas que j'étais malade ! J'avais juste la certitude qu'on me voulait du mal. En rentrant de chez le psy, j'ai pété les plombs. Je me suis mise à hurler et j'ai cassé tout le service en porcelaine de belle-maman. Je m'en veux. La pauvre, elle me regardait, sans bouger, jeter une à une les assiettes de son mariage. Elle était terrifiée. Le SAMU est venu, j'ai été hospitalisée sous contrainte dans un service de psychiatrie.

Elle secoue la tête, les yeux secs, l'air égaré.

– Tu pars accoucher, t'es une personne normale, enfin si ça existe… Et quelques jours plus tard, tu déambules en chemise de nuit au milieu de gens bizarres, tu parles au plafond, tu manges avec une cuillère en plastique parce qu'on a peur que tu te suicides…

Elle surprend ton regard effaré.

– Pourtant, tu es puéricultrice, c'est ton métier, les bébés…

– Tu sais, ça protège de rien, les études. Même les soignants peuvent décompenser après une naissance. La psychose puerpérale, j'ai appris ça pendant mes études, ça arrive dans quatre naissances sur mille.

C'est pas beaucoup, quatre sur mille, mais quand ça te tombe dessus, tu trouves que c'est déjà trop.

– Mais quand même, tu dois savoir...

– M'occuper des bébés ? Oh oui, très bien. Ceux des autres, surtout ! Pour ce qui est de ma fille...

Elle tente un sourire douloureux qui s'efface aussitôt. Tu es gênée. Si elle était là, ta mère dirait que rien ne va, que les choses ne sont pas à leur place.

– Mais comment tu as fini ici ?

Sophia se lève péniblement, lestée de son gros ventre morne. Elle semble déjà regretter de s'être confiée.

– Je n'ai pas *fini* ici, comme tu dis. C'est ici que tout a commencé pour moi. Ici qu'on m'a sauvé la vie. La mienne et celle de Sarah.

Elle caresse le renflement sous sa tunique fleurie.

– Et c'est pour ça que je reviens, pour préparer l'arrivée de celui-là.

La pluie a repris de plus belle et cingle les vitres de la salle à manger. En ce dimanche midi, le service est quasi vide. Vous n'êtes que trois patientes attablées devant les barquettes en plastique de la cuisine centrale. Sous les films transparents, des carottes râpées baignant dans leur vinaigrette, un morceau de poulet non identifiable et un gratin de chou-fleur en berne. Dans une corbeille en bout de table, des yaourts et des pommes embuées par un séjour prolongé en chambre froide.

Le déjeuner est sinistre. Madeline est accaparée par Pablo qui gazouille dans son landau et Sophia a la tête ailleurs. Quand tu la vois ainsi, les mains tremblantes et le regard perdu, tu as peine à croire ce qu'elle t'a raconté avant le repas. Est-ce que tu vas devenir comme elle ?

Après quelques efforts pour animer la conversation, tu te résous à manger en silence. Par moments, il te vient comme une envie de mourir. Que tu chasses. Et qui revient. Fugace mais tenace.

De retour dans ta chambre, tu t'allonges sur ton lit mais des pensées incessantes te torturent. Tu voudrais débrancher ton cerveau, le mettre en pause, peut-être même le réinitialiser. Tu effacerais une semaine de ta vie, ni vu, ni connu. Qui s'en soucierait ?

Trois coups bien marqués sur la porte.

– Coucou ! Est-ce qu'on peut entrer ?

Sans attendre ta réponse, un raz de marée envahit la chambre. Deux petits garçons de trois et cinq ans entrent en courant, suivis de leur mère qui porte un bébé joufflu en écharpe. Leur père ferme la marche avec un gros bouquet de jonquilles. Il semble très ému et c'est à peine si tu reconnais, dans ce bel homme endimanché, le chauffeur de taxi qui t'est venu en aide. Tu t'assieds précipitamment.

– Rakhshan ? C'est vous ?

Les images se bousculent dans ta tête et ton ventre, soudain, se contracte.

Après quelques embrassades timides, tout le monde prend place autour de toi. Du sac de leur mère, les enfants sortent des petites voitures, des monstres articulés et des dinosaures. Ton lit, bientôt, est le théâtre de combats anachroniques entre une horde de T-Rex et de grosses cylindrées. Tu suis l'affaire de loin, captivée par la voix douce de Rakhshan.

– Yâsaman ne pouvait plus attendre pour venir vous voir ! Je lui ai tellement parlé de vous !

La jeune femme proteste.

– Ne l'écoutez pas. Mon mari est un grand sentimental et il adore les bébés. Il m'a dit qu'il avait sauvé le vôtre, alors maintenant, vous faites un peu partie de la famille. Et chez nous, la famille, c'est sacré !

Ta méfiance naturelle reprend aussitôt le dessus. Et si l'imposteur venait jusque dans ta chambre pour te narguer ? Mais quel sens cela aurait-il ?

Pendant que Rakhshan part en quête d'un vase pour les fleurs, Yâsaman pose un Tupperware rempli de biscuits aux amandes sur ta table de chevet. Puis elle prend ta main et la serre contre ses lèvres, comme la sœur que tu n'as pas. Son mari lui a tout raconté et c'est pour ça qu'elle est venue. Elle dit qu'on ne devrait jamais accoucher seule. Que donner la vie est une grâce et qu'on doit entourer les femmes, pleurer et chanter avec elles pour les encourager, leur crier qu'on les aime. Elle dit toutes sortes de choses auxquelles tu ne crois plus mais qui, étrangement, te réchauffent.

Rakhshan est de retour. Tandis qu'une bataille débute entre des ninjas survoltés et un féroce velociraptor, il reconstitue à mi-voix les minutes qui ont précédé ton évanouissement. Le nouveau-né à terre, hypotonique, encore faiblement oxygéné par le cordon ombilical mais dont la poitrine ne se soulevait pas, sa bouche et sa trachée obstruées par le méconium, cette substance verdâtre que le bébé expulse en cas de souffrance fœtale durant l'accouchement, puis son geste assuré pour le désencombrer et l'inciter à respirer par lui-même. Ensuite, il parle de toi, du sang artériel qui coulait en vagues entre tes jambes, de ton utérus atone qui ne se contractait plus pour assurer l'hémostase, des signes de collapsus évidents.

– J'ai un peu paniqué quand j'ai vu que vous perdiez connaissance. Heureusement, les pompiers sont arrivés et ils ont pris le relais en attendant le SAMU.

Tu l'écoutes. Fascinée. C'est à toi que c'est arrivé mais c'est lui le héros, lui qui se met en scène dans un récit efficace, déjà bien rodé. Quand enfin il se tait, tu poses timidement la question qui te taraude depuis plusieurs jours : comment Rakhshan a-t-il su quels gestes effectuer pour vous sauver, ton nouveau-né et toi ?

Cette question, tu en es certaine, il l'attendait. Il l'espérait même. Mais dès les premiers mots, il se décompose et perd de sa prestance. Comme s'ils sentaient le danger, les enfants délaissent leurs jeux pour venir se coller à leur père. Il les saisit, les serre contre lui, enfouit pudiquement son visage dans leurs boucles soyeuses. Embarrassée, Yâsaman se lève avec précaution et va déposer sa fille endormie dans le petit lit vide. Elle la couvre avec sa veste.

– Je vais vous raconter…, dit-elle en prenant la main de son mari.

Ils ont quitté précipitamment Ispahan, il y a cinq ans. Rakhshan terminait sa spécialité de pédiatrie en travaillant, en rural, dans un dispensaire modeste, qui drainait une population déshéritée. Peu suivis, les enfants souffraient de maladies et de malformations, plus rares dans les villes. De son côté, Yâsaman était installée comme dentiste pour femmes et attendait leur premier enfant. Issus tous deux de lignées médicales, ils avaient eu une existence privilégiée au sein de familles cultivées. Ils avaient fréquenté de bonnes écoles et les meilleures universités, avaient voyagé en Europe, appris l'anglais et le français. Ils s'étaient rencontrés jeunes et avaient décidé de se marier durant leurs études. Leurs existences étaient toutes tracées : l'hôpital pour lui, la reprise du cabinet paternel pour elle, ses frères ayant choisi d'autres voies.

– Et puis, un jour, mon mari a soigné un adolescent couvert de blessures. Sa famille l'avait déposé comme un colis, devant la porte du dispensaire. C'est alors que tout a commencé.

– Il avait été torturé, gronde Rakhshan sans lever les yeux. Des coups récents et d'autres plus anciens. Salement amoché. Il avait failli perdre un œil, il avait à peine seize ans et il était désespéré.

– Pourquoi n'était-il pas allé à l'hôpital ? demandes-tu naïvement.

– Vous ne comprenez pas..., murmure Yâsaman avec indulgence. Les gens comme lui se cachent. Ils évitent les hôpitaux où l'on pourrait les dénoncer. L'homosexualité est encore considérée comme un crime, chez nous. On peut être pendu pour ça. Si les mentalités évoluent peu à peu, notamment dans les grandes villes, les préjugés sont enracinés. On peut tabasser et violer les gays en toute impunité. C'est le grand défouloir de la haine.

Elle soupire.

– Non seulement Rakhshan l'a soigné, mais il lui a donné un peu d'argent et une adresse sûre à Téhéran. C'est un homme courageux, mon mari.

Rakhshan rit amèrement.

– Courageux ? J'étais terrifié. Pourtant je ne pouvais pas le laisser sans soin. Sa famille l'avait sauvé mais ne voulait plus le revoir. Qu'auriez-vous fait à ma place ?

Il se tait et te dévisage longuement. Yâsaman l'incite à poursuivre.

– Très vite, d'autres sont venus. L'information circulait dans la communauté. Il y a si peu de médecins *safe* pour les LGBT en Iran. Souvent, ils arrivaient de nuit, à l'heure de la fermeture, parfois de très loin. L'infirmière les laissait entrer et leur offrait du thé pour les réconforter. C'était une vieille femme généreuse et aimante, elle avait consacré sa vie au dispensaire. Alors, ils s'asseyaient en silence dans la salle d'attente. Parfois, ils n'avaient même plus la force de raconter...

Il secoue la tête puis repousse doucement ses fils vers leurs jouets. Les enfants, à regret, retournent à leurs dinosaures.

– Je les soignais, mais j'étais mort de peur. Chez nous, la police des mœurs est partout. Si ça se savait, on aurait des ennuis. Et si le dispensaire devait fermer, où iraient toutes ces familles ? Quelle responsabilité... Je ne dormais plus.

Il échange un long regard avec sa femme et leurs doigts se nouent.

– Et puis, un soir, il y a eu un lynchage. Deux hommes qui sortaient du dispensaire. La foule les attendait avec des bâtons. Ils ont été traînés au sol, piétinés, frappés, insultés. J'ai tout vu depuis mon bureau, j'ai entendu leurs cris de détresse, mais je n'ai pas eu le courage d'intervenir.

– Arrête ça ! supplie Yâsaman. Tu n'y pouvais rien ! La foule est féroce quand elle se croit dans son bon droit.

– Je sais, mais je n'ai pensé qu'à toi, au bébé qui allait naître quelques mois plus tard, à moi. La lâcheté, ça vous empoisonne.

Il essuie une larme avec sa manche.

– Ensuite, la police a embarqué les deux victimes. Mais aucun des agresseurs. Vous y croyez, à une telle injustice ? Moi, j'étais ravagé. Persuadé que les policiers allaient m'arrêter, je me suis barricadé et je me suis terré dans le noir. Tard dans la nuit, je suis sorti le plus discrètement possible. Mais des hommes m'attendaient, armés et remplis de certitude. Ils m'ont insulté, frappé violemment, puis jeté à terre.

Yâsaman jette un bref coup d'œil aux enfants. Les dinosaures se livrent un combat mortel sur le carrelage de la chambre. Elle baisse la voix.

– Ils... Ils lui ont cassé les mains. Les mains du médecin qui s'était occupé de leurs enfants. C'est tellement injuste !

– Mes mains avaient soigné des mécréants et des sodomites ! Et ça les rendait fous de colère. Tout ce qu'ils voulaient, c'était m'écraser les doigts. Pour que je ne recommence pas. Sinon, ils s'en prendraient à ma femme et au bébé. Ils ont juré qu'ils nous tueraient tous. Le dispensaire avait beau être distant d'une cinquantaine de kilomètres d'Ispahan, ils connaissaient notre adresse, nos familles... Peut-être la police les avait-elle renseignés ?

La suite tient en quelques mots. Paniqués, ils ont fui à Téhéran, en espérant que l'anonymat d'une grande ville les protégerait. Grâce à une relation de son père, Yâsaman a retrouvé une place de dentiste. Rakhshan, lui, n'a pas osé se présenter à l'hôpital. Il n'avait pas terminé sa médecine, il lui restait sa thèse à rédiger, mais il était incapable de se servir de ses mains ni de se concentrer sur la moindre tâche.

– Je regardais mes phalanges tordues et j'avais des flashs. Ces hommes revenaient dans ma tête, je les entendais crier…

Il presse ses paumes contre ses oreilles, un rictus de souffrance sur le visage.

– Toutes les nuits, dans mes cauchemars, je revivais le passage à tabac. Toutes les nuits…

– Il hurlait dans son sommeil : « Pas mes mains ! Pas mes mains ! » J'en étais malade. Je n'osais plus aller travailler, j'avais peur de le laisser seul, vous comprenez ?

Tu les contemples, désemparée devant leur douleur. Tu regrettes ta question, même si elle leur a permis d'évoquer la détresse fondatrice de leur exil.

– Lorsque le bébé est né, murmure Yâsaman en désignant l'aîné de ses fils, je me suis sentie perdue. Rakhshan ne quittait plus l'appartement, il avait peur qu'on s'en prenne au petit. Il sursautait au moindre bruit, il… il devenait parano. J'ai pensé qu'on n'allait pas s'en sortir, alors j'ai appelé mes parents. Mon père est un homme bon, qui aime ses enfants. Il est venu avec de l'argent, des visas, des billets d'avion pour Paris. Il avait étudié en France et en gardait un souvenir ébloui. C'est comme ça qu'on est arrivés ici.

Yâsaman a trouvé une place comme assistante dentaire. C'était mieux que rien. Rakhshan, lui, n'avait droit à aucune équivalence pour ses diplômes de médecine, d'autant qu'il n'avait pas achevé ses études. Il aurait fallu recommencer son cursus en français. Alors il a trouvé un emploi dans une société de taxis spécialisée en transports sanitaires. En espérant une admission à l'école d'infirmier.

– Je veux soigner les gens. C'est le sens de ma vie depuis que je suis petit.

– Quel gâchis, chuchotes-tu, le moral en berne.

Yâsaman pose sa main chaude sur ton avant-bras.

– Je ne regrette rien. Ici, Rakhshan n'a plus peur. J'ai retrouvé l'homme que j'ai épousé.

Il est tard. Tu raccompagnes toute la famille jusqu'à la porte du service. Rakhshan porte la petite qui dort, la tête sur son épaule. Les deux grands ont retrouvé leur insouciance et courent devant sur le parking.

– Les garçons ! Vous ne sautez pas dans les flaques ! crie Yâsaman sans grande illusion.

Elle se retourne pour t'embrasser chaleureusement. L'émotion monte.

– C'est bien que vous soyez ici après ce que vous avez vécu, Betty. Je ne savais pas que ça existait, un service où on prenait soin des mères comme ça. Je crois que j'en aurais bien eu besoin quand on vivait à Téhéran. J'étais si loin de ma famille, si perdue. Pourtant, je m'étais occupée de mes sœurs… Mais quand on devient mère à son tour, c'est tellement différent !

Elle promet de revenir te voir pour t'apporter des petits vêtements et une écharpe de portage. Elle te montrera comment t'en servir…

– Papa ! Papa ! Regarde !

À quelques mètres de vous, les enfants piaillent autour du taxi. Leur ton te met en alerte. Rakhshan accourt et pousse un juron. On a osé s'en prendre à sa voiture, son outil de travail. Tu te dégages de l'étreinte de Yâsaman et te hâtes de les rejoindre pour découvrir l'inscription au marqueur sur la lunette arrière :

GZ Y'JUZFKORXZT

– C'est pas vrai !

Pas de doute, c'est la même écriture. Ton premier réflexe, celui de toujours, c'est d'effacer le graffiti en frottant. Mais Rakhshan, qui vient d'inspecter son véhicule, t'arrête.

– Laissez, j'ai un produit pour ça. Heureusement, il n'y a pas d'autres dégâts. Qu'est-ce que ça veut dire ?

Tu sens son niveau de stress monter en flèche et tu te dépêches de le rassurer : il n'est nullement visé, c'est à toi que ce message s'adresse et à nul autre.

GZ Y'JUZFKORXZT. Tu n'as pas besoin de chercher bien loin pour comprendre ce que cela signifie. Pendant que Yâsaman et Rakhshan installent les enfants à bord, tu prends une photo aussi précise que possible.

– À très bientôt ! crie Yâsaman tandis que la voiture s'éloigne.

De retour dans ta chambre, tu envoies la photo de l'inscription au commandant Tranchet et à son collègue analyste. Sans grande illusion : un dimanche après-midi, il n'y a probablement personne pour te répondre. Pourtant, moins d'une heure plus tard, Tranchet t'appelle.

– Madame Tavernier ? On peut se parler ?

Tu acquiesces.

– Notre analyste vient de me livrer ses conclusions. Pas de doute, on a affaire au même individu et au même marqueur rouge, un modèle très courant. L'analyse de l'écriture, en revanche, n'a rien donné. C'est probablement un homme, quelqu'un d'énergique, mais on n'a rien qui corresponde dans nos fichiers judiciaires.

Tu t'étonnes qu'il s'intéresse à une simple inscription. Au fond, ne devrait-il pas consacrer toute son énergie à retrouver Camille ?

– Nous mettons tous nos moyens en œuvre sur le terrain, croyez-moi. Mais tant qu'on n'a pas écarté tout lien entre ce harceleur et l'enlèvement de votre mari, chaque piste doit être explorée. Et là, on sort du cadre de la simple malveillance. La personne qui a codé ça s'y connaît manifestement. Elle est même assez douée. Peut-être un militaire qui a travaillé dans les transmissions ou le renseignement ? Cela expliquerait qu'on ne le voie jamais agir et qu'il s'introduise aussi facilement dans des lieux surveillés. Il est habile, probablement très intelligent.

– Mais pourquoi s'en prendre à moi ? Quel sens cela a-t-il ?

Au bout du fil, Tranchet s'éclaircit la gorge.

– Dites-moi... Est-ce que vous connaissez une certaine Mélie ? Ça s'écrit M-E-L-I-E.

L'angoisse fond sur toi, sans préavis. Tes muscles se tétanisent douloureusement.

– Je... Non.

Ton hésitation n'est pas passée inaperçue.

– Vous êtes sûre ? Ça peut être quelqu'un que vous avez connu autrefois. Réfléchissez bien.

C'est précisément ce dont tu es incapable. L'angoisse t'empêche de penser. Tout est en vrac, dans ta tête, tu veux juste que ça s'arrête.

– Je suis désolée, je...

– Écoutez..., coupe le policier. Jérémy, notre analyste, n'a eu aucun mal à décrypter la seconde inscription. C'est *Tu m'appartiens,* mais vous l'aviez deviné, n'est-ce pas ? Même nombre de lettres disposées à l'identique avec une apostrophe. Pourtant, le codage est plus complexe qu'il n'y paraît. D'après lui, c'est un système de substitution de lettres qui s'apparente au chiffrement de Vigenère. Je vous passe les détails... Chaque lettre est identifiée par sa place dans l'alphabet, A1, B2, C3, etc. et elle est remplacée par une autre lettre déterminée selon une clé de calcul. Le plus difficile consiste à trouver cette clé mais là, on peut dire que votre agresseur nous a simplifié la tâche en nous livrant délibérément sa pierre de Rosette. Au point qu'on peut se demander si le véritable message n'est pas ce *Mélie je suis là* qui sert de clé de cryptage.

Mélie. L'angoisse devient vive, bien au-delà du supportable. Tu raccroches sans un mot.

Ainsi, c'est bien toi qu'on traque. Plus question de coïncidences. Quelqu'un te surveille, là, tout près, dans l'hôpital. Quelqu'un qui t'épie jour et nuit, qui a su que tu avais de la visite, qui se joue des rondes des vigiles. Quelqu'un qui, forcément, te connaît. C'est une partie de chasse dont tu es la proie, mais au lieu de fuir, tu te recroquevilles, tu ne veux rien en savoir. *Mélie, je suis là...*

Lentement, tu marches jusqu'à la fenêtre. D'ordinaire, t'a expliqué une infirmière, les fenêtres coulissantes des patients ne s'ouvrent que sur une dizaine de centimètres. Une serrure en condamne l'accès. Seuls les soignants et le personnel d'entretien en possèdent la clé. Mais, dans ton cas, la serrure est cassée depuis plusieurs semaines. Et le volet roulant est bloqué à mi-chemin. Ta chambre donne sur une allée bitumée peu fréquentée, à l'arrière du service. N'importe qui pourrait enjamber le rebord et s'en prendre à toi sans être vu. Tu ouvres en grand, contemples le paysage de pluie, tentes d'apercevoir celui qui se dissimule ainsi pour mieux se montrer. Derrière ce transformateur électrique ? À l'abri de cette haie ou de ce bosquet d'arbres mal entretenus ?

Un frisson te parcourt. Tu refermes la fenêtre et pars à la recherche de Madeline.

Madeline et Sophia se sont portées volontaires pour mettre à chauffer le repas du soir livré par la cuisine centrale. Faute de personnel de service, les patientes se relaient ainsi au moment des repas, pendant que les infirmières sont occupées dans les chambres. Tu les suis dans l'office, tu ferais n'importe quoi pour ne pas rester seule face à ton angoisse. Le babyphone accroché à sa ceinture, Madeline tourbillonne entre les briques de soupe qu'elle vide dans une casserole et les barquettes individuelles à mettre au four. Elle parle fort, elle a la plaisanterie graveleuse mais tu la connais désormais assez pour comprendre qu'elle est anxieuse. Sophia t'en glisse la raison : c'est l'heure des retours de permission du dimanche soir. Lorsqu'elles commencent à aller mieux, les patientes quittent le service durant le week-end, elles vont déjeuner en famille, retrouvent leurs aînés. Madeline jamais.

– En même temps, siffle l'intéressée, quand tu vois dans quel état ça les met, je préfère rester au calme à l'hôpital. Et puis, je sais pas où j'irais...

Justement, on entend des hurlements dans le hall, suivis de vigoureux claquements de porte. Coline est rentrée.

– Ça a dû encore bien se passer, murmure Sophia en roulant comiquement des yeux.

– Celle-là, je peux pas me l'encadrer, gronde Madeline en remuant la soupe. Quelle pimbêche ! Je sais pas pour qui elle se prend...

Tandis que tu coupes le pain ramolli par l'atmosphère humide, Sophia t'explique que Coline est spéciale, qu'elle souffre de troubles alimentaires et d'un besoin maladif de tout contrôler.

– À peine sortie de la maternité, elle a mis sa fille au régime, tu te rends compte ? C'est la crèche qui a donné l'alerte. La petite hurlait de faim toute la journée et la mère ne donnait que des demi-rations parce qu'elle trouvait les cuisses de sa fille trop grosses. Trois mois et déjà au régime ! Un jour, elle a porté plainte contre la directrice parce qu'elle avait eu pitié de la gamine et qu'elle lui avait donné un biberon supplémentaire. Il paraît qu'elle a tapé un scandale parce qu'on ne suivait pas ses instructions à la lettre.

– C'est un squelette qui porte un squelette, renchérit Madeline. Sa famille exige qu'elle nourrisse la petite correctement mais elle veut pas céder. Elle la trouve obèse et moche, tu verras, c'est un amour, cette gosse.

Elle a les larmes aux yeux. La détresse de la petite Ambre semble la toucher intimement.

La soupe est chaude, Madeline couvre la casserole et éteint la plaque chauffante. Vous quittez l'office pour aller mettre la table. Dans le hall, Léonie vient d'arriver. Ivre et en larmes. Elle vomit bruyamment et s'effondre dans les bras de l'infirmière qui vient à sa rencontre.

– Elle, te confie Sophia, c'est une sale histoire. Elle attendait deux bébés, un garçon et une fille. Mais l'accouchement a mal tourné. Seule la fille est née vivante. Depuis, son connard de mari le lui reproche, comme si elle y était pour quelque chose. Il ne veut pas s'occuper de cette fille, il ne s'intéresse qu'au garçon qui n'a pas survécu. Et il la repousse, il veut qu'elle parte avec sa gamine.

– Quelle horreur !
– Des fois, souligne Madeline, faudrait des endroits pour soigner les pères.

Tu passes la soirée allongée sur ton lit à effectuer des recherches sur ton téléphone. Comme une écolière à la veille d'un examen, tu bachotes en visionnant des tutos de puériculture quand on frappe à la fenêtre de ta chambre. Tu sursautes, effrayée, avant de reconnaître la bouille juvénile de Charlotte, collée au carreau.
– Charlotte ! Tu m'as foutu une de ces frousses !
Tu entrouvres la fenêtre dont le verrou pend dans le vide. Dehors, une nuit humide a englouti le décor des derniers jours. Il bruine.
– Désolée. Je voulais passer te voir pendant ma pause mais on a eu trop de boulot, je viens juste de finir la relève. Trois accouchements en même temps, j'étais partout à la fois, mais c'était cool ! Qu'est-ce que j'aime ce métier ! Tiens ! Je voulais absolument t'apporter ce livre. C'est mon cadeau de naissance.
Elle te tend un ouvrage corné et hérissé de marque-pages.
– Winnicott ? Le psychanalyste ?
– Lui-même. Tu vas voir, il parle des bébés et des mères avec tellement de douceur ! C'est limpide et rassurant. Tu peux le garder, je l'ai en double.
Tu mesures l'importance de ce cadeau et tu te penches pour lui décocher une bise.
– Tu tombes à pic, on m'amène le… mon bébé demain.
– Génial ! Tu es prête ?
– Absolument pas.

– Mmm... Je crois que c'est la seule réponse valable. Félicitations, madame, vous devenez mère !

Vous discutez encore quelques minutes, toi accoudée à la fenêtre, elle les pieds dans la plate-bande détrempée.

– J'ai une question, Charlotte. Comment un inconnu peut-il déclarer un bébé ?

Elle réfléchit un instant.

– Tu sais, dans les grandes maternités, on ne se rend plus en mairie pour la déclaration. L'officier d'état civil passe tous les jours, on lui signale les naissances et il va directement rencontrer les parents dans les chambres. S'ils sont mariés, le livret de famille suffit.

– Mais je ne suis pas mariée avec ce type...

– À mon avis, vêtu d'une surblouse et le bébé dans les bras, il faisait illusion. Pourquoi douter de son statut de père puisque seuls les parents ont le droit d'entrer en néonat ?

– Mais on ne contrôle pas les identités ?

– Non, c'est du ressort du bureau des entrées. Sauf en cas de doute, bien sûr...

Elle piétine et réprime un bâillement.

– Faut que j'aille dormir, je suis crevée. Je repasse te voir demain après mon service, tu me raconteras, pour ton bébé ?

– Avec plaisir. Dépêche-toi, il recommence à pleuvoir.

Elle enfourche son vélo et tu t'avises qu'elle est en T-shirt dans la fraîcheur du soir.

– Attends, je te prête ma polaire !

Elle proteste pour la forme, mais s'empresse d'enfiler la veste que tu avais pris soin de glisser dans ta valise de maternité.

– Promis, je te la rapporte demain.

Elle t'envoie des baisers du bout des doigts avant de s'éloigner. Ses roues soulèvent des gerbes d'eau boueuse.

Tu te recouches, le sourire aux lèvres. Dans ton malheur, tu as décidément droit à de belles rencontres…

Partie 4

Lundi 13 avril

Il est encore plus petit que dans ton souvenir. Plus chétif. Plus absent à ce qui lui arrive. Recroquevillé au fond du Maxi-Cosi qu'on a posé au sol, dans l'entrée du service, il semble dormir de toutes ses forces. Debout près de lui, une auxiliaire de puériculture dicte ses consignes aux infirmières qui notent l'heure du dernier biberon, les vitamines à donner après le bain et mille informations qui glissent désespérément sur toi. Fabienne t'appelle.

– Approchez-vous, madame Tavernier. Ça vous concerne…

Tu avances de quelques pas, loin d'être convaincue. L'auxiliaire se tourne vers toi.

– C'est vous la maman ?

La maman. Étrangeté de ce mot tombé de ses lèvres et qui échoue sur toi tel un bois flotté sur une plage. Tu te sens aussi peu maman que possible. N'étaient les regards de Fabienne et Jeannette, tu irais te terrer au fond de ton lit, uniquement préoccupée de ton ventre douloureux. Car tu as mal. Depuis qu'il est là, tu as mal.

Dans la salle de jour, plusieurs mères désœuvrées attendent anxieusement l'arrivée de leur bébé, amenés par un père, une grand-mère, une éducatrice, une famille d'accueil. Tu prends place au milieu d'elles, avec ton petit Noé endormi. Tu redoutes le moment où il va ouvrir les yeux car tu devras t'occuper de lui. Et si tu es maladroite ? Si tu le blesses sans le vouloir ? N'est-ce pas à cause de toutes ces raisons qu'on t'empêche de lui rendre visite en néonat et qu'on te garde dans ce service pour mères défaillantes ?

Mais qu'est-ce qui t'arrive ? Il y a quelques semaines encore, ta vie se déroulait sans encombre. Certes, tu n'aimais pas être enceinte, mais tu vivais une grossesse paisible dans un appartement lumineux, plus étriqué que cosy.

À vrai dire, tu ne tenais pas en place. Chaque matin, tu te levais pour déjeuner avec Camille puis, après son départ, tu enfilais une vieille salopette en jean et des baskets usées jusqu'à la trame. Ta playlist préférée dans tes écouteurs, tu te rendais dans la chambre du bébé pour en parfaire la décoration. Tu avais rénové cette petite pièce sans l'aide de personne et tu n'en finissais pas de soigner les finitions. Poncer les plinthes, fignoler l'encadrement de la fenêtre, peindre au pochoir une frise où s'égayaient des escargots gris et roses. Tu voulais, pour ton bébé, un décor de rêve, sans écueil et sans manque.

Parfois, épuisée par tes efforts et le ventre tendu, tu rêvais de te laisser choir dans le vieux fauteuil moelleux, rare meuble à t'avoir suivie dans tes déménagements. En le destinant à la chambre du bébé, tu l'avais recouvert d'un chintz bleu nuit parsemé d'étoiles minuscules. Tu te voyais t'y blottir pour allaiter et même t'assoupir, une petite bouche sur ton sein, comme sur une gravure contemplée dans un musée anglais. Au fil des mois, de câlins en tétées, tu passerais tes après-midi dans cette chambre d'enfant. Un soleil généreux caresserait les lattes de ce parquet de chêne que tu avais ciré amoureusement. Bientôt, une petite Violette aux joues pleines ramperait puis se redresserait, fière et conquérante en ses premiers pas. Tu l'imaginais déjà, campée sur ses petites jambes, mesurer du regard la distance à parcourir jusqu'à toi et, gloussant d'un enthousiasme mêlé d'appréhension, s'élancer sur ses pieds nus et potelés. Violette. Une fille. Ta fille…

Il y avait tout cela, dans ta grossesse idéale, mais impossible d'en profiter. Impossible de se poser dans cette maternité de rêve sans qu'une inquiétude lancinante ne vienne t'habiter : et si c'était un garçon ? Tu n'avais pas de prénom pour un garçon, pas de rêve, pas de bras. Alors, tu continuais tes rénovations sans fléchir.

À l'approche du terme, de crainte que tu ne te blesses, Camille avait dû remiser l'escabeau à la cave…

Tu fouilles le sac à langer qu'on t'a apporté, y trouves des biberons préremplis. Aussitôt, Fabienne surgit près de toi.

– Tout va bien ? Vous n'hésitez pas à venir nous trouver si vous avez besoin d'aide.

– Mmm…

– Tout à l'heure, je vous accompagnerai pour lui donner le bain. En attendant, vous pouvez aller dans votre chambre, si vous voulez.

Sans doute pense-t-elle que ce serait plus intime, plus discret aussi. Tu fais signe que tu n'y tiens pas et elle sourit, compréhensive. Sait-elle la peur sournoise qui te guette à l'endroit de cet enfant ?

– À tout à l'heure..., dit-elle en effleurant ton épaule.

Elle s'éloigne vers une autre mère, s'agenouille pour parler à un bébé qui interrompt ses galipettes sur le tapis et gazouille en réponse. Comme tu aimerais posséder cette aisance, cette légèreté... Être une autre que toi. Déjà, elle se relève, elle a aperçu Solène, un peu plus loin, qui semble passablement encombrée par le nourrisson qu'elle tient dans ses bras. Avant de la rejoindre, elle répète :

– À tout à l'heure...

À tout à l'heure... Les soignantes disent toutes ça, ici. Au début, ça te surprenait, tous ces rendez-vous qu'on te donnait dans un hypothétique plus tard. Puis tu t'es habituée. À présent, tu entends la promesse de ces quelques mots : je suis là. Je reviens vous voir. Je ne vous laisse pas tomber.

Et cela compte.

Tant qu'il garde ses yeux fermés, il n'existe pas. Il est une idée de bébé. Un concept. Une généralité. Il ne te concerne pas vraiment. Depuis ton fauteuil, tu détailles les longs cils qui ombrent sa joue, la main aux ongles minuscules qui dépasse de la couverture blanche. Une main rose, un peu ridée, si fragile. Tu cherches à distinguer la forme de son crâne sous le duvet châtain. C'est un joli bébé aux traits fins, à la bouche boudeuse, au nez délicatement dessiné. La mère de cet enfant doit être fière et comblée. Tu l'envies.

Une idée de bébé qui s'obstine au sommeil.

Autour de toi, tout le monde s'active, qui à donner un biberon, qui à préparer les affaires pour le bain, qui à discuter, l'enfant lové au creux des bras. Mais ton bébé n'est pas encore là. Il se fait attendre. Il hésite à naître, n'est-ce pas ce qu'on t'a dit ? Au rendez-vous des limbes, il s'attarde. Plusieurs fois, Jeannette ou Fabienne sont passées à proximité.

– Il dort toujours ?

Elles sont reparties aussitôt. Tu devines qu'elles veillent. Qu'elles veulent assister à cette première rencontre entre toi et cet enfant qui n'est pas encore le tien. Qu'elles en connaissent tous les enjeux.

Pourquoi dort-il ainsi ? Qu'attend-il pour venir à ta rencontre ? A-t-il deviné ce qui broie tes entrailles ?

Au début, c'est à peine perceptible. Un battement de cils, une lèvre qui remue, un discret fouissement. Puis plus rien. Tu te tends, assise sur la pointe des fesses, au bord de ton siège. Et tu l'observes, le cœur affolé. Si tu osais, tu t'enfuirais, tu oublierais, tu effacerais tout. C'est ton talent à toi, effacer ce qui blesse, ce qui ravage. Où en serais-tu si tu n'avais pas ce pouvoir-là ?

Autour de toi, plus personne. Chaque mère est occupée, quelque part, avec son bébé. Les infirmières parcourent le couloir d'un pas pressé, encouragent l'une, félicitent l'autre, saluent un bébé qui sort tout propre et bien coiffé de la salle de bains. Leurs voix joyeuses et caressantes te parviennent par bribes. Elles sont partout à la fois.

Noé remue un peu, puis il paraît s'étirer et il bâille longuement. Tu ne peux t'empêcher de l'imiter.

– Eh bien ! Tu as déjà réussi à faire bâiller ta maman.

Tu sursautes. Jeannette est là, près de la porte, qui veille. Le bébé ouvre les yeux, semble chercher la provenance de la voix. Tu suspends ton souffle.

L'infirmière s'approche et s'accroupit lentement à la hauteur de l'enfant.

– Bonjour, Noé. Je m'appelle Jeannette. Je suis là pour aider ta maman à te connaître.

Le regard du bébé flotte un instant puis se fixe sur le visage de la soignante.

– Oui, tu me vois, c'est moi qui te parle. Tu ne me connais pas encore. Peut-être que tu cherches la voix de ta maman, celle que tu entendais quand tu étais dans son ventre ?

Elle se tourne vers toi et t'encourage du regard. Mais aucun mot ne franchit tes lèvres. Ce petit être et son attente te tétanisent.

– Ça viendra..., murmure Jeannette en posant une main apaisante sur ton poignet. Souvent, c'est difficile, le premier jour.

– Et si ça ne vient jamais ? Si je ne trouve rien à lui dire ? Est-ce qu'il va m'en vouloir ?

Elle hésite devant ton expression soucieuse.

– Vous inventerez votre langage. Avec les yeux, avec les mains, en chantant des comptines. Il y a mille façons d'être mère.

Chanter. Bien sûr, des chansons, tu en connaissais quand tu étais enfant. L'une d'elles te revient d'ailleurs, intacte, comme si elle avait, avec toi, traversé des décennies de silence.

Dodo m'amour
Sur un coussin d'velours
Dormez tant que vous voudrez
Maman viendra vous chercher
Dodo m'amour...

Cette berceuse qui, à l'évidence, était tapie dans ta mémoire, tu la murmures plus que tu ne la chantes. Pourtant le bébé se fige, attentif. Ses yeux semblent s'agrandir et ses lèvres remuent comme s'il tétait tes paroles. Jeannette t'encourage.

– Continuez.

– Je... J'ai fini.

Déjà, le regard du bébé se referme comme un visage qui disparaît dans la brume. Alors tu chantes, une seconde fois, d'une voix plus assurée. Et l'enfant revient à toi. Il te fixe, il te dévore. La mélodie roule et vous enveloppe quand, brusquement, tu te lèves. Terrifiée.

Soudain, il est là, au creux de tes bras. Inerte.

Soudain, tu as sept ans. Tu portes une robe d'été trop courte et tes socquettes blanches sont trempées. Tu viens de repêcher Pistache qui flottait dans la piscine du camping. Folle de chagrin, tu caresses son poil mouillé en lui chantant ta berceuse favorite. D'habitude, il couine de plaisir quand tu gratouilles son petit ventre chaud. Mais, à présent, il ne bouge plus. Il est raide et glacé. Est-ce que c'est ça, être mort ?

Soudain, tu doutes. Avais-tu bien fermé sa cage ? Comment a-t-il pu parcourir tout ce chemin sur de si petites pattes ?

Soudain, tu es une criminelle.

Maintenant, tu es responsable de sa vie.
Responsable de sa vie.
De sa mort aussi.
Tu avais promis de tout faire pour lui et tu as failli.
Une criminelle, voilà ce que tu es.
Tu devrais avoir honte…

Peu à peu, l'eau tiède remplit la petite baignoire ovale encastrée près du matelas à langer. Un poisson-thermomètre rouge tourbillonne lentement sous le jet du robinet. Tu contrôles la température. Encore et encore. L'angoisse constitue ce qu'il y a de plus solide en toi. Elle est opaque, massive. Suffocante. N'était la présence bienveillante de l'infirmière, tu planterais tout pour t'enfuir.

Le bébé est allongé, paisible, sur la sortie de bain que tu as choisie avec Camille un jour de shopping enthousiaste au rayon puériculture. Pour l'enfant que tu portais, tu voulais de la douceur, du confort absolu. Que rien ne l'entrave. Que rien ni personne ne le fasse souffrir. Ça commence bien… Son père a disparu, sa mère est hospitalisée, harcelée par un inconnu – le même, peut-être qui vient lui rendre d'inquiétantes visites en néonatologie –, une nuée d'infirmières se presse à son chevet, une information préoccupante plane, telle une menace.

– Je crois qu'il va falloir arrêter le robinet, murmure Jeannette. C'est un bain, pas une leçon de natation.

Tu sursautes.

– Oui, bien sûr.

Tu t'exécutes, recontrôles la température de l'eau puis montres le thermomètre à l'infirmière pour confirmation. Elle n'y jette pas un regard, elle a les yeux fixés sur ton visage.

– On dirait que c'est difficile de vous fier à vos sens…

Tes larmes recommencent à couler.

– Depuis l'histoire avec Pistache, j'ai tendance à vérifier. J'étais tellement sûre d'avoir verrouillé sa cage…

Fabienne hoche la tête, elle n'ignore plus rien de la fin tragique de ton cochon d'Inde et il te semble qu'elle est la première à en saisir la portée.

– N'ayez pas peur, je suis avec vous.

Étrangement, le bébé, qui paraissait jusque-là dans les limbes, tourne lentement la tête dans ta direction et écarquille les yeux. Sa main gauche s'ouvre et se referme comme s'il cherchait à saisir quelque chose. Jeannette se penche vers lui.

– Tu vois, Noé, dit-elle d'une voix profonde, ta maman va te donner ton bain, mais comme toutes les mamans qui débutent, elle a très peur. Elle veut tellement te protéger, tu comprends ? Mais toi, tu n'as pas peur… Tu es bien détendu, oui.

Le bébé soupire fort à propos et réussit à te tirer un sourire. Les mains tremblantes, tu entreprends de le déshabiller. Tu te révèles plus habile que tu ne le pensais, même si tu dois parfois lutter contre la résistance que t'opposent ses membres repliés. Pyjama, brassière, chaussons, chaussettes, body, couche, tu le débarrasses patiemment de toutes ses épaisseurs et, bientôt, il t'apparaît, nu et paisible, avec sa peau duveteuse et la petite pince bleue accrochée à son nombril. Tu poses timidement tes mains sur son torse chaud et palpitant. Comme il bat vite, son petit cœur ! Et comme le tien s'emballe. Alors, tu murmures des choses qui te paraissent banales, en regard de l'instant. Qu'il va aimer le bain et que, dans l'eau, il se remémorera ses neuf mois de galipettes aquatiques, quand il n'était encore qu'une idée de bébé qui grandissait en toi. Que son papa va être dingue de lui. Et si fier ! Et que toi, tu n'en reviens pas…

Tu parles et il t'observe intensément, comme si ta voix, tes mains, ton regard étaient tout ce qu'il désirait en ce monde. Une idée te traverse, bouleversante. Tu l'as attendu puis tu l'as expulsé dans un déchaînement de la chair qui laisse ton corps à jamais endeuillé. Mais, depuis, il t'attendait patiemment pour naître au monde. Cet enfant tombé de ton ventre, c'est par tes bras, ton regard, ta parole, qu'il consent à advenir.

Il s'anime, ses prunelles étonnées se posent sur toi. Il s'extirpe de la gangue soyeuse où il se tenait et son visage se transforme. Il prend vie.

Le dévorer.
En capter chaque image.
N'en rien laisser.
Pas une miette qui t'échappe.

C'est un petit garçon. Ton petit garçon. D'une émouvante vulnérabilité. Sous le fin duvet, l'épiderme est diaphane, qui laisse apparaître un entrelacs de veines bleutées. Ton petit garçon. Le possessif te questionne. Appartient-il déjà à quelqu'un, cet être minuscule à peine sorti de sa coquille maternelle ? L'idée qu'il soit ainsi à ta merci n'est pas pour te rassurer. Tu le détailles avec une curiosité qui t'affole et c'est à peine si tu oses frôler du regard son sexe minuscule planté à la base d'imposantes bourses. Tu te sens indiscrète, une mère abusive, de celles qu'on désigne dans les faits divers. Troublée et anxieuse de ces attributs encore si peu virils mais déjà menaçants. Une vigueur en germe. Un oppresseur en puissance. Une possible violence. Avoir un fils, c'est donc tout cela ? Quel vertige !

Étranges pensées que les tiennes. Comment en viens-tu à redouter le pénis lilliputien d'un bébé de huit jours ? Faut-il que tu sois tordue ?

Tordue ! Une fille tordue ! Voilà ce que tu es !
Mais comment peux-tu avoir des idées pareilles ?
Toutes ces choses que tu inventes ! Tous ces mensonges !
C'est dégueulasse de dire des choses pareilles !
Tu devrais avoir honte !

Il aime l'eau. Il s'y étire, s'y prélasse, se laisse aller tandis que sa nuque et ses épaules sont solidement tenues. Ses cheveux fins flottent en auréole.

Son regard est fixé sur toi mais tu retardes l'instant. De ta main libre, tu nettoies ses orteils minuscules, ouvres ses mains pour les laver, fais naître des vagues douces qui recouvrent sa poitrine. Il soupire d'aise.

Alors, seulement, tu consens au vertige de la rencontre. Tu plonges ton regard dans le sien et tu t'adresses à lui.

– Tu es bien comme ça ? Tu n'as pas froid ?

Il sort un bout de langue et donne une brève impulsion avec ses jambes. Une vague d'eau tiède vient s'échouer sur son torse. Il te fixe avec intensité.

– Qu'est-ce qu'il est beau !

– Mmm…, murmure Jeannette. Je crois que ta maman est sous le charme.

Le nourrisson émet un petit son guttural. Tu souris.

– Oui ? Qu'est-ce que tu me dis ? Que tu es bien dans l'eau ?

Les mots glissent de ta bouche et ta voix chantonne. C'est plus facile que tu ne le pensais. Tu reprends un peu d'eau au creux de ta main et tu arroses doucement ses épaules qui émergent à la surface. Puis tu remarques que les poils se hérissent sur ses bras chétifs.

– Je crois qu'il a froid.

Il pleure quand tu le sors du bain sans préavis, mais se calme dès que tu l'enveloppes dans sa serviette. Tandis que, penchée sur lui, tu frottes délicatement ses cheveux, tes lèvres précèdent ta pensée et tu l'embrasses sur le nez. Quelque chose, alors, s'ouvre en toi, aussi inattendu que déconcertant.

Tu as réussi ! Tu as donné ton premier bain. Et il ne lui est rien arrivé. Rien qui ne soit délicieusement bouleversant.
Bien sûr, avant d'en arriver là, il a fallu raconter à l'infirmière la vision terrifiante qui t'avait saisie en chantant ta berceuse. Raconter ce qui peuple tes rêves depuis que le bébé est né. Elle t'a écoutée avec attention, sans t'interrompre. Jusqu'à ce que tu parviennes toi-même à une conclusion qui t'apaise.

À peine assise dans le bureau, tu entres dans le vif du sujet.

– Il paraît qu'il y a une information préoccupante. Qu'on pourrait me retirer mon fils si…

Mon fils. Comme on devient possessif quand on flaire le danger !

– Je suis au courant, intervient le docteur Lorrain. C'est d'ailleurs aussi pour cela que je vous ai proposé cette hospitalisation à l'unité mère-bébé.

– Ah bon ? dis-tu sans masquer ton agressivité. Vous saviez ?

Il sourit patiemment avant de t'expliquer. Noé ne relevant plus de soins en néonatologie, il était sortant. Mais aucun de ses deux parents ne semblait en capacité de s'en occuper alors l'équipe de pédiatrie a déclenché une IP pour connaître les possibilités d'accueil familial. Le juge risquait de prononcer un placement provisoire en pouponnière. Te faire venir à l'UMB au sein du même hôpital, c'était une façon d'éviter ce placement avec toutes les complications qu'il engendre.

– On disposait de très peu de temps pour empêcher ça. Et comme un lit venait juste de se libérer ici, on a proposé de vous recevoir.

– Vous vouliez m'évaluer, c'est ça ?

– Tout de suite les grands mots. Vous vous êtes sentie évaluée dans notre service ?

Tu dois bien reconnaître que non. Tu croises le regard de Fabienne qui esquisse un petit sourire et tu es saisie de honte à l'idée que tu mords les mains qui se tendent vers toi. Alors, tu baisses les yeux sur ton fils que tu as déposé sur le tapis d'activité en arrivant. Très vite, Noé s'est assoupi, bras et jambes repliés. Sans réfléchir, tu saisis la petite couverture blanche qui dépasse du Maxi-Cosi et l'étales délicatement sur lui. Il cille mais ne se réveille pas.

– Vous le couvrez ? Vous pensez qu'il a froid ? demande le psychiatre d'une voix douce.

– Pourquoi ? Fallait pas ?

Tu es encore sur la défensive, tu ne peux pas t'en empêcher.

– On n'est pas là pour vous piéger, madame Tavernier. Vous avez vécu des choses pour le moins traumatiques avec cet accouchement solitaire, sans compter tout ce qui a suivi. C'est normal qu'on s'inquiète et qu'on vous propose de l'aide, vous ne croyez pas ?

Tu as envie de pleurer, soudain.

– Pour… Pourquoi vous êtes tous si gentils ?

Le docteur Lorrain se recule dans son fauteuil.

– Ce n'est pas une question de gentillesse. On a un travail à faire tous ensemble avec vous et Noé. Et puis… C'était humainement impossible de vous laisser rentrer toute seule chez vous alors que vous n'aviez pas eu l'occasion de rencontrer votre bébé à la maternité.

– Mais c'est quoi, rencontrer ?

C'est une question pour le moins naïve et tu te sens mal de la formuler ainsi.

– Qu'est-ce que vous en pensez ?

Tu voudrais te rebiffer. Tu attends de lui des réponses, pas des questions. Mais tu te ravises. Inutile d'aggraver ton cas.

– Ce matin, j'ai cru rencontrer… Le rencontrer.

Tu racontes ce bref instant où une berceuse a coulé de tes lèvres émues. Puis la vision inquiétante qui a suivi. Et cet effondrement si familier dans le sombre labyrinthe de la culpabilité.

– Vous parlez de vision… On dirait plutôt qu'il s'agit d'un souvenir, non ? demande Fabienne, sans élever la voix.

Tu hoches la tête, surprise de la nuance qu'elle amène ainsi.

– Un souvenir, oui. Il rôde dans mes pensées depuis que j'ai accouché. C'est curieux, non ? Au lieu de penser à ce bébé ou même à mon mari otage, je m'apitoie sur la mort d'un cochon d'Inde survenue quand j'avais sept ans. Pourtant, j'ai très peu de souvenirs de mon enfance. Je ne retiens rien. Enfin, si. Je me souviens des écoles que j'ai fréquentées à chacun de nos déménagements. Les écoles, les maîtresses, les copines. J'adorais l'école, je m'y sentais tellement vivante ! Je suis sûre que je pourrais nommer les élèves sur toutes les photos de classe. Mais pour le reste, rien. À part ce cochon d'Inde que j'avais gagné à la fête foraine et auquel j'étais tellement attachée.

Tu te tais, surprise d'avoir autant parlé. Tu lèves la tête. Ils sont suspendus à tes lèvres.

– Est-ce que cela pourrait expliquer la peur que j'ai de m'occuper de mon bébé ?

– C'est possible, répond le médecin qui semble pourtant peu convaincu. On va voir dans les prochains jours si d'autres souvenirs émergent.

– Mais... Je ne veux pas me souvenir !

Tu l'as dit avec une telle véhémence que ton bébé remue dans son sommeil. Le médecin hoche la tête avec gravité. Fabienne se penche pour prendre la parole :

– C'est bien le problème. Ne bloquez pas les souvenirs. Après une naissance, ce qui n'a pas été traité de l'histoire des parents refait surface. C'est l'occasion d'y apporter les réponses qui manquaient quand on était enfant. C'est pour cela qu'il y a autant d'angoisse. La présence du bébé nous oblige à affronter ce qu'on est au fond de nous et qu'on n'a cessé de fuir. L'angoisse et les symptômes signalent le travail psychique qui est en train de se produire.

– Je ne l'aurais pas dit mieux, souligne le psychiatre. Allez parler avec les infirmières quand vous vous sentez mal. Elles savent écouter. Écouter vraiment. Elles vous aideront, bien plus qu'aucun livre.

Tu te tournes vers lui.

– C'est vrai. Depuis que je suis ici, je suis constamment angoissée. Par exemple, dès que j'entends le prénom Noé, ça m'angoisse mais je ne sais pas pourquoi.

– Il ne fait donc pas partie de ceux que vous aviez choisis ? demande le psychiatre interloqué.

Tu baisses les yeux.

– J'avais choisi Violette. Seulement Violette.

– Violette.

– C'est mon mari qui devait choisir un prénom de garçon. On s'était répartis les rôles.

– C'est original.

– Est-ce que…

Tu hésites.

– Si une mère veut à tout prix une fille et qu'elle a un garçon, est-ce que le bébé peut en souffrir ? Je ne voudrais pas…

Voilà, c'est dit. Tu n'es plus à une honte près. Il te regarde sans répondre. Tu tritures tes doigts, en proie à une tristesse inattendue.

– Il aurait peut-être mieux valu qu'il soit placé. Un garçon, c'est trop de responsabilité. Je ne saurai pas.

– Ah bon ? Comment vous l'expliquez-vous ?

– Je ne sais pas.

Tu captes un froncement de sourcil.

– Je vous assure que je ne sais pas. Depuis le début, je ressens cette crainte terrible. Pendant ma grossesse, je n'ai pas demandé à connaître le sexe du bébé. Je m'étais persuadée que j'attendais une fille et je ne voulais pas rompre le charme. Si vous saviez ce que je m'en veux !

– Laissons cela pour le moment, propose Lorrain, et revenons à ce prénom. Il évoque quoi, pour vous ?

– Je ne sais pas. Noé… L'arche de Noé ? Les animaux sauvés des eaux… On revient toujours à Pistache.

– Mais encore ? N'essayez pas de réfléchir, dites ce qui vient !

Tu secoues la tête. Tu es en panne et tu te sens bête de ne pas y arriver.

– Ça va venir, accordez-vous du temps.

– Oui. Parfois, je me dis que je vais me réveiller. Le cauchemar sera terminé. Camille reviendra sain et sauf. On sera de nouveau heureux tous les deux.

Tu te reprends.

– Tous les trois. Avec tout ce qui s'est passé : cet accouchement sordide, l'hystérectomie, l'enlèvement, ce type bizarre qui me harcèle… Je suis un peu perdue. Je sais que mon bébé est né, mais ça ne fait pas de moi une mère.

– Absolument.

– Et pour la couverture ? demande l'infirmière en désignant le bébé qui dort.

– Je ne sais pas. Je l'ai regardé. J'ai pensé : il a l'air bien comme ça. Puis je me suis souvenue que quand je m'endormais sur le canapé, pendant ma grossesse, j'avais un peu froid et je tirais le plaid pour m'y blottir. Alors je l'ai couvert.

– Voilà…, souligne le docteur Lorrain en se levant. Vous lui avez prêté votre appareil à penser.

Tu sursautes. Tu ne t'attendais pas à ce que l'entretien soit si court.

– Attendez ! J'ai une question. Tout à l'heure, vous avez dit qu'aux yeux des pédiatres, aucun des deux parents ne semblait prêt à s'occuper du bébé… J'ai besoin de savoir… Lui… Celui qui prétend être le père… Vous l'avez rencontré ? Vous savez comment il est ?

– Non. Tout ce que je sais, c'est qu'une partie des puéricultrices du service de néonat est sous le charme de ce monsieur. J'ai dit moi-même, en réunion de synthèse, qu'il fallait que cessent ses visites tant qu'on n'aurait pas vérifié son identité, mais ces dames n'en font visiblement qu'à leur tête. C'est vrai que ce n'est pas leur boulot de contrôler les pièces d'identité, elles n'y sont pas habilitées. Et si j'en crois ce qu'on m'a raconté, elles ont pitié de lui. Il se présente comme la pauvre victime d'une femme très malade qui veut le priver de son enfant. Mais elles reconnaissent qu'il n'est pas très adapté lorsqu'il s'occupe de Noé.

– Il n'y a pas moyen de saisir les enregistrements de vidéosurveillance ?

Fabienne émet un petit rire.

– Quelle vidéosurveillance ? Vous avez vu l'état de cet hôpital ? On ferme des lits toutes les semaines. Il y a des listes d'attente dans toutes les spécialités. Quand il manque du personnel, on n'a pas de quoi embaucher des intérimaires. Et on réutilise du matériel à usage unique pour économiser trois sous... Où voulez-vous qu'on trouve du fric pour installer des caméras ?

– Et on ne pourrait pas nous confronter pour mettre fin à cette mascarade ?

– Bonne idée ! approuve le médecin. Je vais tout de suite envoyer un mail au chef de service.

Jusque-là, il n'avait pas pleuré. Tout juste avait-il grogné un peu après le bain mais comme tu avais anticipé en préparant son biberon, il n'avait pas eu le temps d'exprimer sa faim qu'il avait déjà du lait plein la bouche. À présent, il hurle et tu te tends. Quelque chose, en toi, se cabre face à ce cri qui t'épouvante. Comment un si petit être peut-il générer un tel vacarme ? Est-ce qu'il souffre ? On t'a avertie que les nourrissons ressentaient intimement les angoisses de leur mère. Si c'est le cas, avec toi, il est servi.

Tu l'examines, fébrile, contrôles sa couche, palpes sa peau comme tu as vu Madeline le faire avec Pablo. Il ne semble pas fiévreux. Il a mangé, il est propre…

– Qu'est-ce qui t'arrive ? Je t'en supplie, arrête !

Mais il hurle de plus belle, comme déçu de ton impuissance. L'angoisse monte et tu te lèves, pressée de le faire taire. Une fois dans tes bras, il paraît surpris, s'apaise un bref instant.

– C'était ça ? Tu voulais que je te prenne ?

Une nuée de souvenirs confus te traverse aussitôt. *Ne le prends pas dans les bras, tu vas lui donner de mauvaises habitudes.*

Ne cède jamais à ses caprices.

Il va devenir tyrannique.

Les enfants, faut leur montrer qui commande !

Qui parlait ainsi ? Ta mère ? Cela ne lui ressemble pas. Ton père peut-être ? Non, il était bien trop perché, à mille lieues de ce qu'il considérait comme des affaires de bonne femme...

Tu marches, à présent, de long en large dans la salle d'activité désertée. Et tu berces vigoureusement ce bébé que rien ne paraît calmer.

Ne le berce pas, tu vas en faire une chochotte !

Ça y est, tu la vois. Élancée, splendide dans sa robe de soie avec ses cheveux permanentés, la tante Blandine prodigue ses conseils à une lointaine cousine qui ne lui a rien demandé, en marge d'une cérémonie de mariage. La tante Blandine... Quel culot ! Quand on pense...

L'angoisse monte encore d'un cran. Tu hurlerais, si tu osais, aussi fort que cet enfant maudit qui refuse de se taire.

– Quelque chose ne va pas ? demande Fabienne en apparaissant près de toi.

– Je n'y arrive pas. Je ne sais pas ce qu'il veut. Je suis nulle.

– Allons donc, murmure l'infirmière en se tournant vers le bébé.

– Prenez-le ! J'ai tout essayé, faut me croire ! Il a mangé, il est propre, il ne manque de rien.

Tu lui tends l'enfant en pleur mais elle n'esquisse pas un geste pour le saisir.

– Il ne manque de rien... Vous êtes sûre ? Et vous non plus, vous ne manquez de rien ?

Tu t'apprêtes à répliquer vertement quand un sanglot brise ta voix.

– Mon mari. Il devrait être là. Il m'avait promis qu'il serait toujours là.

Tu pleures bruyamment, comme lorsque tu étais petite et, curieusement, Noé cesse soudain de hurler. Les yeux écarquillés, il tourne la tête pour t'observer.

– Vous voyez, je suis en train de le traumatiser.

– Non, c'est pas ça qui traumatise les enfants, hein Noé ? Tu vois que ta maman est bouleversée. Ton papa lui manque. Et à toi aussi, il doit manquer.

Stupéfaite, tu regardes ton fils s'orienter vers la bouche qui lui parle.

– Oui, roucoule Fabienne. Je suis sûre que ton papa est impatient de te rencontrer.

– Il a vraiment l'air de vous écouter.

– Il vous écoutera quand vous réussirez à lui parler. Ne vous inquiétez pas, ça va venir. En attendant, il a les yeux au pays des rêves, ce petit bonhomme. Je pense qu'il est temps de le coucher.

Elle effleure la joue de Noé et s'éclipse d'un pas dansant. Tu poses ton fils dans le berceau et tu t'allonges sur ton lit. Tu voudrais dormir. Oublier. Disparaître.

Dix minutes plus tard, Noé hurle de nouveau. Tu le prends contre toi et tu pars à la recherche de Fabienne. Tu la trouves à la salle de soins. Sans un mot, tu lui refiles le bébé avant de prendre la fuite.

Ta fugue ne dure que quelques minutes mais elle condense toutes celles auxquelles tu t'es livrée au cours de ta vie. Réfugiée dans ta chambre d'hôpital, le dos contre la porte, tu pousses un long hurlement silencieux. Un cri muet qui traverse ton corps, muscles tendus jusqu'au point de rupture. Tes nerfs lâchent, tu n'en peux plus. Tu ne veux pas de ce bébé inconnu. Tu veux Camille. S'il était là à tes côtés, tout serait plus facile.

Tu sanglotes à présent et récites son prénom comme une litanie. Et à mesure que cela t'apaise, une petite voix perfide te blâme d'oser te plaindre ainsi, quand ton mari est en si mauvaise posture.

On frappe à la porte à laquelle tu es toujours adossée. Tu essuies précipitamment tes larmes. Fabienne passe une tête discrète par l'entrebâillement.

– Je peux entrer? Noé s'est endormi.

Il n'a fallu que quelques minutes à l'enfant épuisé pour s'assoupir dans les bras tranquilles de l'infirmière. Décidément, tu es nulle comme mère.

– Je crois qu'il était surtout fatigué..., précise-t-elle modestement. À cet âge-là, on dort encore beaucoup.

Elle se glisse jusqu'au petit lit installé dans ta chambre, celui-là même où, hier, a dormi l'enfant de Yâsaman et Rakhshan.

– Attendez!

Tu t'approches et déposes un baiser timide sur le petit front apaisé. Fabienne sourit.

– Ta maman te souhaite une bonne sieste, mon bonhomme, murmure-t-elle avant d'installer l'enfant dans un coin du lit, la tête contre la paroi.

Tu t'étonnes de cette position inattendue.

– Ces lits sont un peu grands pour des nouveau-nés. Souvenez-vous que dans votre ventre, sa tête et son corps étaient toujours au contact. C'est pourquoi les enfants aiment bien être tenus serrés. Ça les rassure.

– Mais, il ne risque pas de se cogner ? Il a l'air si fragile !

Elle sourit. Qu'entend-elle de ton désir confus, derrière la crainte exprimée ?

– N'ayez pas peur. On dit aux parents qu'il ne faut pas toucher la tête à cause de la fontanelle qui n'est pas encore refermée, mais c'est exagéré. Poser une main en coupole sur le sommet du crâne suffit à apaiser bien des bébés. Demandez à Mme Sanogo de vous montrer, elle s'y connaît.

Il y a de la tendresse, dans sa voix, quand elle parle de Madeline. Et tu ressens une infime pointe de jalousie.

Tu t'attendais à ce qu'elle quitte la chambre, mais elle préfère s'asseoir un instant sur le fauteuil.

– Ouf ! Deux minutes de pause, j'en ai plein les pattes !

Elle te désigne ton lit et tu t'y laisses tomber. Aussitôt, tu prends conscience de ton épuisement. Quelques heures que tu t'occupes de ton fils et tu n'en peux déjà plus. Tu regardes l'infirmière quitter ses sabots blancs et masser la plante de ses pieds, comme s'il n'y avait de tâche plus urgente à accomplir. Un silence s'installe, durant lequel on entend le souffle régulier du bébé endormi.

– Alors, qu'est-ce qui s'est passé ? demande-t-elle finalement, l'air anodin.

Tu hésites. Elle te tend une nouvelle perche.

– Parfois, c'est difficile quand un bébé pleure. On voudrait le faire taire à tout prix… mais on n'y parvient pas toujours.

– Vous y êtes bien arrivée, vous !

Tu regrettes la nuance de reproche qui perce malgré toi. Elle sourit franchement.

– Parce que ce n'est pas *mon* bébé. Croyez-moi, c'est toujours plus facile avec ceux des autres. On n'est pas encombré de toutes les émotions que ces cris provoquent.

Tu hoches la tête, pas très convaincue.

– Ça m'angoisse quand il pleure. J'ai l'impression qu'il est triste, qu'il a mal, qu'il a peur. Et si je n'y arrive pas ? Je veux dire… Si je n'arrive pas à trouver des solutions pour lui ? S'il se sent seul et abandonné ?

– Comme vous ?

Sa réponse a fusé et tes larmes jaillissent aussitôt. Tu ne peux pas les retenir. Elle lève la tête, navrée de l'effet de ses paroles. Tu lui rends son regard.

– Vous me comprenez si bien. Je n'avais jamais ressenti ça, cette sensation d'être comprise. Qu'on ne me juge pas… Sauf avec Camille, bien sûr. Mon mari est comme vous, il ne blâme pas les gens. Il suppose toujours qu'ils ont une raison intime d'agir tel qu'ils le font, que ça vient de leur éducation, de leur histoire. Y compris s'ils l'ignorent eux-mêmes et qu'ils marquent continuellement contre leur camp.

Les larmes s'accumulent entre tes cils avant de rouler sur tes joues.

– C'est un homme bon et juste. Et profondément doux. Vous savez, qu'il ait décidé de traverser la vie à mes côtés, je n'en suis toujours pas revenue. Et j'aimerais être à la hauteur de ça. Je voudrais donner à notre bébé autant d'amour et de soin qu'il en aurait eu si Camille n'avait pas été kidnappé.

– Pourquoi n'y arriveriez-vous pas ? Vous avez dû accomplir des choses bien plus difficiles dans votre vie !

– Je ne crois pas. Je... Et si j'échoue ? Si je ne réussis pas à le protéger ?

– On est là pour vous aider...

De nouveau, les larmes te submergent.

– Bon, dit Fabienne en se levant à regret. On a du boulot.

Bonjour ! Bonjour ! Bonjour les bébés
Bonjour les plus heureux
Bonjour les paresseux
Les loirs et les marmottes
Les p'tites têtes de linottes
Les plus doux à aimer
Bonjour ! Bonjour ! Bonjour les bébés ![1]

L'APRÈS-MIDI s'achève doucement dans la salle d'activité où les infirmières, infatigables, ont réuni mères et bébés pour un temps de comptines et berceuses. Installée dans une chauffeuse avec Noé endormi dans tes bras, tu écoutes son souffle paisible, fascinée par la délicatesse de son petit visage. Plus tu le regardes, plus tu trouves qu'il a des traits de son père. Tu ne saurais dire pourquoi, cela te rassure qu'il lui ressemble. Peut-être cela te le rend-il un peu moins étranger ? Assise à côté de toi, Madeline fait danser Pablo sur ses genoux. Le bébé semble hilare, le regard rivé au visage de sa

1. Dominique Dimey, *Bonjour les bébés*, label Unidisc.

mère qui chante à tue-tête. Tu lèves les yeux, croises le sourire de Sophia qui tient sa fille contre elle et semble goûter ce moment d'apaisement. Pour elle aussi, la journée a été difficile. Sa petite Sarah, qui perce de nouvelles dents, n'a cessé de baver et de pousser des cris perçants, refusant de dormir et de quitter les bras consolateurs de sa mère. À l'heure du goûter, elle s'est emparée de la cuillère qu'elle a tenté de mordiller pour se soulager. Les prochains jours ne seront pas de tout repos.

Tu commences à connaître tous les bébés du service, même Gaspard, le fils de Solène, dont le regard flotte sans jamais se fixer. À l'évidence, il préoccupe Fabienne qui tente en vain de le solliciter avec ses instruments de musique. Tu songes que tu as de la chance : ton fils a l'air d'aller bien.

Penchée sur la console audio, Jeannette lance une berceuse traditionnelle ukrainienne et invite les mères qui le souhaitent à danser avec leur bébé dans les bras. Trop fatiguée pour te lever, tu fermes les yeux et tu te laisses aller. Autour de toi, tu sens qu'on se déplace avec précaution, que l'air est lentement brassé. C'est puissant, envoûtant. Et l'idée s'impose à toi : tu deviens mère parce que tu appartiens, bon gré, mal gré, à cette communauté de femmes en souffrance. C'est ton chemin. Singulier. Un chemin parmi d'autres.

Soudain, les téléphones des infirmières sonnent en même temps dans les poches de leurs blouses. Elles consultent leurs écrans, échangent un regard.

– J'y vais, annonce Fabienne en se levant.

Devant les regards interrogateurs, elle précise qu'il s'agit d'une petite urgence.

– Rien de grave.

Elle attrape son trousseau de clés et s'éloigne rapidement en direction de la sortie.

– Elle part en renfort ? interroge Madeline qui connaît tous les rouages de l'hôpital.

Elle se précipite à la fenêtre qui donne sur le parc de l'hôpital. Des hommes et des femmes en sarrau courent tous dans la même direction.

– Putain ! Ils sont nombreux ! Ça va barder !

– Revenez donc vous asseoir, madame Sanogo, murmure Jeannette en invitant chacune à se concentrer sur la musique. C'est probablement rien.

Mais les mères ne sont pas dupes et le charme est rompu. Les sonneries ont eu raison du sommeil des bébés, certains commencent à pleurer. Jeannette a beau user de paroles rassurantes, plus personne n'a la tête à écouter des berceuses. D'autant que Fabienne ne revient pas. Bientôt, des sirènes retentissent. Pompiers et SMUR[1] sont à l'approche. L'instant d'après, ils empruntent la voie qui longe le service et, sur leur passage, les vitres tremblent. Les patientes se dévisagent, intriguées. Réveillé en sursaut, Noé paraît perdu et commence à geindre dans tes bras. Madeline n'a pas décollé son nez de la vitre.

– Houlà ! Il se passe quelque chose, crie-t-elle excitée. Y a le SAMU, les pompons et au moins trois voitures de flics ! La classe !

– Madame Sanogo..., soupire Jeannette. Vous perturbez le groupe berceuse. Venez vous rasseoir.

Mais Madeline n'entend plus rien. Sa voix précipitée trahit son haut niveau d'inquiétude.

1. SMUR : Structure mobile d'urgence et de réanimation.

– Ma parole, ils sont garés pas loin ! C'est quoi le bâtiment gris, là, juste au coin ? Ça se trouve, y a un meurtre ! Vont mettre un périmètre comme dans *Esprits criminels* ! Ça vous dit, on va voir ?

– N'y songez même pas ! gronde le docteur Lorrain qui sort de son bureau, son téléphone à la main. Pour des raisons de sécurité, le service est fermé à clé jusqu'à nouvel ordre. Mesdames, merci d'aller verrouiller les fenêtres de vos chambres. Madame Tavernier, vous pouvez venir une minute ?

– Après notre entretien de ce matin, j'ai appelé mon collègue chef de service de pédiatrie pour l'informer que la personne qui se rend auprès de votre fils ne peut en aucun cas être son père. Figurez-vous qu'il n'était pas au courant, ce service marche sur la tête ! Bref ! Il a donné pour consigne à ses équipes de ne plus laisser cet homme entrer tant qu'il ne l'aurait pas personnellement rencontré.

Tu marches de long en large en tentant d'apaiser Noé qui pleurniche dans tes bras.

– Merci. C'est tellement étrange d'aller à l'hôpital voir un bébé qui n'est pas le sien… Quelle angoisse !

– Ça ne se produira plus. J'y ai mis un terme.

– Merci. Sans vous…

Une idée te traverse.

– Sans vous, personne ne me croirait.

– Ça insiste, hein ? Qu'on ne vous croit pas. Vous en parlez souvent.

– Parce que je vis cela depuis toujours.

– Ah bon ? Vous pouvez m'en dire plus ?

– Non, à part mon cochon d'Inde. Mes parents étaient convaincus que je l'avais apporté au bord de la piscine, mais c'était faux. Ils disaient que c'était de ma faute s'il s'était noyé. Ils n'ont jamais voulu m'écouter.

Tu te sens puérile et ridicule de toujours ramener cette histoire et tu t'attends à être rabrouée par le psychiatre. Au lieu de quoi, il s'attarde sur l'horreur et la tristesse que tu as pu éprouver en découvrant ton animal de compagnie sans vie.

– Oui, il comptait beaucoup pour moi. Et c'était la première fois que je voyais un mort.

Tu te penches sur ton fils qui semble retrouver son sommeil, au creux de tes bras. Le psychiatre te fait signe de t'asseoir.

– Vous n'avez vraiment aucune idée de qui peut vous en vouloir ainsi ? Il a quand même fait croire que vous souffriez de psychose puerpérale, c'est violent ! Réfléchissez ! Quelqu'un que vous auriez fréquenté, un ancien petit ami, un condisciple ?

– Dans ma promo de la Fémis, on n'était que des filles. Côté pro, j'ai pensé à Julien, un réalisateur qui me draguait avec un peu trop d'insistance quand j'étais en stage, mais j'ai vérifié hier sur Internet, il tourne une série en Sicile en ce moment. Il est bien occupé.

– Cherchez encore. C'est peut-être ancien...

Tu tentes de te concentrer mais dès que vous abordez ce sujet, tu sens que ton esprit t'échappe.

– Non, je ne vois pas de qui il s'agit et ça m'oppresse d'en parler. D'un côté, le policier en charge de l'enquête sur l'enlèvement de mon mari me dit qu'il a été localisé en Somalie et ça devrait me rassurer. Mais d'un autre côté... Si ce n'est pas Camille qui va voir notre fils et qui lui a donné ce... ce prénom, ça veut dire que quelqu'un qui me connaît me traque... Quelqu'un qui a pu pénétrer chez moi pour rapporter le livret de famille et ma valise de maternité.

– J'ignorais ce détail. Vous l'avez signalé à la police ?

– Je n'y ai pas pensé. Vous voyez, je ne parviens pas à réfléchir. L'angoisse forme une sorte de brouillage, comme si la vérité était à portée de main, mais que je ne devais pas rassembler les pièces...

– C'est possible. Certaines « vérités » ne se laissent pas saisir. C'est par exemple le cas avec les amnésies par refoulement qui surviennent après un traumatisme.

– Mais... Je n'ai jamais eu de traumatisme !

Il sourit largement.

– Vraiment ? Alors vous êtes un spécimen unique !

À peine as-tu fait trois pas dans le couloir que Madeline fond sur toi. Elle est surexcitée, comme le jour où elle t'a accueillie.

– C'est un crime ! À la Maison de naissance ! Une sage-femme a été tuée ! Ça pue du cul !

Tu sursautes.

– Une sage-femme, t'es sûre ? Comment tu le sais ?

– Hé ! Quatorze ans de psychiatrie, tu crois je suis pas abonnée à radio-couloir ?

Elle baisse la voix et désigne discrètement la salle de soins où sont réunis les soignants.

– Ils l'ont dit tout à l'heure, j'ai entendu. Le tueur, la police a pas réussi à le choper. C'est pour ça qu'on est bouclés.

Tu mesures son niveau d'angoisse à sa voix éraillée.

– Tu sais qui c'est, cette sage-femme ?
– Non. Mais elle a été noyée.
– Noyée ?
Vous êtes interrompues par l'arrivée de Mariam, l'auxiliaire de puériculture qui vient chercher Noé. Comme te l'a suggéré Jeannette, tu lui fais un bref compte rendu de la journée avant de lui confier ton fils, tiraillée entre le soulagement et le regret de le voir partir.
– Vous faites attention à lui. Il paraît qu'il y a eu un meurtre.
– Ne vous inquiétez pas, l'ambulancier m'accompagne, c'est notre garde du corps, hein, Noé ?
Mariam rit et te tend ton fils pour un dernier baiser.
– À demain mon bébé.
Tandis que tu embrasses son petit front tout chaud, il ouvre un œil et soupire.
– Tu vas me manquer…

On a parlé d'un accident, puis d'un meurtre, puis d'une tentative d'assassinat, la victime ayant été admise, dans le coma, en réanimation. Une chose est certaine, cette ancienne nageuse de haut niveau ne s'est pas noyée seule dans cinquante centimètres d'eau. Cinquante centimètres, c'est la profondeur du bassin d'accouchement dans lequel on a retrouvé Charlotte, tête en avant, avec des ecchymoses aux épaules et des traces de strangulation. Qui s'en est pris à cette jeune fille pleine de vie ? Qui a osé attenter à ses jours à l'intérieur même du service où elle était en stage ? Qui ?

– Vous la connaissiez ? Charlotte Perraud, vingt-trois ans, étudiante sage-femme… Il se trouve qu'elle était, la semaine dernière, en stage dans le service où vous étiez hospitalisée.

Assise face à la capitaine Llorca, tu accuses le coup.

– Oui, murmures-tu, sonnée. Je la connais.

Elle lève la main et son acolyte, mollement, lui tend un sachet de scellés dans lequel tu distingues une feuille pliée en quatre et passablement écornée.

– On a trouvé ça dans la poche de sa veste. Une ordonnance à votre nom pour des vitamines prénatales. En date du mois de février. N'auriez-vous pas quelque chose à me dire ??

Son ton incisif réveille ton penchant à la culpabilité. Tu lui expliques qu'il s'agit de ta veste et dans quelles circonstances tu l'as prêtée à Charlotte. Tu sens les larmes monter, mais tu les réprimes de toutes tes forces.

– C'est votre veste. OK. Je dois dire que je ne m'attendais pas à ça. Charlotte, c'était comme une copine, alors ?

– Oui. Comme une copine.

La capitaine semble un peu dépassée par la tournure des événements.

– Parlez-moi d'elle.

– C'est une fille incroyable, très humaine. Elle m'a beaucoup soutenue depuis mon accouchement. Heureusement qu'elle était là.

– Et vous, vous étiez où, aujourd'hui ?

– Ici. Toute la journée.

– Quelqu'un peut le confirmer ?

– Les infirmières et le médecin. Je me suis occupée de mon bébé. Vous ne me soupçonnez quand même pas…

– Simple vérification. Reconnaissez qu'il se passe des choses étranges autour de vous.

Elle semble te le reprocher. Ou bien est-ce ta perfide petite voix intérieure qui te souffle que, décidément, tu portes la poisse. La gorge serrée, tu te risques à demander si c'est la même personne qui…

– C'est ce qu'on a pensé en voyant votre nom sortir dans cette affaire. Comme l'individu qui vous agresse a tendance à laisser des indices…

– Mais pourquoi on ne l'arrête pas ?
– C'est bien ce qu'on tente de faire, intervient le stagiaire d'une voix rauque.

Le visage de la policière se ferme. Elle rassemble ses affaires et prend congé.

– Attendez ! Charlotte, comment va-t-elle ?
– Pronostic réservé.
– Mais... Elle va s'en sortir ?
– C'est tout ce que je peux vous dire pour l'instant.

Cette fois, tu n'as pas droit à sa poignée de main.

Lorsque tu sors du bureau, les grands bras de Madeline t'entourent et t'entraînent à l'écart.

Impossible d'obtenir des nouvelles de Charlotte. Les infirmières refusent de répondre. Nul doute que l'information a circulé entre les équipes ou sur l'intranet de l'hôpital mais elles t'opposent le secret professionnel. Malgré ses oreilles bioniques, Madeline avoue qu'elle n'en sait rien.

Le dîner achevé, les patientes se précipitent devant le journal télévisé, mais il n'est fait aucune mention d'une agression à l'hôpital. Rien non plus sur les réseaux sociaux.

– Qui se préoccupe de l'agression d'une soignante anonyme ? commente Sophia avec dégoût.

Tu souffles de dépit. Une lumière s'éteint et tout continue comme avant. À quoi cela rime-t-il ?

– On apprend par une dépêche de l'AFP qu'un journaliste français a été enlevé en Somalie la semaine dernière. Un reporter allemand serait également détenu avec lui. On ignore pour le moment qui sont les ravisseurs et quelles sont leurs revendications.

Tu te figes. Suit un vague sujet bricolé à la hâte. Une photo de la carte de presse de ton mari s'affiche en surimpression sur une carte de la Somalie où un point rouge en surbrillance est supposé figurer le lieu de l'enlèvement.

– Notre confrère Camille Tavernier, qui travaille à la rédaction de RFI, aurait été kidnappé dans le nord du pays alors qu'il couvrait la tournée humanitaire de l'influenceuse JessiCat^^. Le Quai d'Orsay n'a toutefois pas confirmé cette information et se refuse à tout commentaire.

Changement d'image avec une collection de clichés tirés d'Instagram. On y voit une très jeune fille affublée d'oreilles pointues qui twerke et prend des selfies dans des positions félines.

– Rappelons que JessiCat^^, dont les vidéos enregistrent chaque semaine des records de vues, s'est lancée depuis peu dans un projet à caractère humanitaire en s'appuyant sur la générosité de ses sponsors et de ses abonnés. Ce sont plusieurs tonnes de matériel scolaire et de vêtements de sport offerts par des grandes marques qui ont été acheminées pour être distribuées dans ces provinces déshéritées. Une opération controversée qui a soulevé la colère des humanitaires de terrain et des acteurs de développement, soulignant combien ce type d'action met à mal l'économie locale et ne tient pas compte des besoins réels des populations. Malgré les nombreuses critiques, JessiCat^^ ne souhaite pas en rester là et a promis une nouvelle opération d'envergure pour Noël.

Suivent encore quelques selfies avec des petites filles somaliennes brandissant des trousses et des doubles décimètres roses ornés de chats. Tu comprends que, faute d'informations sur l'enlèvement, le sujet a tourné au reportage people sur cette jeune fille prête à tout pour créer le buzz. Déjà, le présentateur passe au sujet suivant. Et ton téléphone vibre dans ta poche. C'est le commandant Tranchet, tu reconnais sa voix.

– Mélanie Tavernier ?

La surprise te cloue le bec. Il te faut trois longues secondes pour répondre, le temps de quitter la salle d'activité.

– Comment savez-vous ?

Tu déambules dans le couloir, incapable de trouver ta chambre. Ta vue se brouille, tu manques d'air.

– Votre vrai prénom ? Vous croyez qu'on fait quoi, au Quai d'Orsay ? Des mots fléchés ? Pourquoi ne pas me l'avoir dit ? Vous pensez que j'ai du temps à perdre avec vos petites fantaisies ?

– Je suis désolée. J'ai... J'ai voulu... Betty, c'est mon deuxième prénom. C'est devenu mon prénom d'usage quand j'ai pris le nom de mon mari. Pour tourner définitivement la page. Ce... Ce n'est pas interdit.

Prise en faute, tu bafouilles.

– En effet, mais vous m'avez menti quand vous m'avez dit ne pas connaître de Mélie. Mélie, c'était vous ? Comment vais-je vous croire à présent ?

Tu pousses la porte de ta chambre. De nouveau, le tonnerre dans ta tête, le sang qui pulse à tes tempes et ta poitrine en étau. L'angoisse monte à l'assaut. Tu te laisses choir sur ton lit.

– Bon, passons, s'impatiente Tranchet. Je voulais vous prévenir que l'affaire de votre mari était sortie ce soir. C'était dans tous les JT. Demain, il y en aura plein les journaux.

– Il y a eu des fuites ?

– Si l'on veut. Disons que la maison m'a demandé de faire fuiter. C'est bon signe, ça veut dire que ça bouge. On espère une issue rapide maintenant.

Le soulagement se mêle à l'angoisse, tu as la tête qui tourne.

– Mélanie ?

– Je vous en prie, ne m'appelez pas comme ça. J'ai... J'ai juste voulu oublier. Je déteste ce prénom. Ne m'obligez pas !

À peine as-tu raccroché que le père de Camille t'appelle. Il ne s'embarrasse pas de formules de politesse.

– Tu le sais depuis quand ? crie-t-il. Pourquoi tu ne m'as pas appelé ?

Sa colère est palpable. Tu bredouilles des excuses, tellement secouée par ce ton inhabituel que tu n'entends même pas ce que tu racontes. Loin de se calmer, ton beau-père rugit.

– Une semaine ? Tu te fous de ma gueule, Betty ? Une putain de semaine et tu n'as rien dit ? Mais t'es complètement folle ! Où est-il ? Qui l'a enlevé ? Est-ce qu'il est blessé ? Qu'est-ce que tu sais d'autre ?

Tu encaisses ses questions comme autant de gifles bien méritées.

– Je ne sais rien de plus, je t'assure. On m'a dit le strict minimum.

Tu tentes en vain de le calmer, consciente que c'est la peur de perdre son fils unique qui provoque sa fureur. Mais il n'a que faire de tes paroles lénifiantes.

– Tu crois que ça fait quoi de l'apprendre par la télé ?

– Je suis désolée. La police m'a demandé de ne pas en parler…

Il rugit de plus belle. Cramponnée au combiné, tu laisses passer la rafale en songeant que ce n'est peut-être pas le moment de lui dire qu'il est grand-père. Car cela, évidemment, personne ne t'a interdit de l'annoncer…

– Je suis vraiment désolée. Mais… Il est possible qu'il soit bientôt libéré. On espère !

Tu lui répètes la phrase de Tranchet. Mot pour mot.

– On espère une issue rapide maintenant.

Un bip et tu décolles l'appareil de ton oreille. Ta mère en double appel. Décidément !

– Je suis obligée de te laisser, Bernard. Je te téléphone dès que j'ai plus d'informations. Promis !

Tu raccroches et redécroches aussitôt. Au bout du fil, la voix de ta mère est déchirante.

– Ma petite fille… Dis-moi que c'est pas vrai ! Oh mon Dieu ! Quelle horreur !

Elle sanglote et t'entraîne avec elle dans les larmes. Des informations laconiques entendues au journal télévisé, elle a déjà brodé un canevas serré de catastrophes qui condensent tous ses fantasmes les plus tordus. Elle te les expose sans la moindre trace de pudeur en se lamentant sur son sort. Elle va perdre son gendre bien aimé, torturé et assassiné. Décapité peut-être ?

– Maman, je t'en prie ! Tu ne peux pas parler de cette manière !

Elle se vexe, comme chaque fois que tu tentes de réprimer ses ardeurs plaintives.

– Et pourquoi donc ? Y a déjà ton père qui me dit tout le temps de la fermer ! Ça suffit ! Je parlerai autant que j'ai envie !

– Maman ! Je ne te demande pas de te taire mais…

– Oh, toi, tu ne veux jamais voir la vérité en face. Et ton père ? Tu as pensé à ton père ? Le pauvre ! Ça va le rendre fou !

Pour un peu, tu la plaindrais de son malheur qu'elle expose avec grandiloquence en oubliant qu'il s'agit d'abord du tien. Au fond, il en a toujours été ainsi. Durant ton enfance, chaque fois qu'elle était supposée te rassurer ou te consoler, elle se mettait dans un tel état que c'était à toi de l'aider à recouvrer son calme. Seulement, cette fois, tu as un argument de poids pour contrer son penchant au malheur.

– Écoute-moi maman, j'ai quelque chose à t'annoncer. Écoute-moi !

Tu dois insister pour qu'elle te laisse en placer une. Alors, précipitamment, tu lui fais un lot : ta grossesse, l'accouchement dont tu tais prudemment les conditions, et un beau bébé prénommé Noé. Loin de se réjouir de devenir grand-mère, elle pousse un cri effrayant.

– Noé ? Comme… Comme le gosse du camping ?

Tes oreilles bourdonnent, on dirait qu'elles sont pleines d'eau. Tu ne veux pas entendre. Tu ne veux pas savoir. Tu ne veux pas ! Mais, l'angoisse ne te protège plus. Tu t'arraches au silence.

– Quel gosse, maman ? De qui parles-tu ?

– Enfin, Betty ! Noé ! Le petit Noé qui s'est noyé dans la piscine… Ton amoureux ! Comment tu as pu oublier ?

Partie 5

Comment as-tu pu oublier ça ?
Pistache.
Noé.
Une noyade peut donc en cacher une autre.

Comme chaque année, vous passez les vacances au camping de la Pinède, dans les Landes. Les militaires y bénéficiant de tarifs avantageux, vous vous retrouvez entre vous et c'est à peine si, en maillots de bain, la hiérarchie s'efface. Tes parents louent un bungalow à deux pas de la piste de danse et de la piscine. Le même, réservé très tôt, chaque année. Ce qui permet à ton père, tous les soirs, de se plaindre de la musique, des cris et des rires. À 22 heures précises, il se met à gueuler contre *ces connards qui ne peuvent pas s'amuser sans faire du boucan*. Et, à partir de cet instant, chaque note, chaque rire constitue une offense personnelle, une provocation ciblée qui nourrit sa haine. Les premières années, tu t'étonnes. Et tu caches aux copains de l'aire de jeux que tu es la fille de « Tapage-Nocturne » comme on le surnomme. Puis, en grandissant, tu comprends que pointer le défaut de l'autre et rappeler la loi constituent les seules passions de ton père. Se plaindre lui confère une place à part. Toute son existence s'organise autour de ça. Alors tu t'habitues. Ou, du moins, tu essaies.

L'année de tes huit ans, il y a des nouveaux, dans le bungalow d'à côté. Des jumeaux de ton âge, parfaitement dissemblables, que tu lorgnes au petit-déjeuner, par-dessus le paquet de céréales. Ludo et Noé. Le premier est un grand échalas, un peu vantard, qui sait tout et n'a peur de rien. Les cheveux enduits de gel et sculptés en épis, il attire tous les regards avec sa gouaille et ses blagues. Le lendemain de leur arrivée, il connaît tout le monde, même ceux des tentes qui constituent un monde à part. À la piscine, il est le premier à s'élancer du grand plongeoir en poussant son joyeux cri de guerre. Il remporte le tournoi de bicross. Toutes les filles l'admirent.

Sauf toi.

Toi, c'est Noé qui te plaît. Parce qu'il est petit, gracile, délicieusement timide. Noé, dans le sillage de son frère, est cet enfant mutique qui veille au grain, porte les serviettes mouillées et jette les emballages de goûter dans la poubelle. Affecté d'un discret bégaiement, il parle peu. Il observe. Depuis votre terrasse, tu le regardes et il baisse les yeux. Tu fais de même lorsque c'est lui qui te contemple. La rencontre est parfois affaire de patience. Tu apprends.

À la piscine, Noé ne s'approche pas du grand bain. Noé a peur de l'eau. Noé ne nage pas. Mais, bientôt, vous passez des heures à discuter, assis sur la margelle, les pieds dans l'eau tiède du petit bain. Envolé le défaut d'élocution. En ta présence, il a toujours des histoires à raconter. Et il t'écoute sans impatience. Parfois, tu le laisses un instant, pour aller plonger sans tes fichus brassards. Avant. Arrière. Groupé. Carpé. Il t'applaudit, il aime tout ce que tu fais, inconditionnellement. Quand le soleil devient brûlant, vous allez vous réfugier à l'ombre des pins, près du terrain de tennis. Là, à l'abri des regards, vous vous tenez la main. Timidement. Rien n'est plus précieux que ce silence, cette délicatesse à propos de ce qui vous unit.

Au bout de quelques jours, il sait tout de toi. Tes secrets, tes craintes, tes chagrins, tes espoirs. Toi, tu as l'impression de le connaître depuis toujours. Vous ne vous quittez plus. Autour de vous, ça jase, ça jalouse. Oh, les amoureux ! Qu'importent les railleries de Ludo et des autres, tu passes un été merveilleux.

Un amoureux. Un petit autre à aimer. Une rencontre qui éclaire tes vacances et les rend exaltantes, fulgurantes. Seule compte sa présence. Vite ! Tu avales tes repas, quitte à t'étouffer, pour courir le retrouver. Et, le soir, quand les cigales se taisent, vous êtes encore assis côte à côte, en marge du bal où Ludo, en chemisette blanche, la mèche structurée, ne se prive pas de danser avec des grandes. Et de s'en vanter.

Plus tard, à l'heure où les autres dorment déjà, vous n'en finissez pas de vous raccompagner d'un bungalow à l'autre. En chuchotant, complices comme jamais. Encore quelque chose à dire. Pas sommeil. À demain, Noé. À demain, Mélie. Bonne nuit, Noé. Bonne nuit, Mélie.

Au milieu de la troisième semaine, au moment du dîner, on cherche Noé partout. Sur la terrasse d'à côté, les spaghettis refroidissent dans les assiettes sans qu'il se montre. Envoyé jusqu'à l'aire de jeu, Ludo revient bredouille. Ses parents viennent alors te trouver, se montrent incrédules quand tu réponds que tu ne sais pas où est leur fils. Bientôt, les adultes partent à sa recherche. Ils explorent les terrains de sport, frappent à chaque bungalow puis s'aventurent dans le secteur des caravanes et des tentes. Ils ouvrent toutes les portes des sanitaires, fouillent les buissons, interrogent les campeurs. Le nom de Noé résonne de tous côtés tandis qu'on lance des appels répétés dans les haut-parleurs.

Ludo, exsangue, se tient assis sur les marches de votre bungalow, tout contre toi. Il connaît trop bien son jumeau pour croire qu'il s'est éloigné volontairement. Tu restes à ses côtés, sous le regard paniqué de ta mère.

– Tu es sûre que tu ne sais rien, Mélie ? dit-elle soupçonneuse.

Tu baisses la tête. À quoi bon répondre ? Quoi que tu dises, on ne te croira pas.

Derrière la haie qui vous sépare de la piste de danse, un petit orchestre de flamenco commence à s'installer, règle les micros et les amplis, accorde les instruments en attendant le début du bal. Tu écoutes chaque bruit, les sens en alerte. Au loin, les cris de ceux qui cherchent Noé perdent en puissance. Ils n'y croient plus. Le père des jumeaux se décide à appeler la gendarmerie. Ludo a les ongles rongés jusqu'au sang.

Soudain, un larsen puissant précède un cri d'horreur dans le micro. Tout le camping se tait. Depuis la petite scène qui jouxte la piscine, un musicien vient d'apercevoir une forme qui flotte dans le grand bain. On accourt, on crie devant la porte verrouillée, on escalade le grillage, on plonge. Et l'on ramène à la surface un petit garçon de huit ans avec des brassards jaunes lacérés au cutter.

Comment as-tu pu oublier ça? Mystères de la mémoire. Le comment, tu ne sais pas. Mais le pourquoi, tu commences à l'entrevoir.

Trois coups, frappés à ta porte, te tirent de tes souvenirs.

– Madame Tavernier, je peux entrer?

C'est Marielle, l'infirmière de nuit qui fait son tour. Elle vient d'apprendre, pour ton mari. Et pour Charlotte.

– Rude journée, dit-elle sur le seuil de ta chambre.

Elle pousse un cri et se fige, terrifiée par ce qu'elle aperçoit derrière toi. Tu te retournes juste à temps pour voir une silhouette se détacher de la vitre et disparaître dans l'obscurité. L'infirmière bondit, ouvre la fenêtre et se penche en vain. Plus personne.

– C'est insensé! Il y avait quelqu'un, juste là, qui vous observait. Vous l'avez vu?

– À peine. Comment était-il?

Mais elle semble trop choquée pour décrire qui que ce soit. Elle sort un téléphone de sa poche, appelle le bureau des gardes, leur signale la présence d'un rôdeur dans le secteur où une agression a été commise quelques heures plus tôt. Le responsable promet d'envoyer une patrouille dès qu'il en aura une disponible.

– Mais c'est maintenant qu'on en a besoin !

– Eh ben dites à la direction de recruter des hommes. Ce soir, j'en ai que quatre et ils peuvent pas être partout à la fois, ma p'tite dame.

– Ma p'tite dame ? Comment osez-vous !

Mais il a déjà raccroché. Entre-temps, Madeline, Sophia et Coline ont envahi ta chambre.

– C'est sûr, tu peux pas dormir là avec ta fenêtre cassée, décrète Madeline comme si on lui demandait son avis. Si tu veux, on tire ton lit jusqu'à ma chambre.

L'infirmière proteste mais finit par céder devant son insistance. Madeline exulte.

– Une soirée pyjama ! Ça va être cooool ! Est-ce que quelqu'un a des chamallows ? J'ai toujours rêvé d'une soirée pyjama avec des chamallows.

– Je ne veux rien entendre ! prévient l'infirmière en s'éloignant.

En deux minutes, ton lit est transféré dans sa chambre, perpendiculaire à celui de Madeline et collé au mur du fond, faute de place. Malgré le vacarme, Pablo dort comme un bienheureux.

La soirée pyjama démarre autour d'un paquet de Palmito entamé et d'un sachet de Car en Sac. Pour commencer, interrogatoire en règle de la part des patientes. Madeline a vendu la mèche et elles savent que Camille, un des journalistes retenus en Somalie, est ton mari. Tu éludes la plupart des questions. Non, tu n'as pas de nouvelle. Oui, c'est très angoissant. Non, il ne t'a pas envoyé de message secret. Et non, ce n'est pas ton amant qui te poursuit de ses assiduités.

En réalité, tu as la tête ailleurs. Les souvenirs du camping deviennent précis et pressants. Jusqu'à la nausée.

Les filles se partagent les biscuits et vous discutez encore jusqu'à ce que l'infirmière de nuit repasse pour décréter le couvre-feu.

– Chacune dans sa chambre ! Il est tard, demain vous devez vous occuper de vos bébés.

– Oh ! *Fuck* les bébés ! crache Madeline.

Mais tu sais qu'elle n'en croit pas un mot.

D'ailleurs, à peine allongée, elle s'endort, assommée par ses gouttes. Tu restes un long moment dans la salle de bains avant de te décider à te coucher. Finalement, le docteur Lorrain avait raison. Tu as, comme chacun, ton lot de traumatismes. La mort de Noé en fait partie. Et que tu n'aies pas pu te souvenir de lui, alors que le prénom de ton bébé agissait comme un signal dans ta tête, te paraît tout bonnement incroyable.

Noé. Impossible que ce prénom relève du hasard. Et si ton harceleur l'avait connu ? Et s'il essayait de t'envoyer un message ?

Tu tentes de te repasser, un à un, ces souvenirs sortis depuis peu des brumes de l'amnésie. Tu voudrais capter la dernière image de Noé quand tu l'as quitté pour aller soigner ton genou en sang, avec la promesse de revenir très vite. Noé, qui t'a dit qu'il t'attendrait là, au bord du petit bassin. Noé et son sourire craquant, avec ses deux grosses incisives qui prenaient toute la place dans sa bouche. Mais bientôt, d'autres images se superposent. Celle de ta mère qui t'interdit de retourner te baigner avec ton pansement. Tu as beau protester, elle ne veut rien entendre et, sous sa surveillance, tu dois te consacrer à tes devoirs de vacances pendant que ton amoureux t'attend. Plus tard, bien plus tard, il y a l'image de Ludo, transi d'inquiétude, assis sur l'escalier avec ses doigts en sang. Puis les cris d'épouvante provenant de la piscine, la rumeur qui se répand, les parents qui accourent. Les hurlements et les sanglots. Ce moment de folie incrédule qui précède le chagrin.

C'est à cet instant, fugacement, que tu as décidé que tu n'aurais jamais d'enfant.

Entre ton départ de la piscine, en fin d'après-midi, et la découverte du corps en début de soirée, subsiste un blanc qui a des allures de gouffre. Tu te revois pleurant de rage au-dessus d'une page de conjugaison, pendant que t'attendait ton petit amoureux, puis plus rien. Qu'as-tu donc réussi à occulter ?

Mardi 14 avril

Tu t'endors au petit matin, épuisée de tourner et retourner les mêmes pensées dans ta tête. Et tu n'entends pas Pablo pleurer pour réclamer son biberon, ni Madeline le prendre et quitter la chambre en hâte pour te laisser dormir. Vers 8 heures, elle te secoue doucement. Sur la table de nuit, elle t'a déposé un bol de thé et des tartines de miel.

– Tu es un ange ! dis-tu en te redressant.

Elle éclate de rire.

– Putain ! T'as vu la gueule de l'ange ? Allez ! Traîne pas, ton bébé va arriver.

Tu mords dans une tartine et emportes le thé avec toi dans la salle de bains. Madeline te suit et te dégage un petit coin dans son bazar. Pablo, à califourchon sur sa hanche, semble en pleine forme. Un long filet de bave coule de sa bouche à son pyjama.

La douche achève de te réveiller et, une fois habillée, tu fonces au bureau des infirmières.

– Je voudrais voir le docteur Lorrain, s'il vous plaît. Là, maintenant, avant que Noé n'arrive.

– Ça tombe bien, lui aussi veut vous voir ! dit une voix masculine depuis la salle de soins contiguë.

Le psychiatre te rejoint, une tasse à la main.

– Vous permettez, je termine juste mon café et je suis à vous. Je suis au courant pour votre visiteur du soir. Les infirmières m'ont dit que vous campiez depuis chez Mme Sanogo ?

– Les infirmières ont des prénoms et des noms de famille, grogne Jeannette depuis la salle de soins.

– Elles ont surtout un caractère bien trempé ! répond-il sur le même ton. Heureusement qu'elles sont d'excellentes professionnelles...

– Cherchez pas à m'amadouer...

Il roule des yeux et tu ne peux t'empêcher de sourire. Entre deux gorgées de café, il passe en revue une liasse d'examens biologiques.

– Tout est OK, dit-il à l'attention de Fabienne qui consulte l'ordinateur.

Elle lève sur lui un regard angélique.

– Parfait, docteur. Vous pouvez donc classer tous ces examens dans les dossiers des patients car je vous rappelle...

– Que les infirmières ne sont pas mes secrétaires, merci, j'ai capté le message. C'est ma fête aujourd'hui.

Il s'éloigne avec les papiers qu'il pose sur son bureau. Fabienne se tourne vers toi.

– Je viens d'envoyer un mail salé aux services techniques pour qu'ils passent aujourd'hui réparer votre fenêtre ainsi que le volet roulant. Mais j'ai peu d'espoir d'être entendue. Alors en attendant...

– Je campe. Mais Madeline est adorable.

Le psychiatre boit une dernière gorgée et s'apprête à déposer discrètement sa tasse sale dans l'évier quand Fabienne, sans lever les yeux de son écran, se racle la gorge.

Il fait volte-face.

– Mais j'allais la laver !

Son langage corporel dit précisément le contraire.

– Je n'en doute pas, docteur, répond calmement la soignante. Je sais bien qu'en aucun cas vous ne pourriez considérer que cela relève du travail infirmier.

– Ah bon, susurre-t-il, chafouin. Pas même du fameux « rôle propre »[1] ?

– On va dire que je n'ai pas entendu, répond-elle en fermant sa session. On y va ?

Tu as l'impression d'assister à une scène de ménage. Quand ils te font signe de les suivre, c'est au couple bancal de tes parents que tu emboîtes le pas.

1. Le rôle propre caractérise les soins qui sont à l'initiative des infirmiers et ne relèvent pas de la prescription médicale.

Ils t'écoutent, immobiles, à l'exception d'un léger hochement de tête, comme pour accuser réception du discours et t'encourager à poursuivre. Spontanément, ils ont adopté la même position : jambes croisées, mains posées sur les genoux, tête penchée sur le côté. Un mimétisme qu'ils doivent probablement à leur longue collaboration.

Alors tu racontes. La phrase angoissée de ta mère qui a déchiré ton brouillard mnésique et les réminiscences qui ont suivi, chacune en entraînant une autre. Et comment, finalement, tu as traversé le souvenir-écran que constituait la noyade de Pistache. De temps en temps, le médecin ponctue. Un mot, une formule, une similitude. Tu entends. Un jour ou l'autre, cela prendra sens. Pour le moment, te voilà au bout de ton récit. Tu sais, à présent, pourquoi ce prénom de Noé te révulsait tant : il était le fil qui te reliait au souvenir maudit, et qui, donné à ton bébé, te tiendrait jour après jour dans l'aliénation du traumatisme.

– La personne qui l'a appelé ainsi savait ce qu'elle faisait. C'est une punition à vie.

– Une punition ? souligne le psychiatre. Vous pensez que vous méritez une punition ?

Tu le regardes, étonnée de ce qu'il te renvoie en écho.

– Non, bien sûr. Mais il va falloir changer ce prénom. Dégager mon bébé de ce fardeau de mort. C'est trop d'angoisse.

Changer de prénom. Quelque chose résonne en toi mais tu choisis de l'ignorer.

– Finalement, demande le docteur Lorrain, vous avez su qui était responsable de la mort de cet enfant ?

C'est là que ça demeure flou pour toi. Et particulièrement anxiogène.

Ton portable vibre discrètement dans ta poche.

– Désolée, dis-tu en le sortant pour l'éteindre.

Un coup d'œil sur l'écran, pas de message, pas de notification. Tu le ranges, agacée de t'être laissé déconcentrer.

– Vous nous parliez de la mort de Noé, souffle Fabienne pour t'aider.

Tu hoches la tête avant de poursuivre ton récit.

Lorsque les gendarmes sont arrivés, ils ont tout de suite écarté la thèse de la noyade accidentelle. L'enfant avait des hématomes aux bras et des dermabrasions aux pieds, comme si on l'avait traîné de force jusqu'au bassin. Très vite, ses tongs ont été retrouvées dans un fourré, avec sa serviette mouillée et sa casquette. Il était nu. Son maillot bleu et blanc était au fond de l'eau. Déchiré. Tout indiquait un homicide.

– On m'a tenue à l'écart et je n'ai rien vu, mais tout s'est su très vite, dans le camping. Les adultes, autour de nous, étaient… Ils étaient excités. Je me souviens que ça me dégoûtait, leur envie de savoir, alors qu'ils connaissaient à peine Noé. Je les détestais de parler de lui comme ça, de se gargariser de ce récit. D'en faire une sale histoire qu'ils raconteraient à leurs collègues, à la rentrée. Noé, le timide Noé, n'aurait pas aimé ça.

Tu voudrais en rester là, mais il n'est plus temps de se taire. Tu poursuis le récit de ce que tu as appris, dans les heures qui ont suivi la découverte du corps. En vidant la piscine, les scientifiques ont retrouvé quantité de cheveux appartenant à la victime, la plupart avec leurs bulbes. Ils ont conclu qu'ils avaient été arrachés pendant qu'on lui maintenait la tête sous l'eau. Ce que confirmerait l'autopsie. Quant aux brassards, nul doute que c'étaient les tiens, ta mère les avait marqués au feutre indélébile. Affolée par la proximité de l'eau, elle t'obligeait à les porter dès que tu t'éloignais, alors que tu nageais avec l'aisance d'une truite arc-en-ciel.

– C'était pareil chaque année. Elle était trop angoissée pour nous accompagner à la piscine alors elle se terrait dans le bungalow et nous faisait d'incessantes recommandations.

En quittant précipitamment les lieux pour soigner ton genou, tu avais abandonné tes brassards sur la plage. Intacts. À ce sujet, l'enquête s'était perdue en conjectures. Noé avait-il voulu les essayer et nager là où il n'avait pas pied ? L'avait-on forcé à les enfiler avant de le pousser dans l'eau ? Tout ce qu'on savait, c'est qu'ils avaient été lacérés tandis qu'ils étaient aux bras de l'enfant. Le cutter avait entamé la chair à deux endroits. Ces larges lacérations n'avaient laissé aucune chance au petit garçon qui avait si peur de l'eau. Quant au maillot arraché, il avait conduit les enquêteurs sur de fausses pistes avant que l'autopsie ne précise que le corps ne comportait pas de trace d'agression sexuelle. Le tissu avait sans doute été déchiré dans ses efforts pour se dégager.

Brusquement, tu cherches le regard de Fabienne. Curieusement, sa présence te rassure, plus encore que celle du médecin. Raconter tout cela, à quoi bon ?

– Continuez, dit-elle dans un filet de voix.

D'après ce que tu as appris plus tard, les enquêteurs ont interrogé le gardien qui avait fermé les grilles de la piscine en omettant de contrôler que personne ne se trouvait dans le bassin. Il est resté toute la nuit en garde à vue avant d'être relâché car, à l'heure présumée de la mort, il était à la réception du camping avec le représentant de produits d'entretien, pour commander du chlore. Ensuite, Ludo a été longuement questionné sur son emploi du temps, malgré les protestations de ses parents.

– Durant son interrogatoire, il n'a cessé de vomir. Il a fini par perdre connaissance et il a été hospitalisé, en état de choc. C'est ce qu'on m'a raconté. Je n'ai pas su la suite. Mais j'avoue que, depuis hier soir, je me pose des questions sur lui. Il n'aimait pas la relation que j'avais avec son jumeau. Depuis que Noé me suivait partout, Ludo avait perdu toute emprise sur lui. Perdu son valet et son admirateur. Mais de là à le tuer…

Bien sûr, toi aussi tu as eu droit aux questions des gendarmes. Tout le monde savait que vous étiez inséparables. Comment était-il possible que tu ne saches rien ?

Tu croises le regard interrogateur de Fabienne.

– Depuis que j'y réfléchis, je vois bien qu'il y a une zone d'ombre à cet endroit. Peut-être que j'ai vu quelque chose dont je ne veux pas me souvenir ?

– Attendez !

Le docteur Lorrain se penche, la tête entre ses mains, comme s'il cherchait à fixer sa pensée.

– Il y a un truc qui cloche, énonce-t-il lentement. Tout à l'heure, vous avez dit que votre mère était trop angoissée pour vous accompagner à la piscine, n'est-ce pas ?

– Oui. Elle avait la trouille de tout et surtout de l'eau.

– Et vous avez ajouté : « Elle restait dans le bungalow et *nous* faisait mille recommandations. » Nous ? C'était qui, ce nous ? Vous êtes bien fille unique ?

Tu ouvres des yeux affolés devant le raz-de-marée que suscite cette question. Ils te dévisagent, suspendus à tes lèvres, quand on frappe à la porte du bureau. Mariam, l'auxiliaire de puériculture chargée d'amener Noé, apparaît avec ton bébé dans les bras.

– Je suis désolée de vous déranger. On m'a dit que je vous trouverais là. Je vous confie votre petit bonhomme avec son biberon, il n'en peut plus d'attendre !

Tu réceptionnes le bébé et le lait et, très vite, tu fais coïncider les deux. Ton fils te dévisage intensément tandis que tu le nourris.

– Alors voilà le jeune Noé, commente le psychiatre en se rapprochant pour l'observer. Je ne t'avais pas vu si éveillé.

L'enfant cille, quitte un instant ton regard pour chercher, sur le côté, la provenance de la voix.

– Oui, je te dérange dans ton biberon. Madame Tavernier, on reprendra un peu plus tard, votre bébé n'a pas besoin d'entendre tout cela.

Pendant que tu étais en entretien, on a remis ton lit à sa place habituelle, afin que Madeline puisse circuler dans sa chambre. Tu n'es pas fâchée de pouvoir rester un peu seule.

– Mais ce soir, tu reviens dormir avec moi, supplie Madeline.

Tu acquiesces machinalement. Tu as la tête pleine, tu ne comprends pas un traître mot de ce qu'on te dit.

Un automate, voilà ce que tu es. Le biberon, le rot, le bain, les vitamines, la crème hydratante, la couche, la berceuse, la sieste. Tu enchaînes les tâches avec aisance, mais tu n'es pas là. Pourtant, tu fais semblant, tu souris, tu parles. Tes gestes sont doux et précis. Les soignants paraissent satisfaits, tu gagnes tes galons de mère. Mais ton bébé n'est pas dupe, si tu en crois la façon dont il te fixe. Il sait, lui, que ton regard est inhabité, que ta voix n'a plus de tonalité, que tes pensées sont polluées par l'angoisse innommable qui t'a saisie lorsque tu as compris. La levée brutale du refoulement t'a livrée à ce que tu fuyais. Tu sais et c'est insupportable. Mais qui va te croire ?

Donner le change, le temps de réfléchir, de trouver une issue, de sauver ta peau et celle de ton bébé. Faire bonne figure jusqu'à ce que Camille, peut-être, soit libéré. À lui, tu pourras parler. Avec lui recommencera la fuite, celle que tu avais désapprise en l'épousant. Mais on ne change pas de vie impunément. Un jour, on se fait rattraper.

La matinée passe lentement et tu es à vif. Tu voudrais être seule et qu'on te laisse tranquille. Seule avec tes pensées embrouillées, seule pour affronter ce qui te laboure le ventre. Mais le bébé ne cesse de pleurer. Il semble tellement perdu, tellement fragile dans son lit à barreaux. Et si malheureux…

Vers 11 heures, il devient évident que Noé résiste au sommeil. Il tombe de fatigue mais chaque fois qu'il est sur le point de s'endormir, il sursaute violemment, se raidit et se remet à pleurer. Des cris déchirants qui finissent par attirer Madeline.

– Ils ressentent toutes nos émotions, souligne-t-elle en se penchant au-dessus du petit lit. Et toi, ça s'voit que t'as la tête à l'envers depuis ton entretien. Tu veux pas me parler ?

Comme tu aimerais t'épancher un peu. Te réfugier dans ses grands bras pourvoyeurs de câlins. Tu en aurais tellement besoin !

– Non, c'est rien.

Elle secoue la tête, l'air réprobateur.

– Mon Pablo, il supporte pas quand je suis angoissée. Il regarde ailleurs, il fait comme si j'existais pas. C'est fou de penser qu'il a déjà appris à se protéger. Se protéger de moi… C'est pour ça, les gouttes ! Quand je les prends, il est plus tranquille, mon coco d'amour. Il sait que je suis avec lui pour de vrai. Pour de vrai, tu comprends ? Tu devrais aller voir les infirmières.

C'est des fées de l'angoisse. Cinq gouttes, c'est pas grand-chose mais ça te remet bien les idées en place.

Tu t'énerves.

– Je ne veux pas de ces saletés de gouttes. Je suis pas cinglée. Tout ce que je veux, c'est du silence !

Son visage change en une fraction de seconde. Quelle tristesse soudain dans son regard ! Tu l'as blessée. Profondément.

– Je comprends.

Elle t'offre un pauvre sourire, c'est tout ce qui reste en stock. Elle ouvre la porte.

– Tu as raison. J'arrête de me mêler de tes affaires. Chacun sa merde.

Elle sort avec une dignité incroyable. Tu achèves ton atterrissage en catastrophe et te précipites dans le couloir.

– Madeline, attends ! Je voulais pas dire ça !

Elle se retourne. Ses yeux brillent intensément.

– Si, c'est exactement ce que tu voulais dire, prononce-t-elle avec calme. C'est ce qu'ils disent tous, les gens qui se croient normaux. Madeline est sympa, on rigole bien avec elle. Mais quand ça devient sérieux, ils se souviennent brusquement qu'elle est cinglée. Et on fréquente pas les cinglés. T'inquiète ! Moi aussi, je me fuirais si je pouvais.

Tu ne réponds pas. Sa lucidité te prend à la gorge. Ta honte fait le reste. Tu rentres dans ta chambre, tu te sens tellement mal.

– Pitié, Noé, arrête de pleurer, j'en peux plus, là !

Penchée sur le petit lit, tu poses une main sur la tête de ton fils qui s'épuise à crier.

– Je sais, je suis nulle comme copine. Je suis nulle aussi comme mère. T'as vraiment pas tiré le bon numéro, mon chaton.

Tu caresses son front, le trouves humide et brûlant.

– À force de pleurer, t'es tout mouillé de chaud.

Tu le prends dans tes bras et le déposes sur le matelas à langer. Mouillé de chaud. Depuis combien d'années n'as-tu plus entendu cette expression de ta mère ? *Où est-ce que t'étais ? T'es toute mouillée de chaud ! Ne reste pas dans les courants d'air, tu vas attraper la mort !*

Tu souris. Par ces mots surgis d'on ne sait où, ta mère est là, à tes côtés. Étrangement, cela te réconforte un peu.

En quelques gestes rapides, tu débarrasses Noé de son pyjama et de son body, le sèches avec précaution avant de le rhabiller avec des affaires propres. Tandis que tu t'occupes de lui, il est calme et te scrute avec sérieux. Mais dès que tu tentes de le recoucher, les pleurs reprennent.

Alors que tu commences à t'impatienter, une pensée bizarre te traverse. Et si Noé était la réincarnation du Noé de ton enfance ? Et s'il pleurait la vie fauchée de l'enfant noyé ? Et s'il connaissait tes secrets ? Tu te secoues.

– Putain ! C'est n'importe quoi ! Je suis en train de délirer, là ! Faut que je me tire d'ici !

Rentrer chez toi. Fermer ta porte à double tour. Attendre le retour de Camille. Voilà ce que tu dois faire. Tu saisis ton sac, vérifies qu'il contient tes clés et ton portable. Avant de quitter la chambre, tu te penches pour déposer un baiser sur les petites joues couvertes de larme de ton fils.

– Pardonne-moi, mon bébé. C'est pour toi que je fais ça. Tant que tu es à l'hôpital, tu ne risques rien. Je reviendrai te chercher, c'est promis !

Comme s'il avait compris ton intention, le nourrisson s'agite dans son lit et se met à hurler. Tu sors précipitamment de la chambre pour ne pas craquer. Avec un peu de chance, loin de toi et de tes peurs, il s'endormira plus facilement. Mais tu n'as pas fait trois pas dans le couloir que tu croises Fabienne qui vient à ta rencontre. Elle n'est pas sans remarquer que tu as enfilé ton blouson et que tu portes ton sac à main en bandoulière.

– Vous nous quittez déjà, madame Tavernier ?

Elle semble plus surprise que froissée. Tu acceptes de la suivre dans le bureau infirmier pour en discuter. Au fond, malgré tes dénégations, tu n'attendais que ça. Que quelqu'un te retienne avant que tu ne fasses une grosse bêtise.

– Vous en êtes où ? demande-t-elle en te désignant une chaise.

Elle ferme la porte et s'assied sur le bureau, entre le téléphone et le pot à crayon.

– Pour le bébé ? Je l'ai couché. Mais il a du mal à s'endormir. Je crois qu'il sent mon angoisse.

– C'est normal, dit-elle d'un ton apaisant. À son âge, il est branché sur votre psychisme. Il peut saisir les variations de votre humeur dans votre voix, votre tension musculaire, votre rythme cardiaque. Ça passe beaucoup par le corps. Et il vous connaît déjà bien...

Elle réfléchit un instant.

– Mercredi, la psychomotricienne passera vous voir. Elle vous montrera comment le porter, le rassurer. Et si vous voulez, vous pourrez participer au groupe thérapeutique de massage pour les bébés.

Une image te traverse. Atroce. Tu te raidis.

– Je ne sais pas si je pourrai. Le toucher, comme ça ? Ce n'est pas une bonne idée. Je risque...

Tu te tais, confuse. L'infirmière te contemple en silence et, à cet instant, tu as le sentiment qu'elle sait intimement ce que tu ressens. Elle s'empare d'un stylo qu'elle tourne lentement entre ses doigts.

– On croit, dit-elle, que les bébés viennent au monde tout nu. Mais c'est faux. Ils sont déguisés, comme pour carnaval. À mesure qu'on les rencontre, on découvre qu'ils ont revêtu les costumes et les traits qu'on leur prête. C'est un peu comme si on leur tendait des masques familiers pour apprendre à les connaître. Est-ce qu'il ressemble à cet oncle qui battait ses gosses ? À ce petit frère qui a perdu la vie ? À cette grand-mère qu'on aimait tant ?

Tu l'écoutes, songeuse.

– Certaines ressemblances nous réjouissent, précise-t-elle de sa voix douce. D'autres nous terrifient. Chaque nourrisson a ainsi le pouvoir de convoquer toute une galerie de personnages plus ou moins fréquentables, y compris ceux que nous avions chassés de nos pensées. C'est pour cela que la maternité est pleine de turbulences.

Tu hoches la tête, touchée par tant de justesse. Et tu apprécies qu'elle s'implique ainsi dans ce « nous ». Tu ne te sens pas épinglée comme la mère folle qui doit lutter contre des images dérangeantes à propos de son bébé.

– Bon, parlons un peu de vous, à présent. J'ai bien vu que le docteur Lorrain avait visé juste avec sa question.

Elle hésite. Où s'arrête son rôle de soignante, où commence la curiosité ?

– Il y avait quelqu'un d'autre avec vous au camping, n'est-ce pas ? Quelqu'un qui, peut-être, ne voyait pas d'un très bon œil votre idylle avec le jeune Noé ?

Tu hoches la tête. Parler te coûte quand le silence t'a si longtemps protégée. Il te semble que, depuis peu, tu trahis celle que tu as été. Celle qui a cru que se taire lui apporterait l'apaisement. Que c'était la seule issue.

– Benoît. Mon cousin. Il passait toutes les vacances avec nous. Il avait trois ans de plus que moi et il était un peu…

Tu hésites. Comment oses-tu ? Si ta mère t'entendait, elle te giflerait et te traiterait de jalouse !

– Un peu quoi ? demande Fabienne sans impatience.

– Je n'ai jamais su ce qu'il avait. Je crois qu'il était un peu dérangé mais, apparemment, j'étais la seule à le penser. Mes parents le protégeaient beaucoup, ma mère surtout ! Fallait pas critiquer son charmant neveu. Elle l'avait sauvé en le recueillant quand il était tout petit, elle ne voyait jamais ce qui clochait chez lui.

Tu fouilles tes souvenirs. L'histoire de Benoît, tu l'as entendue si souvent, tu ne saurais plus démêler le vrai du faux. C'est une légende épique, une geste qui revenait à chaque repas de famille.

– Ma tante Blandine, la sœur aînée de mon père, ne voulait pas s'occuper d'un bébé. C'était pas son truc. Dès qu'il était question de Benoît, il fallait qu'elle raconte sa stupeur quand on lui avait mis ce nouveau-né dans les bras, à la maternité. Pour elle, c'était un petit animal chétif qui allait lui pomper toutes ses forces et sa jeunesse. Elle répétait : « Je sais pas pourquoi on l'a pas noyé. On noie bien les petits chats. » Et elle riait aux éclats. Il était effrayant, ce rire.

– Elle parlait devant votre cousin ?

– Bien sûr. Pour elle, c'était de l'humour. Mais je vous assure qu'il ne riait pas, lui. Mon oncle, c'était pareil, les gosses l'embarrassaient plus qu'autre chose. C'était un couple de mondains branchés, ils sortaient beaucoup. Lui, il faisait des affaires dans toute l'Asie du Sud-Est et elle le suivait dans ses déplacements. Benoît restait en France avec une jeune fille au pair qui s'occupait de lui.

Tu te tais mais, devant son silence, tu décides de poursuivre.

– Un jour, alors qu'ils étaient absents depuis plusieurs semaines, leurs voisins ont appelé mon père. Ils étaient inquiets d'entendre le bébé pleurer continuellement. La voiture de la baby-sitter n'était plus là depuis deux jours. Quand mes parents sont arrivés, ils ont trouvé le petit Benoît seul, dans son lit, affamé et très sale. Il devait avoir huit mois. Dans sa détresse, il s'était arraché tous les cheveux, il avait déchiré ses draps et il était couvert d'écorchures sur le visage. La jeune fille au pair était partie en emportant tous les objets de valeur. Et elle l'avait laissé, lui. Sans soin.

– Quelle horreur !

Une idée te traverse, cruelle et dérangeante. L'acte insensé de cette jeune fille, ne viens-tu pas de le reproduire à l'instant en laissant Noé dans son lit ? Quelles conséquences, pour lui, si Fabienne ne t'avait pas interceptée ?

– Continuez.

– Je… Je pense que Benoît a été profondément marqué par cet épisode. Il a dû se trouver dans une angoisse épouvantable. Il appelait à l'aide et personne ne venait, comme si le monde était un désert inhumain.

– C'est la définition même de la détresse, murmure Fabienne pour ponctuer ton propos.

– Il était si maigre et si faible qu'il n'avait plus la force de crier. Il miaulait. C'est ce que raconte ma mère, ça l'a tellement choquée. Il a fallu l'hospitaliser en réanimation pédiatrique pour le réalimenter. Mais mon oncle et ma tante n'ont pas écourté leur voyage pour autant. Alors, quand il est sorti de l'hôpital, ce sont mes parents qui s'en sont occupés. Je pense que ça comblait le désir d'enfant de ma mère. Et que, du côté de mon père, ça réparait quelque chose d'ancien qui existait entre sa sœur et lui. Une façon de lui dire qu'il était meilleur qu'elle, je suppose.

Tu soupires. Ton père a des réactions si bizarres, parfois. N'est-ce pas pour se venger de sa sœur qu'il t'a raconté tout cela ? Car, étrangement, à leur retour de Chine, ton oncle et ta tante n'ont pas cherché à récupérer leur enfant qui est resté chez tes parents. Ils venaient en visite de temps en temps et cela paraissait leur suffire. D'autant que Benoît se raccrochait à celle qui l'avait sauvé, il ne supportait pas d'être séparé d'elle, il hurlait à la mort.

– Ils ne l'ont repris chez eux que quand il est rentré à l'école maternelle, au moment où je suis née. J'imagine quel déchirement ça a dû être, pour lui, d'être ainsi arraché à un foyer stable pour être de nouveau confié à des jeunes filles au pair qui changeaient chaque année. Et pour ma mère ! Perdre cet enfant si investi au moment où un autre naissait.

– C'est, toutes proportions gardées, ce qui arrive à chaque mère, à chaque parent : la naissance s'accompagne toujours d'une perte. On perd l'enfant rêvé pour l'enfant réel. On perd sa vie d'avant, sa taille de guêpe, sa liberté... C'est pourquoi ce n'est jamais un bonheur sans ombre.

Tu l'écoutes avec ravissement poser des mots sur ce que tu commences juste à ressentir. Être mère, c'est renoncer pour recevoir. Tu n'avais pas vu les choses sous cet angle.

– En fait, ma mère n'a jamais accepté de le laisser partir. D'ailleurs, dès qu'il était en vacances ou que ses parents voyageaient à l'étranger, on le reprenait avec nous. J'ai grandi en pensant que c'était mon frère aîné. Il partageait ma chambre. Ou, plutôt, il considérait que j'étais dans la sienne car il m'a toujours perçue comme une intruse et une voleuse.

À mesure que tu parles, tu sens l'angoisse refluer et ton souffle s'apaiser. Tes souvenirs, soudain, prennent un sens différent. Tu t'autorises à penser.

– Il avait une relation particulière avec moi. Il m'adorait, c'est sûr, mais il ne supportait pas que j'aie une place auprès des autres. Il me discréditait auprès de mes parents, faisait fuir mes amies. Sous prétexte de me protéger, il effrayait les enfants qui s'approchaient trop de moi et je ne les revoyais plus. Il me voulait pour lui, rien que pour lui et ça m'étouffait.

Ta poitrine se serre, tu manques d'air.

– Vous pensez que c'est lui qui...

– Je ne sais pas. Je... Je l'ai perdu de vue à la fin de mon adolescence. Je n'ai plus de nouvelles de cette partie de la famille. J'ignore ce qu'il est devenu.

Tout se précipite pour toi. En quelques heures, Noé puis Benoît ont repris leur place dans le puzzle de tes souvenirs. Si la figure de Noé te ramène aux jours merveilleux qui ont précédé le drame, celle de Benoît est plus problématique. Devant l'infirmière, tu as préféré rester évasive mais, au fond de toi, tu sais bien ce dont il est capable. Tu l'as éprouvé à maintes reprises, tout au long de ton enfance et plus encore à l'adolescence. Derrière la figure charmeuse de ce garçon aux traits si délicats se dissimule un esprit retors qui a toujours plusieurs coups d'avance sur son adversaire. Et voilà que cet adversaire, à l'évidence, c'est de nouveau toi.

Tu marches en direction de ta chambre, perdue dans tes pensées quand tu entends Madeline t'appeler. Tu choisis de l'ignorer, incapable, pour le moment, de trouver les mots qui calmeront la peine que tu as causée. Arrivée devant ta porte, tu écoutes. Silence. Noé doit dormir, enfin. Tu t'apprêtes à faire demi-tour sur la pointe des pieds quand l'image de Benoît te traverse. Toujours plusieurs coups d'avance. Et si… Prise de panique, tu ouvres la porte à la volée. Face à toi, la fenêtre est béante. Le lit est vide. Noé a disparu.

Ton hurlement rameute patients et soignants. Au premier rang, Madeline. Elle porte Noé dans ses bras. Noé perdu dans un pyjama trop grand emprunté à Pablo. Noé qui sombre enfin dans le sommeil.

– Madame Sanogo, souffle Jeannette, vous savez que c'est interdit de vous occuper des bébés des autres.

– Mais vous étiez toutes débordées. Et Betty... Je savais pas où elle était.

Elle se tourne vers toi.

– Je suis désolée. J'l'ai entendu tousser, je suis allée voir. Il avait vomi à force de pleurer, le pauvre chou. Je l'ai changé et j'ai laissé la fenêtre ouverte parce que ça cocottait!

Comment, après l'affront que tu lui as fait subir, peut-elle se montrer aussi généreuse? Elle te tend Noé qui se love contre ton sein. Il fleure bon le lait de toilette. Tu le serres contre toi, étonnée de ressentir un tel soulagement de le retrouver, toi qui, il y a moins d'une heure, étais prête à le laisser pour t'enfuir.

– Merci Madeline. Et pardon. Je suis tellement désolée pour ce que je t'ai dit. Parfois, je mériterais des gifles.

– Personne ne mérite des gifles ! répond-elle en s'éloignant majestueusement.

Vous êtes à table devant un plat de ratatouille en conserve et des steaks hachés ultra-cuits quand Madeline lâche sa fourchette et se penche sur son portable posé à côté de son assiette. Son front se plisse tandis qu'elle lit un message. Quand elle relève la tête, son regard te cherche. Elle hésite.

– Vas-y, accouche ! brame Coline en attrapant le téléphone.

À son tour, elle grimace et te regarde.

– Putain de chiotte !

Madeline se lève et lui arrache le combiné des mains. Tu es sur le point d'exploser.

– Qu'est-ce qui se passe encore ?

– C'est Charlotte... Elle est...

Madeline a des antennes un peu partout dans l'hôpital. En milieu de matinée, Charlotte a été déclarée en mort cérébrale et sa famille vient d'arriver en réa pour valider le prélèvement d'organes. Jeannette, qui distribue les traitements à la table d'à côté, s'approche.

– Décidément, on ne peut vraiment rien vous cacher, madame Sanogo. On vient de l'apprendre et on comptait attendre que Noé soit parti, pour l'annoncer à Mme Tavernier.

Pour une fois, Madeline ne fait pas la fière.

– Désolée. Je voulais pas…

Jeannette te regarde fixement.

– Ça va aller ? Vous voulez qu'on se voie un peu ?

Tu te lèves, la nausée au bord des lèvres, et tu quittes précipitamment la table pour aller vomir. Penchée au-dessus des toilettes de ta chambre, tu trembles d'horreur et de chagrin pendant que ton estomac se vide en longs spasmes douloureux. C'est un cauchemar. Une semaine que tu nages en plein cauchemar. Il faut que ça s'arrête. Comment faire pour se réveiller ?

Tu t'effondres sur ton lit et tu pleures tout ton saoul. Heureusement, Noé dort avec Pablo dans la chambre d'à côté. Tu peux enfin te laisser aller…

Charlotte. Cette fille si vivante, si enthousiaste. Tu te remémores votre première rencontre, alors que tu étais encore sous le choc de ton accouchement catastrophique. Sa douceur quand elle s'est adressée à toi, la manière dont elle s'est souciée de ton confort durant les soins, dont elle a quêté ton consentement pour chaque acte. Quelqu'un t'avait-il déjà traitée avec autant de délicatesse et de respect ? Auprès d'elle, tu as senti que tu n'étais pas une patiente lambda, un énième pansement à refaire, une tension à contrôler. Elle allait devenir une sage-femme extraordinaire, une de ces soignantes qu'il est bon de croiser dans ce moment si bouleversant, si crucial de la naissance. Comment quelqu'un a-t-il pu s'en prendre à ce rayon de lumière ? C'est cruel et insensé !

Cherchant un mouchoir dans le tiroir de ta table de nuit, tu tombes sur le livre que la jeune fille t'a offert la dernière fois que vous vous êtes vues. *L'Enfant et sa famille* de Donald W. Winnicott. Pour la première fois, tu l'ouvres et tu lis, sur la page de garde, une longue dédicace tracée de sa main.

Chère Betty,

J'ai découvert Winnicott par hasard quand j'étais ado et c'est cette lecture qui m'a décidée à devenir sage-femme. Même s'il date un peu, ce bouquin m'a aidé à comprendre ce que vivaient les mères et les bébés dans les premiers temps de leur rencontre. Il m'a rendue plus humble dans mon savoir et ma parole, plus précautionneuse, plus délicate et ça, je t'assure, ce n'était pas du luxe !

Je suis très heureuse de te l'offrir. Comme tu vois, je l'ai lu et relu, il a déjà bien souffert. Mais toi aussi, non ? J'admire ton courage face aux épreuves que tu traverses et j'espère qu'à présent, tout se passera bien avec ton petit Noé. Vous allez apprendre à vous connaître et si, parfois, c'est trop difficile, lis quelques pages de ce livre. Ou mieux, appelle-moi. Je n'aurai pas la réponse, mais on pourra papoter et réfléchir ensemble autour d'un café.

Amitiés,

Charlotte

Suit son numéro de portable que tu contemples avec effroi. Le portable d'un mort, que devient-il ? Si tu osais, tu appellerais pour écouter son message d'accueil, entendre une dernière fois sa voix afin de conserver en toi l'accent chantant, la douceur et le rire qui t'ont fait tant de bien. Mais tu renonces en songeant au désarroi de sa famille qui entendrait la sonnerie et pourrait se sentir contrainte de répondre à une inconnue. Alors, avant de refermer le livre, tu le feuillettes, parcours quelques passages surlignés, entourés, commentés en marge. Le ton est paisible, nullement sentencieux, et si la langue est parfois désuète, elle se lit agréablement. Au fil des pages, tu trouves encore des mots soulignés, surmontés de points d'exclamation ou de cœurs. Partout, dans les marges, des annotations en forme de pattes de mouche. Tu ne connaissais pas l'écriture de Charlotte, tu la découvres hâtive, pulsatile, troublante de vie. Ainsi mesures-tu le caractère précieux de cet objet. Elle chérissait ce livre et, pourtant, n'a pas hésité à t'en faire cadeau au nom de votre amitié naissante. Cela n'en rend la perte que plus insupportable.

Quel sens a tout cela ? Pourquoi agresser cette jeune fille sur son lieu de stage ? Et surtout, pourquoi la noyer ? Ce n'est pas la première chose à laquelle on doit penser dans un hôpital rempli d'instruments tranchants et de drogues de toutes sortes !

Et si c'était toi qui, indirectement, étais visée ? Est-ce parce qu'elle s'intéressait à toi qu'on l'a tuée ? Comme on a tué le petit Noé au fond de la piscine ? Non, c'est ridicule.

Pourtant, tu songes soudain au grave accident qu'a subi Camille, quelques semaines après le début de votre relation. Alors qu'il rentrait chez lui à vélo, une camionnette l'a doublé avant de se rabattre sur la piste cyclable et de le percuter violemment. Il n'a eu la vie sauve que grâce à son casque et au sac à dos qui a amorti sa chute. Aux dires des témoins, le chauffeur de la camionnette a accéléré et a disparu. Et si ce n'était pas juste un lâche qui fuyait ses responsabilités ? Si on avait voulu viser ton amour naissant ? Vous aviez passé l'après-midi ensemble, à vous promener main dans la main et à vous embrasser à chaque coin de rue. Est-ce qu'on vous avait suivis ? Est-ce que Benoît vous avait suivis ?

Maintenant que tu y réfléchis, il y a eu aussi ta copine Flora bousculée dans la foule, alors que vous participiez au Festival des vendanges avec d'autres étudiants. Un individu, qu'elle n'a jamais pu identifier, l'a tirée à l'écart et menacée de mort avant de la frapper au visage et au torse. Salement amochée, elle est montée dans l'ambulance en te jetant des regards affolés. Ensuite, elle a coupé tout contact avec toi, comme si tu étais la cause de son agression.

Et puis Clémentine, ta meilleure amie en classe de terminale. Vous étiez inséparables, tellement proches que certains vous confondaient. Mais au retour des vacances de Noël, elle s'est mise à te fuir, à refuser de te parler. Tes messages restaient sans réponse et, en classe, elle évitait ton regard. Elle a quitté les groupes auxquels tu appartenais, t'a rayée de ses comptes virtuels avant de supprimer toutes les photos sur lesquelles tu apparaissais. Ravagée de tristesse, tu l'as questionnée en vain : avais-tu fait ou dit quelque chose qui l'avait blessée ? Dans ce cas, tu la suppliais de te pardonner. Durant des semaines, tu t'es torturée pour comprendre. De son côté, elle semblait aussi accablée que toi, seule dans son coin, à l'écart des autres.

À mesure que tu y penses, c'est une sinistre ribambelle qui défile dans tes pensées. En seconde, tu as perdu Agathe, de la même manière. Puis ton grand copain Simon avec qui tu rentrais du lycée à la caserne et qui, du jour en lendemain, s'est mis à faire tous les trajets dans la voiture de service de son gradé de père. Juste avant, au collège, il y avait eu Anita et Laurine. Silence radio, sans préavis.

Faut-il que tu parles à la police de tes soupçons à l'égard de ton cousin ? Mais qui va te prendre au sérieux d'exhumer une histoire vieille de plus de vingt ans pour justifier qu'on enquête sur un garçon que tu as, depuis longtemps, perdu de vue ? Et si tu te trompais ? Si tout cela n'avait rien à voir avec lui ? Peut-être que Benoît est devenu un chic type sans histoires et que tes accusations sans preuve vont détruire son existence ? Ta mère a peut-être raison ? Est-ce ta jalousie de petite fille privilégiée et égocentrique qui te poussait à le mettre en cause ?

Petite fille privilégiée et égocentrique. Voilà l'expression que t'opposaient unanimement tes parents lorsque tu te plaignais auprès d'eux des agissements de ton cousin. Le pauvre, après ce qu'il avait vécu, il avait tant besoin d'amour et de confiance. Et toi, tu osais le diffamer ? Car c'étaient des mensonges, ils n'en doutaient pas. Tu voulais attirer l'attention sur toi, te venger de devoir partager tes parents avec un autre enfant, raconter des horreurs à son sujet pour le faire punir à ta place ! Ce que tu pouvais être tordue ! Généralement, loin de t'entendre, tes parents te faisaient taire avant que tu n'aies terminé d'exposer tes griefs et tu étais punie pour ton égoïsme.

Un souvenir. Tu as six ans et tu es en vacances chez tes grands-parents paternels, entre Béthune et Saint-Omer, dans le Nord de la France. Ils sont responsables d'une écluse, au bord de la rivière canalisée de la Lys. Malgré l'interdit de s'approcher, Benoît passe beaucoup de temps penché au-dessus du parapet, à guetter les péniches et à surveiller les remous que génère le barrage de régulation. Souvent, il s'amuse à jeter des bouts de bois et des feuilles mortes pour le plaisir de les regarder tournoyer puis couler. Assise sur le perron, tu joues avec Lisette, ta poupée préférée. Depuis que tu l'as reçue, à Noël, tu ne te lasses pas de l'admirer. Sa peau est veloutée, ses yeux rehaussés de longs cils recourbés. Et ses cheveux sentent la fraise. Tu l'habilles, la déshabilles, la coiffes. Tu lui inventes des histoires…

Un jour, délaissant ses feuilles mortes, ton cousin exige que tu joues avec lui. Mais tu te méfies. Jouer avec Benoît signifie accepter sans discuter qu'il change les règles chaque fois qu'elles lui sont défavorables. Car, mauvais joueur, il ne peut accepter de perdre, il en devient haineux. Et si, malgré ses tricheries éhontées, tu as le malheur de remporter la partie, il entre dans des colères monstrueuses et te tire les cheveux jusqu'à les arracher. Ta mère accourt alors, vous sépare et, invariablement, te punit de semer la zizanie entre vous.

Ce jour-là, devant ton refus, Benoît confisque la poupée Lisette dont tu prends si grand soin. Bien sûr, tu protestes. Tu veux lui arracher des mains mais, à neuf ans, il est plus grand et plus fort que toi. Il te nargue en la tenant au-dessus de ta tête, hors de ta portée. Tu sautes en vain pour la récupérer. Puis, lorsque tu écumes de rage, il court sur le pont de service et la balance par un pied au-dessus des flots. Tu hurles, bras tendus, tu le supplies. Alors, tu dois promettre. Promettre de te soumettre à tout ce qu'il demandera. Tu promets, éplorée. Tout et n'importe quoi pourvu qu'il te redonne ta Lisette.

– Tu vois, c'était pas si difficile, ricane-t-il en te tendant ta poupée.

Mais au dernier moment, il se ravise et la jette dans les turbulences du barrage. Tu te précipites à sa suite et te penches par-dessus le parapet pour voir ta poupée qui tourne sur elle-même, coule puis réapparaît, entraînée par le courant.

– Je vais le dire à maman !

Il rit, sûr de son impunité.

– Et tu penses qu'elle va te croire ?

Tu hurles et ta mère apparaît, l'air ennuyé. Alors, Benoît change de visage. *Mélie a essayé de jeter sa poupée dans la rivière, j'ai voulu l'en empêcher !* dit-il en prenant l'air horrifié qui convient. Tu sanglotes et bégaies en désignant les remous qui engloutissent ton jouet préféré. Une gifle siffle et te dissuade de poursuivre. Dans le tumulte de la fureur maternelle, tu aperçois le sourire narquois de ton cousin qui ose, de surcroît, t'asséner une leçon de morale : *C'est pas bien de jeter ses jouets, ça fait de la peine aux parents qui les ont offerts.* Pour ta punition, ta mère te confisque tes autres poupées et t'oblige à jouer aux jeux que propose ton cousin. *Et ne t'avise pas de te plaindre !*

Le commandant Tranchet t'écoute avec attention lui faire part de tes doutes.

– Comment vous dites qu'il s'appelle ?

– Benoît Rey. Il doit avoir trente-sept ans, trois ans de plus que moi. J'ignore tout le reste, s'il est marié, où il vit, quel est son métier. À l'adolescence, il a commis quelques incivilités, des délits mineurs, il y a certainement un dossier sur lui, dans un de vos services. Voilà près de quinze ans que ma famille a coupé les ponts avec la sienne.

– Ah bon ? Pourquoi ?

– Oh ! Des histoires comme il en existe partout. À l'époque, je ne m'intéressais pas à ça.

– Mais encore ?

– Si mes souvenirs sont exacts, ma grand-mère paternelle l'aurait favorisé dans son testament en lui léguant toute sa quotité disponible, une grosse somme d'argent. Moi, je n'ai eu qu'une bague qui s'est révélée en toc. Je m'en moquais, mais mon père n'a pas supporté. Pour lui, cet argent aurait dû être partagé équitablement entre les deux petits-enfants. Cela a réveillé les vieilles rivalités entre lui et sa sœur, s'est ensuivie une guerre de Cent Ans. Mais c'est sans importance.

– Vous croyez ?

– Écoutez... Ce cousin, comment dire ? J'en avais peur. Il était toujours après moi, très autoritaire. Il me commandait, il contrôlait tout ce que je faisais, il... Il m'espionnait. Un jour, quand j'avais onze ans, je l'ai surpris derrière ma fenêtre, pendant que je me déshabillais. Là où d'autres se seraient sentis pris en faute, il a déclaré avec aplomb qu'il avait le droit de tout voir car j'étais comme sa petite sœur et qu'il n'y avait pas de secret entre nous. Évidemment, quand je suis allée leur raconter ça, mes parents ne m'ont pas prise au sérieux. Pour eux, c'était une gaminerie...

– Bien, coupe Tranchet, je vais mettre mes hommes sur le coup, on va le retrouver, croyez-moi. Et sinon, sachez que j'ai d'excellentes nouvelles de nos otages. Figurez-vous que le jet présidentiel vient de décoller pour Djibouti avec une équipe médicale à bord. Ça veut dire que le dénouement est proche.

– Une équipe médicale ? Camille est blessé ?

Le téléphone glisse entre tes doigts moites. Tu n'oses encore te réjouir.

– Non, pas à ma connaissance. C'est le protocole habituel.

– Mon Dieu, quel soulagement !

– C'est très bon signe, Mélanie. Préparez-vous à retrouver votre mari. Mais silence absolu sur tout ça, vous entendez ? Il ne faudrait pas compromettre l'opération par une fuite dans la presse.

– Mais pourtant vous avez dit...

– Pas d'impair, on joue serré. Si les médias s'emballent...

– D'accord, je ne dirai rien à personne. Mais, sincèrement, je préférerais que vous m'appeliez Betty. Ce prénom…

– Je vous rappelle dès que j'en sais plus.

Tu raccroches abasourdie. Entre la joie de revoir Camille et le deuil de Charlotte, tu te sens perdue.

Un coup d'œil sur ta montre. Si Noé dort encore, tu as le temps de rappeler ton beau-père. Il décroche immédiatement.

– Tu as des nouvelles ?

Les recommandations du policier résonnent encore à tes oreilles. Tu choisis de rester évasive. Oui, les nouvelles sont bonnes, mais tu as reçu la consigne de ne pas en dire plus.

– Betty, je suis son père ! C'est mon seul enfant, ma seule descendance. J'ai le droit de…

Tu saisis la perche au vol et lui annonce, tout de go, la naissance de son petit-fils.

– Quand ça ? Cette nuit ?

– Presque. Il y a quelques jours… Mais je voulais attendre le retour de Camille pour qu'il ait la joie de te l'annoncer lui-même.

Ouf ! Tu t'en sors bien.

– Ah ben ça, alors. C'est…

Il éclate en sanglots. Prise de panique, tu l'interpelles.

– C'est rien, c'est rien, c'est l'émotion. Il… Il va bien ? Et toi ?

Tu choisis d'éviter les détails au téléphone.

– Il va bien, il est très beau. On l'a appelé Noé.

Curieusement, depuis que l'amnésie traumatique a été levée, tu te surprends à aimer ce prénom qui est comme un hommage à ton premier amour.

– Noé ! C'est formidable ! Si tu savais comme ça me fait plaisir !

– Veux-tu que je t'envoie une photo ?

Tu raccroches et examines les photographies sur ton téléphone. Il y en a une particulièrement réussie, œuvre de Sophia qui vous a pris dans un moment de biberon tendre. Les yeux rivés sur ton visage, Noé, repu, avait lâché la tétine et sur sa bouche minuscule se dessinait le plus délicat des sourires de satisfaction. La photo parfaite.

Tu ouvres ta messagerie instantanée et sélectionnes simultanément le profil de ton beau-père et celui de ta mère. Mais au moment de cliquer sur *Envoyer,* tu découvres qu'un profil inconnu s'est rajouté automatiquement dans la liste. Tu tentes en vain de l'ouvrir. Aucune information disponible. Aucun message, aucun appel… Pourtant, il se situe parmi les adresses de messagerie de tes proches. Probablement un bug du système. Tu décides de le supprimer, mais impossible. Tu en es là de tes manœuvres infructueuses quand on frappe à ta porte. Noé s'est réveillé et c'est Jeannette qui te l'amène.

– Ce jeune homme appelait très fort sa maman, explique-t-elle en le faisant glisser de ses bras dans les tiens. Et je crois qu'il y a un renard dans la couche.

– Un renard ? dis-tu en embrassant les petites joues toutes chaudes. Oh, mais on va s'occuper tout de suite de remettre cet animal en liberté ! Merci, Jeannette.

– Pas de quoi ! Vous savez où me trouver ?

– Oui. Merci, vraiment. Pour tout.

Tu es occupée à délivrer le fameux renard quand ton téléphone sonne, à côté du matelas à langer. Chose exceptionnelle, c'est ton père. Une main plaquée sur le torse de Noé, tu réponds du bout des doigts et mets le haut-parleur.

– Écoute, Noé ! Écoute, c'est la voix de ton papi ! Quand tu seras plus grand, il t'emmènera à la pêche au gardon.

– Ouais, répond la voix bourrue de ton père. Si ces salauds d'industriels pollueurs n'ont pas tué tous les poissons d'ici là !

– Charmant ! Attends, je traduis pour Noé : ton grand-père te souhaite la bienvenue dans ce monde délicieux, mon chaton.

– Tu crois qu'il entend, à cet âge ?

– Ah oui, il est moins sourd que toi, c'est sûr !

Tu te sens en forme et pleine d'énergie, depuis que tu sais que Camille va bientôt te revenir. Mais tu prends garde de ne pas franchir la limite au-delà de laquelle ton père va commencer à se persécuter.

– Trêve de plaisanterie. J'ai lancé des petites recherches sur Internet.

Pourquoi n'es-tu pas surprise ? Depuis qu'il est à la retraite, ton père passe son temps à traquer des complots sur la toile.

– J'ai vu que RFI démentait formellement avoir envoyé quelqu'un couvrir l'affaire JessiCat^^.

Tu te figes. Qu'est-ce que c'est encore que cette histoire ? Il y a forcément une explication.

– J'imagine qu'ils n'assument pas ce virage people ! Moi-même, je ne comprends pas qu'on fasse courir des risques à des journalistes pour cette starlette écervelée.

– Non, Betty, tu ne comprends pas. Ils disent qu'ils n'ont *aucun* reporter actuellement dans cette partie de l'Afrique, à l'exception d'un correspondant permanent à Addis-Abeba.

– Ou bien ils ne veulent pas avouer que leurs journalistes sont envoyés pour couvrir des événements politiques stratégiques. RFI a reçu des consignes très strictes du ministère pour ne pas mettre la vie des otages en jeu. Ils sont sans doute restés fidèles à cette recommandation ?

Tu sens bien que tu l'agaces, à ne rien vouloir entendre. Mais si Camille n'est pas parti en Somalie, où se trouve-t-il donc ? Et que t'a-t-il caché d'autre ? Tu le revois, assis à côté de toi dans le canapé, recevant un mail de sa rédaction avec ordre de mission, plan de vol, billet d'avion à imprimer… *C'est l'affaire de trois ou quatre jours, je ne peux vraiment pas refuser. Mais je serai rentré très vite.* Et si ce message était un faux ? S'il l'avait inventé pour justifier son départ précipité ? Y a-t-il un moyen de récupérer ce mail ? Le matin de son départ, Camille a emporté son ordinateur portable avec lui, mais il suffirait de retrouver son mot de passe pour avoir accès à sa messagerie. Tu te promets d'essayer…

– Betty, tu es là ? Je ne t'entendais plus, j'ai cru que tu avais raccroché.

– Pardon papa, continue !

Mais la suite n'est que délire. Ton père t'expose une de ses fameuses théories où se côtoient la CIA, la franc-maçonnerie, les Templiers, des prétendus lobbies LGBT et son médecin généraliste au patronyme juif qui, au vu de sa dernière fibroscopie bronchique, exige qu'il arrête immédiatement la cigarette… Il s'enflamme.

– D'abord, je fume si j'ai envie ! On est libres, quand même ! On paie nos impôts ! C'est pas ce connard de…

– Stop ! cries-tu avant qu'il ne dérape encore plus loin. Passe-moi maman, s'il te plaît, j'ai un truc urgent à lui demander.

Il se radoucit aussitôt.

– Au revoir, ma petite fille. Un gros bisou à Noé de la part de son papi.

Tu te penches et embrasses goulûment le petit ventre nu.

– C'est fait !

Mais déjà, c'est la voix de ta mère qui prend le relais.

– N'écoute pas ce vieux fou. Comment va mon bébé d'amour ? J'ai vu les photos que tu m'as envoyées. Il est trop mignon ! On dirait…

Elle se reprend. Juste à temps.

– On dirait toi quand tu étais petite.

Bien joué. Tu la laisses minauder à propos du bébé, le temps de rhabiller Noé. Puis tu attaques prudemment.

– Je voudrais que tu me parles de Benoît quand il était bébé.

Oups ! Tu as sans doute démarré un peu fort. Elle se cabre.

– J'ai rien à dire sur celui-là.

Tu sais qu'elle est fâchée et qu'elle a préféré couper les liens après l'affront de l'héritage. Non seulement ton cousin a bénéficié des largesses de votre grand-mère, qui a vécu toute sa vie comme une indigente en dépit d'un matelas de billets à la banque, mais malgré tout ce que ta famille a fait pour lui, il n'a pas hésité à se ranger dans le camp de ses parents biologiques qui l'avaient si souvent abandonné.

Tu insistes, mais ta mère ne veut pas remuer ces vieilles histoires qui lui ont déjà occasionné trop de peine. Alors c'est toi qui parles. Tu dis que connaître le passé t'aiderait à devenir mère. Que tu ne comprends pas que Blandine et René aient pu laisser un nourrisson seul avec une jeune fille à peine majeure pendant qu'ils voyageaient autour du monde. Elle mord à l'hameçon.

– S'il n'y avait que ça, ma pauvre Betty !

Tu attends patiemment, que débute son récit. De son lit, Noé suit chacun de tes gestes pendant que tu prépares son biberon. Tu lui adresses un clin d'œil.

– Ça vient mon bébé !

– Pardon ?

– Je parle à Noé, je vais lui donner son biberon pendant que tu me racontes.

– Ah ? Tu ne l'allaites pas ? Remarque, dans un sens, c'est tant mieux. Pour ta tante Blandine, ça s'est tellement mal passé.

– Ah bon ?

Tu la sens prête à lâcher le morceau. Pour amorcer, tu glisses un lieu commun :

– C'est pas toujours facile, l'allaitement.

– Justement !

Tandis que, blotti dans tes bras, Noé commence à téter, ta mère te parle, au fil de ses souvenirs.

Bébé, Benoît avait un cri aigu, perçant, plaintif. Comme s'il souffrait d'un mal inconnu. Dès que sa mère s'éloignait, il miaulait, comme un chaton qu'on arrache à la chaleur et à l'odeur du lait. C'était un bébé malingre, toujours affamé et qui tétait des heures durant, en gémissant douloureusement quand on le séparait du sein. Il ne pleurait pas, il se tendait et ses doigts minuscules paraissaient s'accrocher à l'air ambiant comme s'il s'était agi d'une matière solide.

– Je t'assure, Betty, il faisait pitié. Il avait beau téter continuellement, il ne prenait pas de poids mais cela ne semblait inquiéter personne. Jamais vu une mère aussi indifférente à son petit. Quant au père, n'en parlons pas ! Je ne sais même pas s'il avait réalisé qu'il avait un fils. Moi, je lui trouvais le teint terreux à ce gosse. Il avait un regard immense dans un visage tout maigre, on aurait dit que la peau lui collait sur les os. Un jour qu'on leur rendait visite, Blandine et son mari nous l'ont confié deux heures, le temps de prendre l'air. Elle en avait bien besoin, la pauvre, elle l'allaitait nuit et jour. Surtout que René ne foutait rien à la maison et même, il l'engueulait quand le repas n'était pas prêt. Y en a, j'te jure ! Bref, les voilà sortis et là, j'ai craqué, j'ai appelé SOS Médecins. Je t'assure, j'avais la trouille. Quand j'ai décrit l'état du bébé, le toubib est venu très vite. Il l'a trouvé complètement déshydraté, trop faible pour pleurer. Il a aussi vu qu'il cherchait un réconfort en se berçant lui-même dans son lit. À force, il n'avait plus de cheveux, tout autour de la tête, ils étaient usés. Très vite, une ambulance est venue nous chercher. Blandine et René n'étaient pas rentrés. On est partis à l'hôpital, directement en réanimation pédiatrique. Les docteurs ont dit qu'il avait frôlé la mort, que peut-être il garderait des séquelles. J'étais effondrée. Ils ont décidé de mener une enquête sociale. C'est surtout à cause de ça que René nous en a voulu. Pas tellement d'avoir appelé le médecin et sauvé leur bébé.

– Pourtant, il y avait urgence !

– Eh ben pas pour eux. Du moment qu'il tétait, ils ne voyaient pas où était le problème. Ensuite, Blandine a passé des examens qui ont montré que la lactation s'était arrêtée depuis plusieurs jours, ses taux d'hormone étaient au plus bas. Il pouvait bien téter, le pauvre gosse, il n'y avait plus de lait. Plus une goutte.

Tu serres Noé contre toi et tu sens son petit cœur qui bat si vite ! Quelle tristesse de penser à ce bébé impuissant qui mourait littéralement de faim sous le regard aveugle de ses parents.

– Cela faisait des jours que cet enfant gémissait, mais pour eux, ça ne signifiait rien. Ils ne se sentaient même pas coupables de n'avoir rien vu. Blandine, elle avait sa théorie : c'est parce que Benoît tétait mal que la lactation s'était arrêtée. Il n'avait que quelques semaines et il était déjà coupable. Pas d'empathie, pas d'angoisse. Tu te rends compte ?

Tu acquiesces. Ainsi, l'épisode de la baby-sitter n'était que la répétition d'un traumatisme premier. Tu te surprends à admirer ta mère. Non seulement elle a sacrifié sa tranquillité de jeune mariée pour venir en aide à son neveu mais surtout, elle a tenu tête à sa redoutable belle-sœur.

Tu écoutes la suite d'une oreille distraite, attentive au bruissement des bulles qui remontent dans le biberon, à mesure que Noé engloutit son lait.

Benoît, une fois requinqué, a été rendu à ses parents. L'enquête sociale a vite été interrompue. Les Rey étaient aisés, cultivés, bien insérés. Ils n'avaient rien de cas sociaux et ils donnaient le change par leur discours très adapté. Affaire classée.

– Jusqu'à l'histoire de la jeune fille au pair cambrioleuse que tu connais déjà. C'est après ça que Benoît est venu vivre avec nous. Ensuite, c'est resté une habitude. À chaque période de vacances, il venait se remplumer un peu à la maison. Chez lui, il mangeait rien, ça désespérait sa mère. Chez nous, il dévorait. En quelques jours, il rattrapait les kilos et les centimètres qui lui manquaient.

Voilà donc où elle a trouvé à loger son être: dans l'antre de la mère nourricière. Nourrir l'autre a toujours été sa passion. Tu comprends mieux les heures terribles que tu as passées devant des assiettes trop pleines, sommée de finir avant de sortir de table. Avec le temps, cela s'est un peu calmé, mais il en reste une trace dans ces repas de réveillon pantagruéliques auxquels personne ne touche.

Tu t'apprêtes à raccrocher quand ta mère t'interpelle.

– Je me demande pourquoi tu me pousses à parler de lui. Il t'a retrouvée, c'est ça?

Tu tombes des nues.

– Mais… Je…

– Tu crois que je n'ai pas compris? Pendant des années, tu as été absente à toutes les réunions de famille. J'ai fini par me demander ce que tu redoutais tant. Et la manière dont il s'est conduit au moment de l'héritage! Ça m'a ouvert les yeux. Qu'est-ce qu'il t'a fait?

De la part de ta mère qui a toujours fui toute discussion sérieuse, tu ne t'attendais pas à une question aussi directe. Un mouvement de révolte s'empare de toi. Tu voudrais lui jeter à la figure tout ce qu'elle a consciencieusement ignoré et les nombreuses fois où elle a refusé de t'entendre. Au lieu de quoi, c'est dans un souffle que tu dis :

– Du mal, maman. Il m'a fait du mal.

Silence au bout du fil. Elle a raccroché.

Il y a des années que tu n'as pas parlé aussi longuement avec ta mère. Lorsque tu raccroches à ton tour, tu es perplexe. Qu'a-t-elle compris dont elle ne pourrait supporter le récit ? Pourquoi te tendre une perche si c'est pour, aussitôt, se dérober ?

Tu contemples ton fils, ses traits fins, son petit nez, les longs cils qui donnent à son regard une puissance d'attraction. Tu le dévisages. Tu l'envisages. Qui est-il ? Qui deviendra-t-il ? Sauras-tu lui éviter le pire ? Déjà que sa vie n'a pas très bien commencé…

Tu réalises que tu n'as finalement pas demandé à ta mère si elle possédait des informations sur l'adulte qu'est devenu Benoît. Parfois, on change en grandissant. On s'assagit, on amende son caractère, on opère un virage décisif. Parfois. Pas toujours.

Après le biberon, tu vas rôder dans la salle d'activité avec le petit Noé qui somnole dans tes bras.

Pablo est sur le tapis, Madeline lui chatouille le ventre et il se tord de rire.

– Viens t'asseoir ! suggère Sophia en désignant un fauteuil vide à côté d'elle.

Son bébé dort dans la chambre et elle en profite pour lire un roman policier. Elle t'avoue que les journées sont longues.

– Un bébé, c'est pas très causant. Ici, au moins, on peut parler à quelqu'un. Toute une journée chez moi avec un nourrisson, j'avais l'impression de tourner en rond. C'était interminable. J'appelais mon mari pour le supplier de rentrer plus tôt. Je me disais que j'étais pas faite pour ça, que j'aurais dû renoncer à avoir des enfants.

– Tu en attends quand même un deuxième, remarque Coline qui sirote son café, sa fille endormie, en grenouille, sur son ventre.

– Ouais. Parfois, je me demande si je n'ai pas voulu celui-là pour vivre enfin une naissance réussie. Une deuxième chance, quoi. Comme si ça allait réparer la première et me confirmer que je pouvais devenir mère sans passer par la case délire-hallucinations-chambre-d'isolement-neuroleptiques. Alors, tu imagines la pression, quand il sera né ?

Tu songes qu'avec ton utérus en moins, tu n'auras pas de deuxième chance. Tu baisses la voix pour dire que, toi aussi, tu as hâte que Benoît sache parler pour comprendre ce qu'il veut.

– Benoît ? Tu as changé son prénom ? demande Sophia.

Tu la regardes, interloquée. Est-ce d'avoir parlé si longuement de ton cousin avec ta mère ? Tu as l'esprit tout embrouillé. Tu te récries.

– Je voulais dire Noé ! Benoît, c'était mon cousin famélique.

De surprise, Sophia lâche son polar qui tombe à ses pieds.

– Famélique ? C'est un festival !

– Qu'est-ce que j'ai dit ? Famélique ? Non, maléfique. Mon cousin maléfique. Le genre de personne qu'on voudrait bien oublier. D'ailleurs, je l'avais oublié...

Elle se baisse pour ramasser son livre et redresse la couverture qui s'est pliée dans la chute.

– L'année dernière, dit-elle lentement, on m'a prêté un bouquin de psy. Il s'appelle *Fantômes dans la chambre d'enfants*[1]. C'est écrit par une Américaine, je ne me souviens plus de son nom, mais qu'importe. Tu connais ?

– Non.

Mais qu'est-ce qu'ils ont tous, avec leurs bouquins ?

– Ça parle de ces personnes de notre passé qui rôdent autour de nous quand on devient parents. Je suis pas sûre d'avoir tout compris, mais ce livre m'a ouvert les yeux sur plein de choses qui s'étaient passées dans notre famille, et même avant ma naissance.

Tu affiches poliment une moue dubitative. Les histoires de fantômes et de secrets transgénérationnels, très peu pour toi. Mais elle poursuit.

– Je n'y pensais pas, mais c'était là, dans mes craintes les plus intimes. Par exemple, j'étais sûre que mes beaux-parents voulaient me piquer mon

1. Selma Fraiberg, *Fantômes dans la chambre d'enfants*, PUF, coll. « Fil rouge ».

bébé, mais je ne me souvenais pas que c'était quelque chose qui était arrivé quand mon père était enfant.

– Ah bon ? dit Coline stupéfaite. Comment ça ?

– Mon père avait neuf ans quand son petit frère est parti en vacances à la campagne, chez des amis de la famille, et il n'est pas revenu. Disparu avec ces gens qu'ils croyaient connaître. Volatilisé. Un trou sans explication dans l'arbre familial. Personne n'a jamais vraiment su ce qui s'était passé mais depuis, mon père a peur de tout. Quand on était petites, avec mes sœurs, il ne voulait jamais nous confier à qui que ce soit. Même pour nous laisser aller à l'école, c'était difficile. Je le revois encore nous surveiller par-dessus la haie, quand nous étions en récréation. Il travaillait de nuit et, le jour, au lieu de dormir, il était au rendez-vous de chaque récré, de chaque sortie d'école, pour surveiller que personne ne nous kidnappe. Moi, j'avais la honte quand je voyais sa tête au-dessus des troènes. Je me disais qu'il tournait pas rond. Il était le seul à faire ça, et les maîtresses, de temps en temps, allaient lui dire de partir. J'ai compris, depuis, qu'il ne pouvait pas s'en empêcher, que toute sa vie était organisée pour éviter qu'on lui enlève ses trois filles adorées comme on lui avait enlevé son frère. Et moi, finalement, à force de le sentir s'inquiéter pour tout, j'ai attrapé la même peur. Une sorte de virus qu'on se refile inconsciemment. J'observe tout, les détails, les visages… Comme si je devais m'en souvenir en cas d'enlèvement. C'est maladif.

Sur le tapis, les rires de Pablo virent à l'aigu et Fabienne surgit comme par magie. Elle se penche vers Madeline.

– Est-ce que vous entendez la différence avec tout à l'heure ?

Elle parle de la tonalité du rire qui, depuis peu, a changé. Du plaisir, Pablo passe à une excitation qui n'a pas échappé aux tympans exercés de Fabienne. Madeline soupire.

– Mais j'aime tellement quand il rigole comme ça !

L'infirmière quitte ses chaussures et vient s'asseoir en tailleur, près du bébé. Aussitôt, il se tourne sur le côté et tend ses petites mains vers elle. Elle les saisit et s'adresse à lui.

– Oui, ta maman aime bien quand tu rigoles avec elle. Vous êtes beaux à regarder, tous les deux. Mais moi, je sais que si les chatouilles durent trop, tu vas supporter de moins en moins et tu vas devoir pleurer pour qu'elle arrête.

L'enfant glousse, remonte ses jambes au-dessus de sa tête et saisit ses chaussettes sur lesquelles il tire. Bientôt, un de ses pieds est à découvert et il contemple sa chaussette qu'il passe d'une main à l'autre.

– Tout de même, dit Madeline, j'aimerais bien savoir comment vous faites, les infirmières, pour apparaître chaque fois qu'un bébé a besoin de vous !

– C'est grâce à nos pouvoirs magiques. On se téléporte et hop !

– Cool !

Fabienne se lève.

– D'ailleurs, le devoir m'appelle. Si vous voulez, pour le goûter, Jeannette a apporté une tarte au citron. Elle est délicieuse. On l'a mise à la salle à manger.

Madeline applaudit.

– Vous êtes des fées !

– Hélas, répond Fabienne avant de quitter la pièce, j'ai bien vérifié ma fiche de paie et l'hôpital ne m'a pas versé ma prime féerique ce mois-ci !

– On va prendre le pouvoir ! s'écrie Coline. On fera la révolution des mères. Et quand je dirigerai cet hôpital, je vous nommerai cheffe des fées !

Tu le lèves à ton tour. Noé a terminé son biberon et de nouveau rempli sa couche. C'est sans fin...

Entre deux phases de sommeil, il se réveille en sursaut et pleure. Sa voix aiguë transperce tes tympans et squatte tes pensées. Tu as l'impression d'être pénétrée, secouée, menacée d'anéantissement par ce cri qui ne cesse pas.

Il te maltraite.
Il te harcèle.
Il ne te laisse pas tranquille.
À qui a-t-il donc emprunté ce déguisement ?
Tu voudrais qu'il se taise.
Qu'il te laisse un peu d'espace pour penser, pour exister.
Mais qu'il s'endorme et l'inquiétude, bientôt, surgit.
Est-ce qu'il respire toujours ?
Est-ce qu'il ne s'est pas noyé dans ses régurgitations ?
S'il se tait, il est mort.

Il y a moins d'une heure, tu as retrouvé le numéro de Clémentine dans tes contacts et, après une brève hésitation, tu lui as adressé un message. Contre toute attente, elle t'a répondu qu'elle était d'accord pour te parler. Tu l'appelles. L'appareil tremble entre tes doigts.

– Clémentine ? C'est Bet… C'est Mélanie.

– Bonjour Mélanie, contente de t'entendre.

Sa voix, intacte, telle que dans ton souvenir, te ramène à tes dix-sept ans. Vous échangez quelques banalités, le temps d'endiguer l'émotion. Elle est mariée à un Toulousain, elle travaille dans l'aéronautique, elle attend son premier enfant pour l'automne. Tu lui racontes que tu viens d'avoir le tien. Et que ça soulève pas mal de questions. Pour le reste, tu comptes reprendre ton métier de scripte dès que ce sera possible.

– Le cinéma… Oui je me souviens. Qu'est-ce qu'on a pu aller voir comme films, toutes les deux !

Elle hésite.

– On est d'accord que tu n'es pas du tout agent secret, que tu n'as pas trahi ton pays, que tu n'es pas traquée par des hordes d'espions vengeurs.

– C'est ce qu'il t'a dit ?

Elle accuse le coup.

– Tu es au courant ?

– Simple déduction. Quelqu'un s'est acharné à faire le vide autour de moi. Je commence seulement à m'en rendre compte.

Ta déduction s'avère exacte. Un type cagoulé, un soir, quand elle rentrait seule chez elle, l'a entraînée sous un porche. Un flingue sous le menton. La peur de sa vie.

– Il a prétendu qu'il était agent secret. Que toi et tes parents, vous étiez à la solde d'une puissance étrangère. Que vous seriez, tôt ou tard, abattus ainsi que tout votre entourage. Et moi aussi, si je continuais à te fréquenter.

– Tu y as cru ?

– Avec une arme pointée sur toi, je t'assure, tu crois tout ce qu'on te raconte. Il m'avait plaquée au mur, je sentais son haleine écœurante sur mon visage. Je sais, ces histoires d'agent secret… C'était ridicule. Il m'a fallu du temps pour le comprendre. Si tu savais ce que je m'en veux…

– Ensuite, quoi d'autre ?

– Ensuite, rien. Il m'a laissée repartir. Il aurait pu me violer ou me piquer tout ce que j'avais mais non. Tout ce qu'il voulait, c'était me menacer. Ça l'a rendu plus crédible encore. J'étais terrifiée.

Un silence au bout du fil. Tu devines combien elle est bouleversée de se remémorer tout cela.

– Je suis désolée. Si j'avais imaginé…

Mais elle te coupe.

– Ah si ! Il a dit autre chose : que je devais me taire, n'en parler à personne sinon il chargerait deux snipers de s'occuper de moi. Pendant des années, j'ai rasé les murs. J'essayais de repérer des hommes sur les toits des immeubles. À la fin, je n'osais plus sortir de chez moi. J'ai dû faire une thérapie pour arrêter d'être toujours sur le qui-vive.

– Je suis désolée.

Elle éclate de rire.

– Tu n'as pas changé, tu prends toujours la faute sur toi.

Tu en conviens aisément.

– Et tu pourrais le décrire ?

– Pas vraiment. C'était dans le noir, il avait une cagoule. Grand, large d'épaule, les yeux très clairs.

Tu ris à ton tour.

– C'est mon mari que tu décris là.

Une onde d'angoisse te traverse. Tu te sens vaciller. Après une promesse de vous revoir, tu raccroches, secouée.

Parler avec Clémentine t'a fait entendre la logique sans faille de ton choix professionnel. Le scripte, c'est celui qui scrute et enregistre la scène pour éviter les faux raccords au montage. Il en fixe le souvenir dans ses moindres détails contre la fragilité de la mémoire. Singulière trouvaille pour toi qui, constamment, as eu affaire à la distorsion du mensonge.

Quelques secondes plus tard, ton portable vibre, l'écran s'allume puis s'éteint. Tu consultes tes notifications, n'y trouves rien. Ce téléphone commence à dysfonctionner sérieusement, un jour ou l'autre, il faudra en changer. D'ailleurs, il y a tellement de choses que tu aimerais changer.

Pablo dort enfin. Noé aussi. Madeline entre dans ta chambre et ferme la porte, l'air mystérieux.

– Enlève ton T-shirt. Ton soutif aussi.

– Pardon ?

– Allez, discute pas, je vais te montrer un truc.

Tu obéis, en te demandant pourquoi tu te soumets ainsi à l'injonction de l'autre dès lors qu'il fait preuve d'un peu d'autorité. Madeline prend un lange en tissu qu'elle mouille légèrement.

– Passe-le sur ta poitrine.

Et comme tu hésites, elle accompagne ton geste. Tu sens la caresse du tissu humide sur tes mamelons puis dans le creux de ton cou et derrière tes oreilles.

– Ça va sentir Betty. Noé va adorer.

En attendant, elle pose ce tissu couvert de tes effluves au bout de ton lit avant de se laisser tomber sur le fauteuil. Tu te rhabilles maladroitement.

– Quand j'étais enceinte de mon premier, je voulais absolument allaiter. J'ai kiffé, tu peux pas imaginer. Une douce folie. Plus rien d'autre ne comptait. C'était mon bébé et moi. Moi et mon bébé. Le monde autour aurait pu s'écrouler... Mais, comme dit le docteur Lorrain, tout ce qui est excessif m'entraîne dans le gouffre. J'ai décartonné. Et bien comme il faut ! Ça s'est fini en chambre d'isolement, je racontais n'importe quoi, je savais même plus comment je m'appelais. Et mon bébé, c'est l'ASE qui s'en occupait. J'aurais pas cru qu'il me manquerait autant !

Elle soupire.

– J'ai tout appris ici. Le sentiment maternel, c'est comme une maison. Parfois tu hérites de tes parents, parfois tu dois la construire toi-même, brique après brique. Personne te file le plan. Et il y a aussi celles qui restent à la rue toute leur vie. Moi, ma maison maternelle, c'est ici. C'est vous tous…

C'est décidément l'heure des confidences. Tu t'allonges sur ton lit pour l'écouter.

– Mon père, quand il est arrivé de Côte d'Ivoire, il possédait que la chemise qu'il avait sur le dos. Même son falzar, c'est son frère qui lui avait refilé. Tu le verrais aujourd'hui, il est tellement fier d'avoir obtenu un appart HLM, on dirait qu'il a acheté tout l'immeuble. Mais il est bousillé. Il lui manque la moitié des doigts, restés sur les chantiers. Le dos tordu, les poumons pleins d'amiante. Toute sa force vitale contre un salaire minimum, sans espoir que ça change un jour. Et une retraite minable, c'est scandaleux de traiter les gens comme ça. Mais tu le verrais comme il se vante. *Et mon fils, le grand, il fait l'ingénieur chez Rhône-Poulenc. Et le deuxième, il a une bonne place à la RATP. Et le troisième, il est gendarme, il va passer chef.*

– Et toi ? Il dit quoi de toi ?

– Moi, je suis la petite dernière. Quand il parle de moi aux voisins, il dit : *Celle-là, elle travaille à l'hôpital, elle fait la puéricultrice, elle s'occupe des bébés. La vocation, qu'est-ce tu crois* ? Mais quand il me voit, il me parle comme si j'avais cinq ans et que je me fourrais encore les doigts dans le nez. La vérité, c'est qu'une fille malade de la tête, c'est trop la honte. Si les gens l'apprenaient ! J'adore mon père, c'est pour ça je vais jamais chez mes parents. Pour pas leur foutre la honte dans le quartier.

– Et ta mère, elle en dit quoi ?

– Ma mère, elle est d'ici. Je veux dire, c'est une blanche. C'était la standardiste de la première boîte qui a embauché mon père. Il lui a fait son numéro de charme et il l'a épousée. Quarante ans que ça dure, leur histoire. Ils se disputent jamais, c'est trop bizarre. Il raconte qu'elle lui a jeté un sort et que seul un exorciste pourrait les séparer.

Paloma Llorca t'attend dans le bureau infirmier. D'un seul coup d'œil, tu devines les nuits fracassées, les repas pris sur le pouce, le corps contraint par le travail. Et la ménopause dans ses œuvres.

Elle tient une enveloppe en papier kraft serrée contre son cœur. Elle a l'air las.

– Asseyez-vous, recommande-t-elle. Et dites-moi si vous connaissez une certaine Gisèle Monsot.

Tu hoches la tête. C'est ta voisine de palier, une septuagénaire charmante qui s'est proposée pour arroser vos plantes en votre absence, quand vous avez emménagé. Elle avait la main verte et t'a, très vite, offert des boutures assorties de toutes sortes de conseils sur la manière de les faire prospérer. À ton grand regret, elle est récemment partie s'installer dans les Alpes-Maritimes afin de s'occuper de ses petits-enfants. Tu l'as su grâce à un petit papier qu'elle a pris soin d'afficher près des boîtes à lettres.

– La dernière fois que vous l'avez croisée, ça remonte à quand ?

Impossible de te souvenir. Llorca ouvre l'enveloppe et étale plusieurs photos.

– Je vous préviens, c'est pas beau à voir.

Sur le premier cliché, tu distingues un visage déformé, bouffi, entamé par endroits. Cette vision te révulse.

– C'est pas vrai! Elle est morte?

Tu détournes le regard quand elle te présente d'autres images. Le corps, en très mauvais état, a été repêché dans la Seine, samedi par la brigade fluviale, il semble avoir séjourné longuement près d'une berge, protégé des courants par un banc de limon. Sa carte d'identité plastifiée et deux billets de cinquante euros se trouvaient dans le sac banane qu'elle nouait habituellement autour de sa taille quand elle allait faire son marché. Tu es choquée.

– C'est incohérent. Son message n'avait rien d'inquiétant. On ne pouvait pas deviner qu'elle avait l'intention de se suicider. Et pourquoi vous m'interrogez?

– Un collègue a fait le rapprochement à cause de l'adresse identique à la vôtre. C'est tout. Sinon, clairement, c'est pas un suicide. À moins qu'elle se soit elle-même planté une lame entre les deux omoplates. Disons qu'on l'a un peu aidée.

Tu accuses le coup. La policière remet les photos de l'autopsie dans l'enveloppe qu'elle referme soigneusement, en lissant le rabat comme pour se donner une contenance.

– Ça fait beaucoup, madame Tavernier. Charlotte Perraud, puis cette voisine de palier, Gisèle Monsot... Ces inscriptions sur votre corps, sur les murs, sur... Bref! Je suis obligée de vous demander: est-ce qu'il y a quelque chose que je devrais savoir à votre sujet? Des ennemis, un petit ami éconduit, une rivale? Un dealer que vous auriez omis de payer...

Tu écarquilles les yeux.

– Mais pas du tout ! Je ne touche pas à ça. J'ai bien un cousin pas très net, mais j'en ai déjà parlé avec le commandant Tranchet et il va essayer de le localiser. En plus, je n'ai pas de nouvelle depuis quinze ans.

Llorca écarte cette hypothèse d'un geste de la main.

– J'ai vérifié, vous n'avez pas d'antécédents judiciaires…

– Bien sûr que non !

– Contrôle de routine. Au passage, vous avez changé de prénom, ce n'est pas courant. Il y a une raison ?

– Betty, c'était mon deuxième prénom. J'ai demandé à ce qu'il devienne mon prénom d'usage. C'était… C'était ma façon d'aller de l'avant.

– De fuir, non ? Fuir quoi ?

Tu cueilles un souvenir. Encore un épisode de ta vie qui surgit sans prévenir. Devant ton air perplexe, elle te presse de raconter. Une main sur la poitrine, tu souffles lentement afin de juguler l'angoisse qui monte.

– Quand j'ai débuté le métier de scripte, j'avais peu d'engagements. Un film par-ci par-là. Et c'était mal payé, alors j'ai travaillé comme projectionniste dans un cinéma. On venait de passer au numérique, je m'y connaissais un peu. C'était plutôt cool, même s'il fallait gérer plusieurs salles à la fois. Un soir, la séance venait de commencer et je vérifiais la programmation tout en surveillant, à l'oreille, l'enchaînement des pubs et des bandes-annonces. Et, soudain, j'ai entendu que ça grognait dans la salle. J'ai regardé mon écran de contrôle et là, j'ai vu qu'à la place des images habituelles, il y avait un « carton », comme on dit dans le métier. Une simple inscription, sur fond blanc : MÉLIE, TU M'APPARTIENS. Et ça revenait après chaque pub, entre chaque teaser. Je n'en croyais pas mes yeux. Les spectateurs commençaient à rire, à s'agiter. J'avais moi-même téléchargé les bandes-annonces dans le système, je n'avais rien remarqué d'anormal. J'ai voulu vérifier l'appareil mais les commandes ne répondaient plus. Alors, j'ai compris que le projecteur numérique avait été hacké. Quelqu'un avait pris la main à distance et piraté le système. Il a fallu éteindre et redémarrer, on était en retard, les gens gueulaient dans la salle.

Tu fais une pause pour reprendre ton souffle, le temps que la capitaine Llorca finisse d'écrire.

– Continuez ! dit-elle sans lever les yeux de son calepin.

– À partir de là, j'ai eu peur. J'ai laissé tomber ce job. Je venais de rencontrer Camille, je suis partie vivre avec lui dans une autre ville. Quelques mois plus tard, j'ai retrouvé la même inscription sur le panneau municipal qui se trouvait en face de nos fenêtres. Vous voyez, ces panneaux électroniques qui donnent les numéros d'urgence ou les horaires de la mairie ? Ils se pilotent à distance, il paraît que c'est un jeu d'enfant de les pirater.

– Attendez ! Vous veniez de rencontrer Camille ? Qui vous dit que ce n'était pas lui ? Un amoureux possessif qui vous faisait sa déclaration...

Une nouvelle fois, tu sens un doute désagréable s'insinuer en toi.

– C'est absurde, ce n'est pas le genre de Camille.

Elle te dévisage comme si elle s'étonnait de ta naïveté.

– Et c'était déjà arrivé auparavant ?

– Plein de fois, mais je n'avais jamais vraiment pensé que ça me concernait. Une fois c'était écrit au feutre sur un abribus, l'autre fois sur des affiches électorales, sur un banc à côté de mon lycée, dans les vestiaires de la piscine. Je trouvais ça mignon. À l'époque, pour moi, ça relevait du message d'amour, un truc d'ado romantique comme les cadenas accrochés aux ponts ou les cœurs gravés sur les arbres. C'est seulement plus tard que j'ai compris que c'était glauque. Croire que quelqu'un nous appartient, ce n'est pas de l'amour, loin de là ! C'est le début de la violence. Mais jamais je n'aurais pensé que cela irait si loin. Lorsque j'ai pris le nom de mon mari, j'en ai profité pour changer de prénom. Si Mélie était la proie d'un autre, personne ne posséderait Betty.

Mariam se présente dans le hall et c'est le signe que Noé va bientôt aller passer sa dernière nuit en néonat. À partir de demain, il sera en permanence avec toi, à l'unité mère-bébé.

– Te voilà, mon coco, dit-elle en se s'accroupissant auprès du Maxi-Cosi. Prêt à partir ? Tu dis au revoir à ta maman ?

Tu te penches et déposes un dernier baiser, tout léger, sur ses cheveux si doux. Mariam repère le lange que Madeline a coincé dans son col de pyjama.

– Tu pars avec un doudou ? Avec l'odeur de ta maman ? Tu vas dormir comme un petit loir, avec ça. Je dirai aux collègues de nuit de bien te le laisser.

Elle te confie qu'après la journée d'hier, l'équipe de néonat a trouvé Noé très en forme.

– On va arrêter de le scoper pendant son sommeil. La nuit dernière, il n'a plus fait de pause respiratoire. Je crois vraiment qu'il vous attendait. Allez mon coco, on met la capuche parce qu'il pleut ! Encore un bisou à ta maman ? À demain…

Tu la regardes traverser le porche en courant sous la pluie et s'engouffrer dans l'ambulance hospitalière qui les ramène en néonatologie. Et tu ressens de la gratitude pour cette jeune femme si attentive à ton bébé.

Après le départ de Noé, te voilà plus légère. Comme si on t'avait ôté un poids.

– Profite ! te conseille Sophia. Après, quand t'auras ton bébé à plein temps, fini la liberté.

Tu acquiesces. Tu sais déjà que les journées vont être longues, même si tu es sous le charme de ce nourrisson.

– Le truc dont je rêve souvent, poursuit Sophia, c'est de sortir me promener toute seule, sans souci, comme avant d'être mère. Pas avec l'œil sur la montre parce que c'est bientôt l'heure d'aller chercher Sarah à la crèche, qu'il faut penser à racheter du lait et des couches, passer à la pharmacie, appeler le pédiatre pour les vaccins, courir à l'autre bout de Paris pour faire un « bébé vision » en trimbalant ta poussette dans les escaliers du métro avec les gens qui te bousculent au lieu de t'aider. Franchement ! C'était marqué où qu'on allait en chier autant avec nos gosses ? Pourquoi on nous dit rien ?

Coline intervient, cassante.

– C'est juste une question d'organisation, tu sais. Faut grandir un peu !

– Bien sûr ! réplique Sophia. Et c'est aussi à cause de l'organisation que je prends quinze kilos à chaque grossesse sans jamais les reperdre ?

C'était précisément le sujet à ne pas aborder avec Coline. Elle fonce tête baissée, arrogante et impitoyable.

– Quand on veut, on peut. T'as qu'à manger équilibré et faire du sport. Faut se donner les moyens.

Madeline, qui suivait votre conversation de loin, saisit la parole au vol.

– Faut grandir ! Faut s'donner les moyens ! Faut manger équilibré. Y faut ! Y faut ! Y faut ! N'importe quoi ! C'est des conneries, tout ça ! T'as pas encore compris ? Quand on veut, on peut ? Pardon mais y a pas mieux pour culpabiliser quand on n'y arrive pas. Moi, j'ai toujours vécu sainement, toujours obéi, toujours été une bonne fille qui traversait sur les passages-piétons, qui arrivait à l'heure, qui levait le doigt pour répondre en classe. Et t'as vu où j'en suis, aujourd'hui ? En vérité, c'est des paroles qu'on dit pour que les gens se tiennent tranquilles. Qu'ils la ferment et qu'ils subissent.

Coline ouvre la bouche pour protester mais Sophia lui fait signe de ne pas la ramener. Quand Madeline est partie, mieux vaut se tenir à carreau. D'ailleurs…

– Moi, j'ai pas coché « psychose » sur le formulaire. J'avais des rêves, des projets. Tu crois je la voyais comme ça, l'existence ? Tu crois je pensais on allait me mettre en invalidité à vingt-cinq ans ? Que j'aurais des tonneaux de bière à la place des cuisses ? En vrai, les neuroleptiques, j'en avais besoin mais ça m'a détraqué l'appétit. Au début, à l'hôpital, j'avais tellement faim, je me relevais la nuit pour aller manger le pain sec qu'on mettait de côté pour les poules. J'aurais tué toute ma famille pour un paquet de chocos ou un saucisson. Quand y avait l'activité cuisine, j'étais toujours volontaire. On me faisait éplucher les pommes, j'en bouffais autant que j'en coupais. Les infirmières, elles disaient que j'avais besoin de me remplir. Y a même une psychologue, je l'aimais pas, elle disait que c'était parce que j'étais vide. Connasse, celle-là ! Elle avait rien compris. C'était pas du vide, c'était du trop-plein. Besoin d'étouffer tout ce qui me passait par la tête. Mon cerveau, il arrêtait pas de gigoter dans mon crâne, trop de souvenirs, trop d'idées à la fois, trop de tristesse que tu dois ravaler si tu veux avancer ! Mais elle répétait ça, sans savoir, sans m'écouter, comme si elle était dans ma tête à ma place. Un jour, la psychiatre qui me suivait lui a fait fermer son clapet. « C'est la parole de Madeline qui compte, pas la vôtre. » J'étais bien contente. Enfin quelqu'un qui me croyait !

Tu croises le regard de Sophia. À ce stade, il serait temps de changer de sujet si on ne veut pas que Jeannette surgisse avec ses gouttes. Tu te lances.

– C'est dur, quand on ne nous croit pas. Cela donne l'impression qu'on n'existe pas.

Madeline cesse de déambuler et se rapproche. Tu racontes.

Tu as onze ans et, depuis longtemps, tu souffres d'une grave allergie aux fruits de mer. À l'école primaire, personne ne l'ignore mais à l'entrée au collège, ton dossier n'a pas suivi. Le premier jour, à la cantine, on sert de la paëlla. Quand tu vois les moules et les encornets, tu refuses d'y toucher. Tu sais trop bien à quoi tu t'exposes. Alors, tu fais passer le plat et tu attends tranquillement la suite en mangeant du pain. Vient une surveillante, une boule de nerfs, du genre qui ne sait pas parler sans crier. Elle repère ton assiette vide. Tu lui expliques ton allergie, mais elle ne veut rien entendre et te traite de menteuse.

– Pour elle, c'était de la comédie. Elle a attrapé la cuillère du plat et elle m'a ouvert la bouche de force pour m'obliger à manger. J'avais beau me débattre, elle me tenait par la nuque, la cuillère cognait contre mes dents et elle m'a gavée. Je pense qu'elle voulait asseoir son autorité sur les élèves, dès le premier jour. Ma copine Agathe a essayé de l'empêcher. Elle a crié que c'était vrai, que j'allais mourir. Ça a fait rire tout le monde. Déjà, j'avais les lèvres qui gonflaient, je sentais plus ma langue, j'avais du mal à respirer. Mais la pionne continuait, contente d'elle et de sa petite autorité de pacotille.

Finalement, le chahut a alerté un autre surveillant. Devant ton visage gonflé, tes lèvres bleues, il a prévenu le SAMU. Tu as quitté la cantine sur une civière avec un tuyau dans la gorge et cette histoire t'a poursuivie pendant tes quatre années de collège.

On ne te croira pas. Tu n'as ta place nulle part. Tu es nulle. Cette fichue certitude à laquelle tu ne parviens pas encore à renoncer et qui, fatalement, modèle ta façon de dire.

Le dîner est paisible. Coline, prudemment, a choisi de s'exiler à une autre table. Sophia, Madeline et toi discutez à mi-voix. Madeline a retrouvé sa bonne humeur.

– Pourquoi tu l'as appelé Pablo ? demande soudain Sophia en désignant l'enfant qui rêvasse dans sa poussette.

– Ben ! À cause de Picasso !

– T'as raison, c'est évident ! répond Sophia narquoise.

– Quand j'étais au CM2, notre instit nous a amenés au musée. Je me souviens, on s'est tous assis par terre, au milieu d'une salle, et il nous a distribué des crayons de couleur. On devait reproduire un des tableaux accrochés dans le musée. Et pendant qu'on dessinait, il nous a expliqué comment Picasso voyait les choses, comment il peignait. Une révélation pour moi. J'ai su que je voulais être ça.

– Peintre ?

– Non, enseignante ! L'école comptait tellement, et encore plus après cette expérience. J'avais envie de tout savoir, de lire tous les livres ! Chaque fois que je prononce « Pablo », je revois cet instit, M. Berger, avec ses vieux pulls moisis et ses lunettes qui glissaient tout le temps le long de son nez. Sa voix, surtout. Et je me retrouve les fesses sur le parquet à boire ses paroles au milieu de tous ces tableaux incroyables. Un bon instituteur, c'est une chance pour un gosse.

Vous vous taisez, songeuses. Que de rencontres depuis que tu es ici. Ton cœur se serre à l'idée que tu vas bientôt quitter ce lieu. Demain, Noé te sera rendu et, qui sait, Camille aussi. Tu vas rentrer chez toi, prendre le temps de digérer les événements de ces derniers jours.

Tu t'étires et bâilles longuement.

– Les filles, j'ai l'impression que les soucis sont derrière moi. Ce soir, je me sens en vacances.

Une infime pointe de tristesse traverse le sourire de Madeline tandis qu'elle lève son verre d'eau pour trinquer :

– À tes vacances, Betty ! Tchin !

Partie 6

Tes vacances ? Elles commencent mal. Tandis que vous débarrassez la table, le docteur Lorrain fait irruption dans la salle à manger. Tout le monde se retourne. D'ordinaire, à cette heure, il est déjà parti.

– Madame Tavernier ?

Il t'invite à le rejoindre. Son air grave t'alarme. Sophia te prend les assiettes des mains et tu t'avances. La peur creuse un long tunnel glacial dans chacun de tes os.

Dans le hall se trouvent trois policiers en tenue qui examinent les lieux avec circonspection. La capitaine Llorca est là aussi, accompagnée par son coéquipier, le lieutenant Le Mézec, un jeune gars au teint d'endive et au bouc soigné. Derrière eux, deux autres policiers en civil qui ne se présentent pas. Et, fermant la marche avec son air blasé, Arno, le stagiaire. Qui regrette visiblement d'être là.

– Venez, on va s'installer en salle de réunion.

Vous pénétrez dans une grande pièce dont, jusque-là, tu ignorais l'existence.

– Qu'est-ce qui se passe ?

Tout le monde prend place autour de la table ovale. Le psychiatre t'indique une chaise et s'assied près de toi.

– Dites-moi ce qui se passe ! C'est Camille ?

Une seconde de silence, interminable, durant laquelle tout peut encore arriver. Tu retiens ton souffle.

– Dites-moi !

– Non, c'est Noé, dit la capitaine Llorca. Il a disparu tout à l'heure. On a tout lieu de penser qu'il a été enlevé.

Mariam, l'auxiliaire de puériculture, n'est jamais rentrée dans son service. Ne la voyant pas revenir, ses collègues l'ont appelée sur son portable. À plusieurs reprises. Et c'est finalement un interne des urgences qui a décroché. La jeune femme avait été trouvée, une heure plus tôt, évanouie dans l'ascenseur du bâtiment pédiatrique avec un large hématome au sommet du crâne. En se réveillant, sa première pensée avait été pour l'enfant qu'elle transportait.

– Elle ne se souvient de rien, dit un des policiers en civil assis à ta gauche. Juste qu'elle est montée dans l'ascenseur en portant le bébé dans son siège auto, et que quelqu'un est entré derrière elle avant que les portes ne se referment. Des collègues sont en train de lui faire passer un entretien cognitif pour essayer de récupérer plus d'infos sur le ravisseur. C'est essentiel si on veut que le procureur déclenche l'alerte enlèvement.

Le docteur Lorrain se tourne vers toi, remarque ton regard fixe, quasi indifférent. Il se penche, saisit ton poignet et te parle à voix basse.

– Je sais ce que vous êtes en train de faire, madame Tavernier. Mais on a besoin que vous soyez là avec nous, d'accord ? Revenez maintenant, il le faut pour Noé.

Tu secoues la tête. Ne pas entendre, ne pas savoir. Se tenir loin de tout.

– Allez, il faut encaisser, Betty, je sais que c'est dur. Mais Noé a besoin de vous.

Il serre ton poignet et son regard insiste. Tu cilles. La couleur, brusquement, disparaît de tes joues. Tes lèvres tremblent, tes pupilles rétrécissent. Ton corps résonne de ta douleur. Tu gémis.

– Voilà, c'est ça, revenez !

Il te sourit, t'encourage du regard.

– Je suis désolé, il le fallait.

Tu acquiesces. Quelqu'un sort de la pièce et te rapporte de l'eau fraîche. Tu bois, agrippée au verre, comme s'il pouvait t'empêcher de chuter.

– Comme je le disais, reprend le policier, on manque d'éléments pour que l'état-major lance l'alerte enlèvement. Il nous faudrait une photo de l'enfant, son identité, sa date de naissance, les vêtements qu'il portait.

On pousse une feuille vers toi, tu y inscris les informations demandées. Puis tu fouilles dans ton portable et fais défiler les photos.

– Donnez ! intime le lieutenant Le Mézec en tendant la main. Je vais choisir les plus exploitables et les envoyer directement au central.

Tu le laisses procéder. Très vite, son choix se porte sur deux photos qu'il recadre et transfère.

– Voilà, c'est parti.

Mais il ne te rend pas ton smartphone. Au contraire, il se penche sur tes appels, tes mails, tes messageries instantanées. Tu le vois effectuer des captures d'écran qu'il envoie également. Est-ce qu'on te soupçonne ? Déjà, tu le sens, tu recommences à t'absenter.

– Restez avec nous, madame, on n'a pas fini. Il faut qu'on dresse la liste des ravisseurs potentiels.

Le psychiatre se tourne vers toi.

– Parlez-leur du type qui rendait visite à Noé.

Tu leur racontes la présence de cet inconnu auprès de ton fils. Les visites biquotidiennes impossibles à arrêter. Et comment il a déclaré Noé à l'état civil sans en avoir le droit.

– Il a donc manipulé le livret de famille ? demande Llorca. Il faut qu'on le récupère pour les empreintes. D'autres choses ? Vous avez une description de ce type ou une idée de son identité ?

– Elle ne l'a jamais rencontré, coupe Lorrain. En revanche, les puéricultrices du service de néonatologie l'ont reçu à de nombreuses reprises et ont parlé avec lui. Il faudrait les interroger…

Un des policiers se lève, empoche son bloc-notes.

– J'y vais tout de suite. On va voir si on peut réaliser un portrait-robot.

Une idée te traverse.

– La cadre de la maternité ! Il l'appelait pour prendre de mes nouvelles quand j'étais là-bas. Apparemment, il lui avait laissé son numéro de portable. Elle l'a peut-être encore !

– C'est probablement un portable prépayé qui ne nous mènera nulle part mais on va essayer.

Il s'éloigne au pas de course. Ta tension retombe et les larmes te montent aux yeux.

– C'est ma faute. J'ai demandé qu'on interdise ses visites. N'ayant plus accès au bébé, il l'a enlevé.

– N'inversez pas les responsabilités, rétorque Llorca d'une voix ferme. C'est lui qui enfreint la loi, pas vous. Maintenant, allons chercher ce fameux livret de famille.

Tu t'apprêtes à te lever quand le policier qui examine ton portable t'arrête.

– Vous saviez, madame, que vous aviez un mouchard sur votre téléphone ? C'est vous qui avez installé ça ?

Tu te penches sur une icône inconnue, parfaitement discrète. Et soudain, tu repenses aux vibrations intempestives, au profil de messagerie impossible à supprimer et à ce matin où, durant près d'une heure, tu as cherché ton téléphone avant de le retrouver sur ton lit.

– C'est lui, vous croyez ?

– Nos techniciens nous le diront. En tout cas, ce genre de mouchard dernière génération est très élaboré. Quelqu'un de mal intentionné peut lire vos messages, récupérer vos photos, écouter vos conversations et vous pister où que vous alliez. Récemment, on a vu des hommes violents traquer leurs ex-compagnes avec ce truc-là et les retrouver alors qu'elles se planquaient.

Il glisse l'appareil dans un sachet sur lequel il écrit ton nom.

– On embarque votre téléphone, on va voir si nos informaticiens peuvent remonter jusqu'à l'adresse IP qui réceptionne les infos. Souvent, ce type d'appli nécessite un appairage avec un autre téléphone qui traite les données prélevées. Pour vous espionner, il est obligé de maintenir un lien et ça pourrait être le défaut de sa cuirasse.

– On n'a pas affaire à un amateur, conclut Llorca en t'accompagnant jusqu'à ta chambre.

Tu fouilles dans ta valise puis dans le sac à langer et enfin dans le placard. Le livret de famille ne se trouve nulle part.

– Je vous assure qu'il était là, dans ce sac à langer.

– Je vous crois, dit la policière d'une voix apaisante. Cet individu est très fort, il ne laisse rien au hasard.

Je vous crois.
Je vous crois.
Je vous crois.

Moins d'une heure après le départ des policiers, le son lancinant d'une sirène vous rassemble devant le téléviseur pour la première diffusion de l'alerte enlèvement.

Noé, nourrisson de sexe masculin âgé de dix jours a été enlevé mardi 14 avril en fin d'après-midi dans le service de néonatologie où il était hospitalisé à Paris. Il était vêtu d'un pyjama en velours bleu ciel avec un col blanc et d'un body blanc. Son siège auto est noir avec un liseré rouge et porte le logo de l'APHP sur le côté. C'est un bébé fragile qui nécessite une surveillance particulière en milieu pédiatrique.

Le ravisseur potentiel est un homme de 35-40 ans, qui se ferait passer pour son père. Il est décrit comme étant de grande taille, épaules larges, cheveux courts plutôt sombres, peau claire. On ignore comment il se déplace.

Attention, cet individu est susceptible d'être armé et dangereux. Si vous le repérez, n'agissez pas seul.

Contactez immédiatement le numéro vert qui s'affiche en bas de votre écran.

À côté du portrait-robot que la police t'a montré, un peu plus tôt dans la soirée, s'affiche la photo de Noé, en gros plan. Celle, précisément, que tu as envoyée à tes proches en fin d'après-midi.

Sophia pleure à chaudes larmes.

– Ne t'inquiète pas, chuchote Madeline en passant un bras autour de ses épaules. Avec l'alerte enlèvement, les enfants sont toujours retrouvés.

– Pas tous ! objecte Coline qui n'en rate pas une. Certains sont décédés avant.

Sans préavis, Madeline déplie son corps immense et lui assène une gifle cinglante. Coline hurle et l'infirmière de nuit surgit aussitôt.

– Non mais ça va pas bien, madame Sanogo ! Vous trouvez qu'on n'a pas assez de soucis comme ça ?

Madeline redescend aussitôt.

– Pardon, je suis désolée… Je me calme ! Mais avouez qu'elle l'a bien cherché !

À la fin du journal télévisé, après un énième bulletin météo qui parle, une fois encore, des pluies diluviennes et de la fermeture des voies sur berge, l'alerte enlèvement revient à l'écran. Tu regardes ton bébé avec sa petite bouche en cœur, ses yeux à peine ouverts, ses mains aux ongles minuscules…

– Mon Dieu ! Mes parents vont voir ça. Je ne peux même pas les appeler, c'est la police qui a gardé mon téléphone.

– Vous pouvez téléphoner depuis mon bureau, propose le psychiatre que tout le monde croyait parti.

Tu te retournes. Il est là, l'air soucieux, debout dans l'embrasure de la porte, face au téléviseur.

– Vous allez dormir là, monsieur ? demande Madeline.

– Vous voulez dire dans le service ? Oui, il y a des chances, vu les circonstances.

– On pourra venir vous border dans votre bureau ? lâche Solène surexcitée. Je connais plein de berceuses !

Malgré ou à cause de la tension nerveuse, certaines patientes gloussent comme des collégiennes devant un croquis de pénis en cours de biologie.

– Mais ferme ta gueule, Solène, souffle Madeline excédée.

Pour toute réponse, la jeune femme lui tire la langue.

– Elles sont incorrigibles ! constate le psychiatre en retournant auprès de ses collègues.

Noé, si petit, si frêle, quasi prématuré, est dehors, loin de toi, aux mains d'un inconnu obsédé par lui. Un type qui n'a pas hésité à usurper l'identité de Camille, à tuer à deux reprises, à s'introduire dans ta chambre pour te scarifier, déchirer tes draps, laisser sa trace. Et, probablement aussi, pour subtiliser ton portable et accéder à tes communications. Tu réalises que, dans le feu de l'action, tu n'as pas dit à la police que tu le soupçonnais d'être entré dans ton appartement pour récupérer tes affaires. Qu'as-tu oublié d'autre ?

Sans ton téléphone, tu te sens nue et encore plus impuissante. Tu ne sais pas quoi faire de tes mains. Rosa, l'aide-soignante de nuit, vous propose de jouer au scrabble. Le docteur Lorrain se joint à vous. Il parvient à vous distraire en posant des mots impossibles dont il livre des définitions hautement fantaisistes.

– C'est du propre ! marmonne Madeline, incapable de se concentrer. À toi, Betty. Essaie de mettre un mot qui existe.

Tu poses quelques lettres, l'esprit ailleurs. Où peut bien être ton fils, à présent ? Est-ce que son ravisseur est capable de prendre soin de lui ? Est-ce qu'il a acheté du lait, des biberons ? Est-ce qu'il lui a laissé le doudou qui transporte ton odeur ?

La dernière lettre posée, l'aide-soignante et le médecin disparaissent dans la salle de soins. Solène éteint le téléviseur et rejoint sa chambre. Tu la regardes s'éloigner avec son pyjama en pilou rose et ses énormes chaussons en forme de têtes de chien. Une petite fille qui a eu un bébé...

Madeline se roule une dernière cigarette et sort la fumer dans le jardinet.

– Et pour changer, il flotte ! grogne-t-elle en se tenant sur le seuil, main tendue à l'extérieur pour éviter de laisser entrer la fumée.

Tu t'appuies sur le dossier d'un fauteuil, face à la porte ouverte.

– Tu crois qu'ils vont le retrouver ?

Elle crache un long panache de fumée en direction de la cour.

– Noé ? Mais bien sûr ! N'écoute pas cette pimbêche de Coline, faut toujours qu'elle fasse son intéressante, celle-là !

Elle cueille un brin de tabac au bout de sa langue et s'en débarrasse d'une pichenette.

– Je l'ai encore dit à personne mais il se pourrait que mon mari soit libéré très prochainement. On devrait se retrouver tous les trois, Noé, Camille et moi.

Elle te sourit. Un pauvre sourire rongé par la fatalité. Les patientes arrivent mal en point et repartent quand elles vont mieux. Est-ce que ce sera son tour, un jour, de rentrer chez elle, joyeuse et guérie ?

La pluie redouble soudain. Madeline soupire, tend son mégot sous les gouttes, le regarde fumer puis s'éteindre avant de le jeter dans la poubelle. Elle te rejoint, dégoulinante de pluie, et t'entoure de ses bras. Tu te laisses aller comme un bébé qui cherche la consolation d'une étreinte.

– Promets-moi quelque chose ! souffle-t-elle à ton oreille. Promets-moi de ne jamais revenir me voir !

– Hein ? Mais ça va pas ? Bien sûr que je vais revenir…

– Non, Betty, non ! Surtout pas !

Tu ris, affolée de son ton grave.

– Même avec des chamallows ?

Elle te serre de toutes ses forces avant de te relâcher et de reculer. Elle a le visage couvert de larmes mais un air plus déterminé que jamais.

– Je suis sérieuse. Ne reviens pas. Y a rien pour toi, ici. C'est la folie, c'est la souffrance, c'est la mort. Il faut que tu laisses tout ça derrière toi. Tu dois vivre. Jure-le !

– Non, je peux pas…

– Tu m'oublieras, Betty. Pour toi, ici, c'est juste une parenthèse qui va s'effacer. Tu mérites d'avoir une belle vie, crois-moi !

Cette fois, c'est toi qui lui ouvres tes bras et tu la serres à ton tour, comme si cela pouvait alléger un peu sa douleur. Dans le brouillard de tes larmes, tu vois le psychiatre entrer dans la pièce puis, vous voyant ainsi enlacées, faire aussitôt demi-tour.

Vous regagnez la chambre que vous partagez désormais. Les infirmières ont pris soin d'y ramener ton lit qu'elles ont casé tant bien que mal sur le côté, tout près du lit à barreaux où Pablo ronfle depuis deux bonnes heures. Tu le regardes avec tendresse avant de te tourner vers ta voisine de chambre.

– J'ai beaucoup appris avec toi, tu sais ? Le doudou sur les seins, jamais j'y aurais pensé. Tu peux pas savoir comme ça me rassure que Noé soit parti avec... J'espère que son ravisseur lui a laissé !

Madeline fouille sa table de nuit. Il lui reste un Carambar qu'elle partage aussitôt en deux. Le caramel s'étire jusqu'au point de rupture.

– On se relavera les dents, dis-tu pour te donner bonne conscience.

– Bien sûr !

Tu as peine à croire que tu suces un bonbon, assise sur ton lit, alors que ton fils est quelque part dans la nature, aux mains d'un inconnu. Comme si l'information ne parvenait pas vraiment à s'inscrire en toi. Que tu te refusais à comprendre, à souffrir de l'angoisse, à affronter la réalité. À chaque instant, ton esprit te ramène à des choses légères, comme ce haut de pyjama *Twilight* que porte Madeline.

– Ce Pattinson, tu le trouves si sexy que ça ?

– Non, c'est juste pour faire la folle ! C'est son personnage qui me plaît, mais si ça se trouve, il est mou du cul.

Elle rit, se penche, saisit sa bouteille d'eau et avale une longue gorgée pour rincer sa bouche des débris de caramel.

– En vrai, tu le répètes pas, hein ? Celui que j'aime comme c'est pas permis, d'ailleurs c'est pas permis, c'est le docteur Lorrain ! Ça c'est un vrai mec !

– Lorrain ? Avec ses polos de toutes les couleurs et son collier de nouilles ?

– Justement ! Il porte son collier pour pas faire de peine à ses gamins, ça c'est un mec bien. Il s'en fout de ce que pensent les autres. Il pourrait même venir bosser en tongs ou en jupe plissée, on le respecterait parce qu'il est juste. C'est pas comme ces types qui roulent des mécaniques avec leurs fringues chères, leurs cravates en soie ou leurs belles bagnoles. Qu'est-ce qu'on en a à foutre de leur bagnole de course si c'est des têtes de con ?

Malgré l'angoisse qui t'étreint, tu ris de bon cœur. Quand Madeline est lancée, elle est intarissable.

– Mais un mec comme le docteur Lorrain, c'est pas pour moi. De toute façon, les mecs vraiment bien, y a toujours quelqu'un qui les a vus avant. Moi, j'me tape les invendus. Les mecs en solde. Y en a des pas mal, remarque… Le père de Pablo, c'était pas un con, il avait étudié la philosophie, il parlait comme sur France Culture. Jusqu'au moment où je lui ai dit j'étais enceinte… Pfuit ! Volatilisé, le philosophe ! Tiens, regarde !

Elle fouille son sac, en sort son portefeuille et te montre la photo d'un beau jeune homme au sourire avantageux.

– Je la garde pour Pablo, qu'il voie à quoi ressemble son père le jour où il voudra savoir. Et là, c'est moi quand j'avais huit ans.

Tu te penches sur la photo d'une petite fille à la peau brune, aux cheveux tortillés et au corps déjà potelé.

– J'étais belle, hein ?

Elle soupire, tâte ostensiblement ses hanches plantureuses, sa poitrine opulente.

– Parfois, j'oublie que j'ai changé, que j'ai cinquante kilos de trop. Franchement, si on se voyait tel qu'on est, tu crois qu'on pourrait se supporter ? Y aurait plus assez de trains pour tous les gens qui voudraient se jeter dessous !

Tu l'écoutes sans rien dire. Elle te saoule de bavardages et, à cet instant précis, c'est de cela dont tu as besoin. L'ivresse de la conversation contre le silence de la peur.

– Quand j'étais petite, poursuit Madeline, en pointant la photo, je voulais être danseuse. Tu l'imagines la petite ballerine métisse avec ses kilos autour de la ceinture dans un joli tutu blanc ? Déjà, la danse classique, dans ma ZUP, y en avait pas. Fallait aller à Paris et ça coûtait trop cher. Les chaussons, le justaucorps, les collants, c'est des trucs pour les gosses de riches.

– Alors, tu n'as pas pratiqué la danse ?

– Si ! Mais toute seule, dans ma chambre ! Ma mère m'avait bricolé un tutu avec un vieux maillot de bain et un bout de rideau froncé tout autour du ventre. J'avais une drôle d'allure mais j'étais heureuse. Je dansais toute la journée.

Une vague de tristesse assombrit son regard.

– Aujourd'hui encore, quand je vais à la mer, je me baigne loin, tellement loin que personne peut me voir. Et là, je danse dans l'eau. Je tourne, je virevolte, j'invente des figures. Je pèse plus rien. Je te jure, j'ai huit ans, un chignon et un tutu rose et je fais les plus beaux entrechats de l'univers. Tu crois je suis folle ?

– Non, ma belle ! Ça, ce n'est pas de la folie ! C'est du génie.

Comme il fallait s'y attendre, tu n'arrives pas à dormir. Madeline a fini par s'assoupir, avec ses rêves d'arabesque et de pirouette. Mais toi, tu ressasses ta folle soirée et les questions défilent dans ta tête.

Que va dire Camille lorsqu'il apprendra que votre bébé a été enlevé ? Est-ce qu'il va t'en vouloir de ne pas l'avoir assez protégé ? Est-ce qu'il va te quitter, maintenant que tu n'as plus d'utérus pour lui donner d'autres enfants ?

Une petite voix intérieure te souffle que c'est de ta faute. Que tu aurais dû insister plus encore quand Édith, la sage-femme mal embouchée, t'a renvoyée de la maternité, quitte à crier pour qu'on t'entende et à accoucher sur le carrelage au milieu de la salle d'attente. Tu aurais pu provoquer un esclandre et dénoncer la désinvolture dont on faisait preuve à ton égard. Tout plutôt que cette mise bas solitaire et sordide à quatre pattes sur ton parquet, avec les conséquences qu'on sait.

Tu aurais dû. Tu n'as pas osé. Tu n'as pas su. Nul besoin d'un fouet pour se flageller. L'habitude suffit.

Fautive, coupable. De rien et de tout, comme toujours. Un souvenir d'enfance te percute.

Tu as sept ans et, comme chaque année, vous passez les vacances de fin d'année dans la maison de tes grands-parents, au bord de l'écluse. Même si le trafic fluvial est limité en cette période, ils demeurent enchaînés à la manivelle qui ouvre et ferme les vantelles au passage des péniches. Pour les années à venir, on parle d'une possible automatisation de l'écluse qui les rend chagrins.

Vous fêtez donc Noël dans la vieille baraque glaciale, aussi sinistre en hiver que la rivière canalisée sur laquelle donnent les fenêtres. Ton oncle et ta tante ne font qu'un passage éclair, rien ne leur déplaît autant que séjourner dans les chambres humides au papier peint désuet. Très vite, ils repartent préparer leur réception du Nouvel An et laissent Benoît avec vous.

À dix ans, ton cousin est un beau garçon aux traits délicats et à l'élégance naturelle. Enjôleur en présence des adultes, il passe pour un parfait petit gentleman qui se montre serviable, poli et d'une sagesse exemplaire. Il sait se mettre en valeur et prononcer les mots aimables que l'autre attend et qui le flattent, sans excès. En coulisses, c'est différent. Sous ton regard effaré, il multiplie les bêtises, brise, chaparde et déchire avec acharnement tout ce qui se trouve à sa portée. Rideaux, draps, tapisserie, ameublement, vaisselle, partout où son regard se pose, ses mains se tendent aussitôt pour laisser sa trace haineuse. Car il hait, c'est pour toi une évidence. En chaque chose, il se venge comme si une pulsion destructrice le tenaillait continuellement. Mais, avec une habileté que tu lui envies, il ne se fait jamais prendre. Car la coupable idéale de chacun de ses méfaits, c'est toi. Il t'a vue, il t'a surprise en pleine action et le dit avec un tel aplomb qu'il finirait par t'en convaincre. Souvent, au moment de te dénoncer, il prend l'air navré de l'enfant qui sait que c'est mal de rapporter et il feint même de te défendre, voire d'endosser tes prétendues fautes. *Ne la punissez pas, elle est petite, elle ne comprend pas qu'il faut respecter les affaires des autres*. Tandis que tu étouffes de rage devant ses accusations répétées, on rend hommage à son bon fond et à sa générosité. Mais on lui explique que tu dois être punie car on a retrouvé, à l'endroit qu'il a indiqué, les débris du vase bleu, les pompons arrachés aux rideaux, les couverts qui ont disparu du tiroir, le tournevis qui a servi à rayer le buffet. Et on te sanctionne sévèrement pour t'apprendre à réprimer le mal en toi. Tu peux bien protester, dire que tu n'y es pour rien, que c'est lui, que tu l'as vu ! *Et en plus, tu oses accuser ton cousin ? Que c'est mal, Mélanie, de ne pas reconnaître ses torts !* Te voilà consignée dans ta chambre, privée des cadeaux que tu n'as fait qu'entrevoir sous le sapin et contrainte, pour obtenir le pardon parental, de t'excuser encore et encore pour des forfaits que tu n'as pas commis. Et, toujours, en arrière-plan, le sourire narquois de Benoît. Sa jouissance est à la mesure de ta peine et de ton effroi. Alors, comme si la culpabilité qu'il n'éprouve aucunement devait trouver à se loger, tu l'héberges. Tu lui signes un bail perpétuel.

Ton insomnie s'installe sans bruit. Vers une heure, n'y tenant plus, tu quittes la chambre sur la pointe des pieds. Les couloirs sont éteints, seules te guident les veilleuses en bas des murs et au-dessus des issues de secours. Un rai de lumière dessine la porte du bureau infirmier. Les soignants veillent. Tu t'installes dans la salle d'activité. Le vent s'est levé, la pluie cingle les vitres. Par endroits, elle s'infiltre et forme des flaques sur le carrelage. Sans allumer le plafonnier, tu prends place devant le téléviseur et te branches sur les chaînes d'information en continu. Tu espères avoir des nouvelles de ton fils. Qui sait, il a peut-être été retrouvé sain et sauf ? On va te le ramener au petit jour, après un examen médical.

Mais les journaux se concentrent sur les inondations qui affectent le nord du pays. Dans la soirée, plusieurs affluents ont débordé de leurs lits. Des routes coupées provoquent des kilomètres d'embouteillages, tandis que des hameaux se retrouvent isolés. Ici et là, des véhicules abandonnés en hâte accentuent le chaos et les autorités appellent au calme et à la discipline. Surpris par la montée des eaux, des automobilistes ont trouvé refuge dans une chapelle située sur un promontoire tandis que des voyageurs désorientés sont accueillis dans un gymnase.

– Cependant, c'est la crue de la Lawe qui inquiète les autorités, précise la journaliste, tandis que s'affiche une de ces cartes simplifiées dont les journaux télévisés raffolent. Cette rivière fait d'ores et déjà l'objet d'une surveillance renforcée. Reportage sur place de Julien Masse et Corine Mandelieu…

– Gonflée par ses affluents et les pluies diluviennes, commente la journaliste cramponnée à son parapluie, la Lawe a, depuis longtemps, dépassé sa cote d'alerte et une de ses digues est particulièrement surveillée. Par prudence, les populations alentour sont en cours d'évacuation. Il faut dire que la digue du Touret est un ouvrage déjà ancien, un merlon de terre qui devrait faire l'objet, prochainement, de travaux de renforcement...

– Rien de nouveau, si c'est ce que vous cherchez.

Tu sursautes. Le docteur Lorrain s'est assis dans le fauteuil contigu. Il paraît las.

– Je vous ai réveillé ? demandes-tu en coupant le son du téléviseur.

– Non. Je réfléchissais à cette affaire. Vous non plus, vous n'arrivez pas à dormir ?

Tu ouvres les mains en signe d'impuissance.

– J'ai trop d'angoisse pour Noé. Il est si petit ! Qu'est-ce qu'il peut comprendre à tout ça ? Je n'arrête pas de penser à lui, à ce qu'il doit ressentir.

– Il y a certainement des manières plus sereines de devenir mère.

Il te propose un anxiolytique léger, afin que tu dormes quelques heures. Tu refuses. Il hoche la tête.

– Un jour, il faudra m'expliquer pourquoi c'est si compliqué d'accepter l'aide qu'on vous offre.

– J'ai peur, peut-être..., dis-tu en te tournant vers lui. Qu'on me juge, qu'on pense que je suis faible.

Il lève les sourcils. Tu te ravises.

– À la réflexion, faible ou fort, ça change quoi ? Non, c'est plutôt l'habitude de me débrouiller seule. Ou la crainte d'être trahie...

– Ah bon ?

Tu croises son regard et tu baisses les yeux.

Tu peux encore reculer et te taire.

Tu parles.

– Quand j'avais quinze ans, pendant les vacances, j'ai eu un… problème.

Silence. Tu précises.

– Un rapport non protégé.

– Consenti ? demande-t-il à mi-voix comme s'il s'agissait d'une question anodine.

– Pas très.

Tu hésites.

– Non, pas du tout. Mais à l'époque, j'étais perdue. Consenti ou pas, je ne savais plus. J'ai dit non sur tous les tons mais pour ce qu'il comptait, ce non ! Je n'ai pas réussi à l'empêcher, c'est tout. Le gars m'a eue par surprise, il était nettement plus fort que moi.

Tu contemples son visage grave, ses sourcils froncés. Alors seulement, tu comprends. Deux décennies plus tard, dans un effet d'après-coup saisissant, énoncer ce que tu as vécu en change la qualification. Tu as dit non, on est passé outre. Ton « problème » est un viol. Et rien d'autre.

L'angoisse monte à l'assaut avec une violence inouïe.

À la fin de ton adolescence, lorsque tu es partie étudier à Paris, tu as bâti en toi un mur qui empêchait tout retour en arrière. L'enfance ? Tu n'en parlais plus, cela n'avait donc pas existé. Force est de constater que, depuis la naissance de Noé, ton rempart d'oubli s'effrite à vive allure. Il te livre aux émotions enfouies. Plus rien ne te protège.

– Continuez, suggère Lorrain. Vous disiez qu'on vous avait trahie…

– Après l'agression, paniquée à l'idée de tomber enceinte, je suis allé à la pharmacie. Je me sentais tellement seule avec ce... ce truc qui venait de m'arriver. Je ne savais à qui m'adresser.

– La pharmacie, c'était une bonne idée.

Au milieu du chaos de l'angoisse, cette parole de validation te fait du bien.

– Là, j'ai expliqué que j'avais eu un rapport non protégé.

– Un bel euphémisme ! souligne le psychiatre. Et qui situe délibérément la faute de votre côté.

– Je... J'avais tellement honte, vous comprenez ?

– J'entends.

Il marque un temps de silence avant de préciser.

– La honte est volatile. Quand l'agresseur ne l'éprouve pas, elle se pose sur la victime. C'est la double peine.

– Voilà. La pharmacienne était une amie de ma grand-mère. Elle s'est montrée très gentille, elle m'a tout de suite proposé la pilule du lendemain et elle m'a apporté un verre d'eau pour que je la prenne sur place. Cette bienveillance, c'était tout ce dont j'avais besoin, à ce moment-là. Mais ensuite, elle a tout raconté, à ma grand-mère ! L'intention était bonne, mais ça a été terrible.

Tu secoues la tête, accablée par les souvenirs qui défilent en toi.

– Ma grand-mère, choquée, l'a répété à ma mère. Qui m'a seriné sa morale pendant des heures. Pureté et trésor de la virginité, la bonne blague ! Comme si mon corps l'avait préoccupée, jusque-là ! Mon père m'a prise pour une traînée. Si je quittais la maison, c'est que j'allais coucher avec le premier venu. Et qu'allait-on penser de lui à la caserne ? Je le déshonorais.

– Ou comment passer de victime à coupable.

– Le pire, c'est qu'ils ont demandé à mon cousin de jouer les chaperons. Il s'est mis à me suivre partout avec la bénédiction de mes parents…

– C'est lui votre agresseur ? Benoît ?

– Comment avez-vous deviné ?

– Simple supposition. Vous avez parlé de lui à l'infirmière et, ici, on travaille en équipe, avec le secret médical partagé. J'imagine que ce n'était pas la première fois.

Les larmes montent, ta voix s'étrangle. Tu secoues la tête.

– Dès qu'il avait l'occasion, il… me touchait. Il était obsédé par moi. Depuis que j'étais petite, il m'obligeait… Je suis désolée, je ne peux pas.

La mémoire est un marécage. Dans ses eaux troubles, des boues toxiques, des déchets, des cadavres. Tout ce qu'on a dû enfouir, en hâte, faute de pouvoir le traiter. Ce qu'il confisque dans sa puanteur, le marécage finit toujours par le rendre.

– Ça a duré des années, dès que j'étais seule avec lui. Au début, c'était comme un jeu. Il disait que j'étais sa poupée chérie, qu'il devait s'occuper de moi. D'ailleurs, il était fasciné par mes poupées. Petit, quand on partageait la même chambre, il en prenait toujours une pour dormir. Il la serrait si fort que j'avais mal pour elle.

Tu frissonnes.

– Plus tard, il s'est mis à les déshabiller. Parfois, devant moi, il les caressait, les embrassait, les léchait entre les jambes. C'était si bizarre ! J'étais tétanisée.

J'avais l'impression que c'était à moi qu'il faisait ces choses.

– Mais c'était sans doute le cas. Une sorte de déplacement…

Tu frissonnes.

– Un jour, je l'ai surpris avec un cutter, en train de leur lacérer le ventre et les cuisses. J'ai eu mal au bide, c'était violent ! Je l'ai supplié d'arrêter, mais il a continué. Son sourire était tellement dérangeant.

Tu cherches le regard de Lorrain et il t'encourage à poursuivre.

– Vous sentiez que ça ne tournait pas rond.

– Oui ! Et j'avais peur, de lui et pour lui.

– Je ne comprends pas…

– Je sais. C'est toute mon ambivalence. J'avais peur de Benoît, mais je ne voulais pas qu'on lui fasse du mal, vous comprenez ? Si mon père l'avait vu avec une poupée, il l'aurait mis à la porte. Un garçon, un futur soldat élevé dans le culte de la virilité ! Il était loin de se douter de ce qui se tramait sous son toit et quand j'essayais d'en parler, il coupait court.

– Il ne voulait pas savoir ?

– Mes parents n'acceptaient pas que je me plaigne de Benoît. Je devenais la méchante fille qui refuse de partager ses parents et ses jouets avec son malheureux cousin. Je crois qu'ils étaient fiers de l'avoir sauvé de la mort et il leur était insupportable qu'on critique leur petit miraculé.

– Le loup dans la bergerie, commente le psychiatre. Par leur faute. Voilà qui aurait été difficile à affronter.

Tu laisses le silence s'installer, attentive aux souvenirs qui affluent.

– Poursuivez, t'encourage Lorrain.

– Ensuite… il a grandi et il a délaissé les poupées.

Tu regrettes déjà ces derniers mots.

– Et il s'est mis à vous traiter comme une poupée. D'ailleurs, il continue.

Il désigne ta main qui, depuis que tu parles, frotte machinalement ta cuisse là où les scarifications commencent à cicatriser. Tu tressailles.

– Je n'avais pas fait le rapprochement. Oh mon Dieu, c'est bien lui ! Il est de nouveau là !

Tu poses tes mains sur ta poitrine dans l'espoir d'atténuer l'angoisse qui devient insupportable.

– Je reviens tout de suite ! prévient le médecin en se levant.

Le temps d'un aller-retour jusqu'à la salle de soins, il te tend un petit comprimé blanc.

– Laissez-le fondre sous la langue, ça devrait vous apaiser et vous permettre de poursuivre.

À peine as-tu glissé le cachet entre tes lèvres que tu fonds en larmes.

– Vous voyez, dis-tu entre deux sanglots, je ne sais pas résister. J'ai dit non tout à l'heure et là, je vous obéis comme une petite fille soumise.

– Vous ne m'obéissez pas, vous consentez à recevoir de l'aide. Croyez-moi, ce n'est pas pareil.

Il te laisse pleurer, patiemment. Une force intérieure te pousse à continuer ton récit.

– En présence de Benoît, j'étais tétanisée. Conditionnée à lui obéir. Une vraie fille de militaire, élevée en caserne. Et puis, il racontait qu'on était amoureux, que j'étais unique, qu'on avait de la chance de vivre un amour pareil. Que ça n'arrivait pas souvent. Je… Je ne connaissais rien à l'amour, alors je l'écoutais. J'avais tellement besoin d'être aimée.

Tu te penches, pioches une poignée de mouchoirs et y enfouis ton visage.

– Ce n'était pas cet amour-là que vous espériez.

– Bien sûr, mais Benoît avait le don de m'embrouiller. Parfois, à force de l'entendre ressasser les mêmes histoires, je finissais par imaginer que, moi aussi, j'étais amoureuse. Pourtant, dès qu'il me touchait, je me sentais mal. Je voulais que ça s'arrête, mais je n'arrivais pas à lui échapper.

L'excitation le rendait menaçant. Que tu résistes et il sortait son cutter fétiche, la respiration haletante, comme s'il était pressé de s'en servir. Tu vivais dans la terreur qu'il te coince quelque part.

Tu te mouches. L'angoisse, peu à peu, cède la place à une profonde tristesse.

– Dans certaines circonstances, dit lentement Lorrain, obéir peut constituer la seule solution tenable. Il faut sauver sa peau.

Tu hoches la tête. Tu aimerais tellement l'admettre.

– À quel moment ça a pris fin ?

– Tout de suite après l'épisode de la pilule du lendemain. Il était allé plus loin que d'habitude et l'idée de tomber enceinte m'a terrorisée. Cela m'a donné la force de lui résister. J'ai compris que pour sortir de son emprise, je devais absolument l'éviter.

– En effet !

– Les années qui ont suivi, j'ai rusé. Je me faisais inviter chez des amies pour les vacances, je partais en voyage linguistique, je participais à des chantiers de jeunesse en Ardèche. Tout plutôt que de me retrouver entre ses pattes. Benoît a continué de me harceler aux fêtes de famille, alors j'ai cessé d'y aller. Il ne m'a plus touchée. Enfin, jusqu'à la semaine dernière.

– Et vos parents n'ont jamais rien su ?

Tu hésites en songeant à ta mère, au téléphone. Qu'a-t-elle compris au juste ? Et pourquoi t'avoir raccroché au nez ?

– Ils n'ont rien voulu savoir, plutôt. Jamais ils ne m'ont crue. Pour eux, j'étais une tordue, je voulais me rendre intéressante. Benoît pouvait abuser de moi en toute impunité. Quoi que je dise, c'était de la calomnie à l'égard de mon si gentil cousin. Tais-toi et prends exemple sur lui, qu'ils disaient. Ils étaient sous son emprise, eux aussi.

Tu mens.

Tu inventes.

Tu racontes des histoires.

Sale perverse.

Ces paroles si bien intégrées que tu n'en distingues plus l'origine, ne les répètes-tu pas toi-même chaque fois qu'un souvenir tente d'émerger ?

L'incrédule est peu cru. Son doute est communicatif, sa tendance à se justifier paraît suspecte.

Moins on le croit, moins son discours est audible. Le doute appelle le doute. Le doute impose de se taire.

Mais pourquoi douter autant ?

Ton corps se souvient.

Ton corps ne ment pas.

Un jour, pourtant, tu leur as raconté.

Tu as dix-neuf ans et tu te consacres à tes études. Rien d'autre ne compte. Une bonne manière de ne pas penser. Et, victoire ! Tu es admise en cursus de scripte à la Fémis, la prestigieuse école de cinéma. Tu cherches une colocation. Tes parents sont très inquiets, ton père surtout. Sa traînée de fille, seule à Paris. Dieu sait ce qu'il imagine !

À quelques jours de la rentrée, pendant un repas dominical, il t'annonce qu'il s'oppose à ton départ. Ce concours, obtenu de haute lutte, tu dois y renoncer. D'abord médusée, soudain tu exploses. Tu leur jettes à la figure tout ce que tu avais cru enfoui, oublié. Ton cousin machiavélique, ce que tu as subi durant ces années, ta solitude face à lui. Et leur aveuglement…

– Ça leur allait bien de s'inquiéter de ma moralité alors qu'ils avaient ignoré mes signes de mal-être et mes appels au secours. J'ai tout balancé. J'étais déchaînée. Les paroles de mon père m'avaient tellement blessée !

Tu soupires. Le souvenir est cruel quand l'amnésie semble si douce.

– Le plus étrange, c'est qu'en leur parlant, j'ai redécouvert ce qui m'était arrivé. À force de fuir mon enfance, ma mémoire s'était sédimentée. Elle me laissait tranquille. Mais là, je « m'entendais » pour la première fois. Quel choc !

– Ce sont donc les accusations de votre père qui ont entamé votre refoulement.

– Oui. C'était tellement injuste ! Il me prenait pour une « fille facile », le summum de sa honte. Alors que j'étais complètement inhibée. J'évitais les soirées, j'étais terrifiée de rester seule avec un homme ! Une peur intense que je ne m'expliquais pas. La seule relation que j'avais eue avait tourné court : le gars n'avait pas réussi à… me pénétrer. J'avais envie, pourtant, mais mon corps s'y refusait. Mon… vagin était tellement contracté, si douloureux ! Et j'étais angoissée à mort.

– Votre corps se souvenait. Il montait la garde.

– Oui, c'est dingue. Il savait ce que ma tête avait oublié. Des années plus tard, à l'occasion d'un examen de routine, une gynécologue m'a expliqué que je souffrais de vaginisme. Elle m'a demandé si j'avais subi une agression sexuelle et je me suis récrié que non ! Elle a insisté, mais je suis restée formelle. Pourtant, en lui parlant, je pleurais toutes les larmes de mon corps. Elle m'a donné l'adresse d'un psy. Je n'y suis pas allée. Trop tôt, sans doute.

Tu te tais un bref instant.

– C'est bizarre, non ? Cette mémoire qui s'ouvre par intermittence. J'ai raconté mon histoire à mes parents puis elle s'est de nouveau cadenassée. Comment est-ce possible ?

– Ça arrive, explique le psychiatre. Tout dépend de la manière dont votre récit a été accueilli.

– Ah ça... Vous n'allez pas me croire ! Mon père est sorti de table sans rien dire pour promener son chien. Je le revois s'éloigner comme si de rien n'était. Et ma mère a ri. Je suppose qu'elle était gênée, on ne parlait pas de ces choses-là chez nous.

Tu reprends ton souffle, consternée par ton propre récit. Mais, déjà, la crainte s'efface devant l'indignation.

– Elle a ri, vous y croyez ? Quel genre de mère rit quand sa fille lui raconte qu'elle a été violée ?

– *Vous n'allez pas me croire*, hein !

Tu soupires, confuse de ce tic de langage qui traduit si bien ta position dans l'existence. Tu termines ton verre d'eau, la gorge sèche.

– Quand j'y pense, leurs réactions, c'est l'horreur qui s'ajoute à l'horreur. Comme on peut être seule auprès des siens. Après cet épisode, j'ai pris mes affaires et je suis partie définitivement de chez eux. J'ai refermé le livre de mon enfance et tout oublié une seconde fois.

– Refoulé. On n'oublie rien, la preuve.

Tu quittes tes chaussures et ramènes tes genoux sous ton menton. Tu voudrais calmer ton corps labouré par la parole. Les mots te déchirent, t'écorchent, te laissent à vif. Mais tu ne veux plus te taire.

– Je ne suis pas la seule à qui c'est arrivé, je sais bien… Ne pas être crue, dans ma propre famille. Pourquoi est-ce que c'est si difficile de croire les victimes d'inceste ?

Il met quelques secondes à répondre et tu apprécies ce bref silence qui te permet d'entendre la profondeur de la nuit.

– Je ne sais pas. Parce que ça se passe dans la famille, précisément ? Le danger, c'est l'autre. L'étranger au cercle, le barbare, la personne différente à laquelle on ne peut pas s'identifier. On met en garde les enfants contre les inconnus patibulaires qui rôdent dans les ruelles sombres alors que le risque vient d'abord des proches, des semblables : un parent, un ami de la famille, un entraîneur ou un copain de promo.

Il hésite avant de poursuivre.

– Dans le cas de votre père, situer le danger à l'extérieur, c'est ce qui fait tenir son architecture interne. Reconnaître que l'ennemi est sous son toit, qu'il s'est laissé abuser par son neveu et que son jugement n'est donc pas fiable, voilà qui aurait pulvérisé son système de certitudes. Je ne sais pas s'il aurait pu, psychiquement, le supporter.

Sur l'écran du téléviseur, les mêmes informations repassent en boucle. Tu éteins et l'obscurité vous enveloppe, à peine entamée par la faible lueur qui provient du couloir. Tu te sens vide et lasse. Le sommeil te rattrape. Au moment de te lever, tu te ravises.

– Comment vous avez su ce qui se passait, tout à l'heure, pendant la réunion ?

– Vous parlez de votre « absence » ?

– Oui.

– Vous étiez dans une quasi-indifférence, comme si vous n'étiez pas concernée par la situation. C'est de la dissociation. Un mécanisme de défense fréquent en cas de traumatisme. Il arrive qu'on ne puisse ni fuir, ni se défendre, ni même appeler à l'aide. Ou bien l'aide ne vient pas, on n'est pas entendu. Ce que vous racontiez à l'instant. Alors, très tôt parfois, certains enfants se construisent des refuges de pensées, d'images, de lectures ou de vide. Ils s'absentent, se déconnectent. Ils sont là sans y être. Ils cessent eux-mêmes de croire à ce qui leur arrive, ça n'a pas lieu. Ou plutôt, ça a lieu sans eux.

– Cela me parle tellement !

– Oui. Ce n'est ni conscient, ni volontaire. On dit de ces enfants qu'ils sont dans les nuages ou, parfois, qu'ils ont un trouble de l'attention…

– C'est ce que j'entendais tout le temps : « Elle est dans son monde. » Mais personne n'a cherché à savoir pourquoi.

– Voilà. Devenu adulte, on répète ce qu'on connaît déjà. Une vie durant, on réutilise, les mécanismes de défense dont on a fait usage enfant. On ne change pas une équipe qui gagne…

On ne croit pas les victimes.
On n'a pas envie de les entendre.
Elles exagèrent, vraiment !
On voudrait minimiser leur plainte.
Majorer leur responsabilité.
Peut-être qu'elles y sont pour quelque chose ?
Peut-être même qu'elles l'ont bien cherché...
Allez savoir !

On les blâme de s'être tues autant que de ne plus se taire.
Est-ce qu'elles se rendent compte des effets de leur parole ?
De telles accusations ! Où sont les preuves ?
Une catastrophe pour l'ordre établi.
Une catastrophe pour l'autre, l'agresseur présumé.
Présumé innocent.
C'est lui, la victime !
Est-ce qu'on veut vraiment détruire sa vie ?
Peut-être qu'on se trompe ? Qu'on interprète ?

Peut-être même qu'on y a pris du plaisir... Allez savoir !

On ne croit pas les victimes.

On préfère n'en rien savoir.

Conserver l'illusion d'un monde juste et protecteur.

Qu'elles se risquent à parler et c'est toujours trop tard.

Quand ce n'est pas trop tôt.

Qu'adviendrait-il si les voiles tombaient ?

Ne rien savoir, c'est défensif et profondément humain.

Voilà ce que tu retiens de votre échange improvisé.

À force de rencontrer l'incrédulité de l'autre, tu as appris à ne compter que sur toi-même. Mais voilà que quelqu'un te croit. Pour toi qui avais renoncé à la parole, un monde s'ouvre. En acceptant de l'aide, tu quittes la position d'intense solitude où tu logeais ton être. Tu avances dans la lumière.

Tu retournes te coucher, un peu apaisée d'avoir pu te confier. Vite, dormir quelques heures pour récupérer un peu de force. Demain, quoi qu'il arrive, tu te mettras en quête de ton bébé. Tu ne peux plus rester passive. Pas après ce qui vient d'émerger. Résister. Il t'a fallu du temps pour y parvenir, mais ta conversation avec le docteur Lorrain t'a rendue plus lucide que jamais. Demain, tu retrouveras Noé. Résister. Demain...

L'anxiolytique aidant, tu finis par sombrer dans un sommeil agité.

Au milieu d'un rêve étrange, un bruit perce ton sommeil. La porte s'ouvre lentement, tu le sens au souffle d'air frais qui pénètre dans la chambre. Tu entrouvres un œil, péniblement, assez pour apercevoir une silhouette en ombre chinoise. Une infirmière qui fait sa ronde. Tes paupières se referment, tu es si fatiguée. Mais tu ne te rendors pas. Quelque chose te tient éveillée, un bruit de souffle rapide. Immobile, tu bloques ta respiration, tes sens en alerte. Lors de leur tour, les infirmières éclairent discrètement les lits avec leur torche avant de repartir. Ici, pas de torche, juste une ombre gigantesque et son halètement bestial depuis l'encadrement. Alors seulement, tu comprends. Cette respiration précipitée, tu la connais. *Il sortait son cutter fétiche et il respirait très fort comme s'il était pressé de s'en servir.* C'est *lui*. Lui qui te traque.

La terreur chasse ton envie de dormir. Benoît est là. Toujours rigoureusement immobile, comme s'il cherchait à se repérer dans l'obscurité. A-t-il vu ton lit serré contre le mur de la chambre, perpendiculaire à celui de Madeline ? Sait-il que tu es là ? Oui, bien sûr. Maintenant qu'il a Noé, c'est toi qu'il vient chercher. *Tu m'appartiens.*

Un long frisson te traverse. Impossible de lui échapper, il bloque la seule issue. Et tu es trop loin pour atteindre le cordon de la sonnette qui se trouve près du chevet de Madeline. À moins de te laisser glisser au sol et de ramper ? Mais il est trop tard. Le rythme de son souffle augmente tandis qu'il s'approche du premier lit et Madeline, réveillée par le bruit, se dresse brutalement.

– Qu'est-ce que c'est ? Qui êtes-vous ?

Il recule, surpris. Déjà, elle est debout, avec sa corpulence de géante. Elle fait face. L'homme hésite, son souffle rauque atteint son paroxysme d'excitation. Mais devant la détermination de Madeline, il recule d'un pas et une lame, furtivement, étincelle dans la lumière des veilleuses.

– Barrez-vous ! intime-t-elle d'une voix sourde.

Elle avance encore pour contraindre l'homme à dégager l'entrée.

– Barrez-vous.

Elle a parlé calmement, sans élever la voix, comme pour protéger encore le sommeil de son fils.

Tu te lèves à ton tour, les jambes tremblantes, et tu fonces jusqu'à la sonnette dont tu tires le cordon. Aussitôt, une lampe se met à clignoter au-dessus de la porte et un bip résonne dans le couloir. L'homme sursaute, semble déstabilisé une fraction de seconde, mais il t'a vu. Il tente de pénétrer plus avant dans la chambre, le poing serré autour de sa lame. Madeline fonce en travers de son chemin.

– Betty ! hurle-t-elle en le repoussant. Vite ! Fous le camp !

Mais impossible de bouger. Soudain, tu entends un cri aigu suivi d'un gargouillis. Ta compagne porte les mains à sa gorge et s'écroule sur le seuil.

– Madeline ! Non ! À l'aide !

Comme dans tes pires cauchemars, ta voix s'étrangle.

Tandis que tu te penches sur la jeune femme à terre, tu vois l'agresseur courir jusqu'à ton ancienne chambre. Tu supposes que c'est par là qu'il est entré, par cette maudite fenêtre qui aurait dû être condamnée depuis longtemps !

– À l'aide ! Au secours !

Un bruit de porte au loin. Le couloir s'allume. Les soignants arrivent en hâte. La lumière des néons éclaire le sang qui gicle en jets saccadés de la plaie carotidienne. Tu réprimes un haut-le-cœur. Rosa, l'aide-soignante, te rejoint en premier.

– Hémorragie ! crie-t-elle en appuyant sur le bouton de son DATI[1] pour lancer l'alerte agression.

Le docteur Lorrain l'écarte et s'agenouille près de Madeline. Sans hésiter, il applique ses mains sur la plaie.

– Vite ! Le chariot d'urgence et l'obus d'oxygène ! Allez !

Rosa repart au pas de course, croise Marielle qui arrive avec le matériel. Le médecin lève les yeux sur toi, constate que tu n'es pas blessée.

– Betty ! Trouvez-moi une serviette, n'importe quoi pour comprimer la plaie.

Malgré ton effroi, tu enjambes le corps de Madeline, cours jusqu'au lit, en retires le drap d'un coup sec et le lui tends.

– Très bien, ça fera l'affaire. Madame Sanogo, on est là, on va vous soigner. Restez avec nous... Allez, regardez ! Betty est là. Parlez-lui, madame Tavernier !

De sa main libre, il met son portable en haut-parleur pour passer l'alerte au SAMU tout en poursuivant son bilan. Tu t'agenouilles à ton tour auprès de Madeline, dégages son visage de ses longs cheveux frisés et caresses son front.

– Mady ! Je suis là ! Ne t'inquiète pas. On va te soigner.

Elle saisit ta main et la serre de toutes ses pauvres forces. Son regard affolé passe de l'un à l'autre, mais aucun son ne sort de sa bouche.

– Restez avec nous madame Sanogo ! Ouvrez les yeux !

1. DATI : dispositif d'alarme pour travailleur isolé.

Le médecin exerce une compression forte sur la plaie. Aussitôt, Madeline hoquette et un flot de sang rouge vif jaillit de sa bouche. Tu l'essuies avec un coin du drap.

– C'est profond, constate Lorrain soucieux.

Tu te penches vers ton amie pour tenter de la rassurer.

– Ça va aller… C'est juste un vampire qui t'a mordue !

Malgré la douleur, elle esquisse un sourire puis remue les lèvres.

– Pablo ? Il dort encore. Je m'occuperai de lui pendant ton absence…

Elle acquiesce d'un mouvement de paupière puis tousse et recrache du sang.

– SAMU, j'écoute ! dit enfin une voix dans le haut-parleur.

Le psychiatre commence par décliner son identité et sa localisation avant d'annoncer son bilan.

– Femme, vingt-huit ans, large plaie carotidienne avec choc hémorragique, probable communication avec l'œsophage. Pouls radial filant… Attendez !

Le chariot d'urgence est en place. Lorrain s'interrompt pour demander à Marielle de poser une voie de gros calibre et un soluté de remplissage. Puis il se tourne vers l'aide-soignante qui lui tend le masque à oxygène.

– Ouvre à quinze litres, Rosa ! Et prends-lui la tension. Voilà, madame Sanogo, respirez tranquillement. Ça va oxygéner votre cerveau.

Il te fait signe de tenir le masque en place. Tu te penches vers Madeline et te forces à sourire.

– Vas-y, respire, c'est bien.

Sur la plaie, le drap se remplit de sang comme une éponge. Lorrain ne relâche pas la pression.

– J'ai besoin d'un pansement compressif ! Là ! En bas du chariot.

Tu saisis le sachet qu'il te désigne et l'ouvres d'un coup sec. Il attrape le pansement et l'applique en hâte sur la plaie. Tu l'aides ensuite à le fixer solidement sous l'aisselle opposée.

– Voilà, ça devrait tenir...

– Docteur Lorrain ! interpelle le régulateur au téléphone. On vient de vous envoyer un SMUR en interne. Il sera là dans trois-quatre minutes. Et on commande deux culots de O nég. à la banque du sang, ils vont vous apporter ça très vite. En attendant, vous devez avoir de l'Exacyl dans votre chariot d'urgence. Vous pouvez lui faire un gramme en IV lente ! Ça devrait faciliter la coagulation. Et continuez de la remplir pour corriger l'hypovolémie...

– OK ! Marielle, tu prépares ça ? Deux ampoules d'Exacyl dans une poche de 100 ml à passer en intraveineuse. Rosa, la tension, ça donne quoi ?

L'aide-soignante secoue la tête.

– À peine sept !

– La perf est déjà à fond ! gémit Marielle paniquée.

– Donne-moi l'Exacyl ! Et pose tout de suite une deuxième voie.

Sans même lever les yeux, l'infirmière apostrophe les patientes rassemblées autour de vous.

– Rentrez dans vos chambres, mesdames. Laissez-nous travailler ! C'est pas un spectacle...

– Rosa ! Les patchs du défibrillateur ! siffle Lorrain occupé à brancher l'Exacyl sur le cathéter. Vite !

Le regard de Madeline devient fuyant avant de se fixer. Tu hurles.

– Elle perd connaissance !

Le médecin se penche pour palper le pouls carotidien.

– Elle circule plus. Il faut masser. Putain, il arrive quand, ce SMUR ?

Tu te redresses et te places à la hauteur de la cage thoracique.

– Je vais masser. J'ai appris.

Avant qu'il n'ait pu répondre, tu prends tes repères et commences le massage cardiaque. Très vite, le mouvement réveille ta cicatrice abdominale mais tu n'y prends pas garde. C'est Madeline, la généreuse Madeline qui s'est interposée pour que tu aies la vie sauve. Et un. Et deux. Et trois. Et quatre…

– Marielle ! Il me faut une seringue d'adrénaline. Je mets en route le DSA[1].

Déjà, les premiers infirmiers des renforts arrivent, qui renvoient les patientes dans leurs chambres. L'un d'eux t'écarte et prend le relais du massage cardiaque. Le temps que le défibrillateur établisse son diagnostic, l'équipage du SMUR est là.

1. DSA : défibrillateur semi-automatique.

Partie 7

Mercredi 15 avril

Retour dans le brouillard, cette inconsistance qui, depuis toujours, te tient lieu d'armure. Tu flottes. Tu n'as pas mal. Tout ce qui t'arrive prend des allures de fiction. Seules à conserver une forme de netteté, les paroles échangées, en début de nuit, avec le psychiatre. Curieusement, au milieu de tout ce flou, cela constitue un point de vérité qui tient.

La suite est une succession de moments déconnectés les uns des autres. Tu les traverses à distance de tes émotions. Hors sujet.

Réveillé en sursaut par l'arrivée des secours, Pablo somnole dans tes bras, ses petits doigts accrochés à ton pyjama maculé du sang de sa mère. Quelqu'un a voulu te l'enlever, mais tu as resserré ton étreinte. Pablo reste avec toi. Tu le tiens. Il te tient.

– Madame Tavernier ? On a quelques questions à vous poser.

Répondre aux policiers, deux hommes survoltés qui se répartissent les témoins dans des bureaux contigus. De l'autre côté du mur, la voix grave du docteur Lorrain. La dernière fois que vos regards se sont croisés, il sanglotait. Une ressource que tu n'as pas.

Faire et refaire le récit des événements qui se transforment déjà sous l'effet du discours.

L'heure exacte ? Tu ne sais plus, tu n'as pas regardé.

L'arme ? Pas bien vu. Une lame, un reflet brillant.

– Peut-être un cutter.

– Pourquoi un cutter ?

– Parce que…

L'agresseur ? Un homme. Grand, large d'épaules, impressionnant. Tu n'as pas vu son visage. Pas entendu sa voix non plus. Mais il respirait fort.

L'évocation de son souffle saccadé brise un instant ta bulle de survie. Tu te hâtes de la reformer comme on tire la couverture sur son corps grelottant.

– Saccadé comment ?

– Je ne sais pas… Comme… Comme quelqu'un qui va jouir ?

Qu'est-ce qui te prend de dire un truc pareil ? Le policier te dévisage, perplexe, et tu baisses les yeux. Tu te demandes quel crédit il accorde au témoignage d'une femme échevelée, en pyjama sanglant, hospitalisée de surcroît en psychiatrie ?

Parler. Parler d'une voix que tu ne te connais pas. Parler de Madeline, de toi, de ton mari otage, de ton bébé volatilisé. De Charlotte et de Mariam. Et de ce cousin qui, jusque-là, n'était qu'une vague hypothèse.

Benoît Rey. Non, tu ne sais pas où il habite. Tu n'as aucune idée de sa profession. Tu ignores le numéro de ses parents, il te semble qu'ils vivent en Suisse. À Lausanne. Ou ailleurs. Peut-être ta mère le sait-elle ? Depuis l'enlèvement de Noé, tu n'as pas eu le courage de l'appeler. Elle doit être morte d'inquiétude de ne pas parvenir à te joindre.

Déjà, les policiers lancent des recherches, donnent des instructions par téléphone. Le patronyme est courant, il doit y avoir plein d'homonymes à départager.

– Tu mets la gomme là-dessus et tu rappelles dès que tu as quelque chose ?

– Bien reçu !

Encaisser les reproches. Pourquoi n'as-tu pas parlé plus tôt de lui ? Tout ceci aurait pu être évité ! Tu protestes que tu t'es confiée au commandant Tranchet, qu'il a promis de lancer ses hommes à ses trousses. Que tu n'étais pas sûre…

Pas de preuve, on ne te croira pas.

– Tranchet, vous dites ? On va se mettre en lien.

Le policier fronce les sourcils chaque fois qu'il te regarde. Tu te sens nulle. C'est de ta faute. La vie de Madeline avait-elle moins de prix que la tienne ?

Poids de la culpabilité, encore et toujours.

L'interrogatoire terminé, tu dois laisser tes empreintes et ton ADN à la scientifique qui passe au crible toutes les traces retrouvées sur la scène de crime. Tu tends tes mains, ouvres ta bouche pour laisser entrer le coton-tige. Une vague nauséeuse te secoue. Sensible à tes mouvements, Pablo commence à pleurer. Cette fois encore, tu refuses de le confier. Tel un robot, tu lui prépares un biberon que tu lui donnes, seule, installée dans la salle d'activité déserte. Tandis qu'il tète avec application, tu contemples d'un œil morne les lieux où, hier encore, il riait aux éclats avec sa mère.

Le biberon terminé, conformément aux consignes des policiers, tu rejoins les autres patientes. Il est à peine 4 heures du matin. Au loin, dans le couloir, on a aménagé un périmètre et des hommes en combinaisons blanches se penchent sur les traces de la nuit. Au loin.

Vision floue, bruits amortis, distances indéfinissables, sensations émoussées. Tu ressasses en mode automatique, comme une tâche d'arrière-plan, les derniers vers d'un poème appris au cours préparatoire.

Et je ne sais vraiment
Où peut s'être posé
Le moineau que j'entends
Si tristement crier.[1]

À l'époque, l'évocation mélancolique de cet oiseau perdu dans le brouillard te tirait des larmes. Aujourd'hui, alors que tu ne sens même plus la branche sur laquelle tu es posée, tu comprends enfin pourquoi.

---

1. Maurice Carême, *Le Brouillard*.

Pendant qu'on interroge Marielle et Rosa, un infirmier des renforts a réuni mères et bébés dans la salle à manger. Lorsque tu entres dans la pièce, on te fixe avec curiosité puis les regards s'effacent pudiquement. Tu prends place à ta table habituelle, en face de Sophia qui semble plongée dans la stupeur. Le silence, entre vous, s'installe aussitôt. Chacune pressent le danger qu'il y aurait à le rompre. Tu jettes un coup d'œil aux visages qui t'entourent. Solène serre une peluche criarde entre ses bras nus. Coline est affreusement pâle dans la lumière crue des néons. Assise contre le mur, Mme Lagnieu paraît hébétée.

Une aide-soignante, détachée du service d'à côté, a préparé du café. Tu acceptes le bol fumant qu'elle dépose devant toi. Le temps s'étire. Assis à l'écart, l'infirmier est absorbé par l'écran de son téléphone. Tu ne sais plus très bien ce que vous attendez mais vous restez là, dans cette communauté de mères resserrée autour des bols Arcopal de l'hôpital.

Sur les visages, le ravage.

Le café noir fait l'effet d'une torpille sur ton estomac contracté. Tu repousses ton bol après la première gorgée. Pablo, dans tes bras, gesticule. Il s'amuse, à présent, à tirer sur la tétine de son biberon vide, tout en regardant autour de lui avec étonnement.

– Vous êtes sûre que vous ne voulez pas me laisser le bébé ? demande l'aide-soignante. Le temps de boire votre café ? Il va refroidir…

Tu l'entoures de tes bras, l'air farouche, et elle n'insiste pas. Bien calé contre ton torse, l'enfant délaisse le biberon et paraît soudain fasciné par ses mains. Il les examine longuement, les tourne et retourne devant ses yeux, l'une après l'autre, comme un petit chercheur qui ausculterait les propriétés d'une matière nouvelle. Puis il les rassemble, les presse paume contre paume, attentif à la sensation ainsi générée. Ensuite, il les écarte brusquement. De nouveau les rassemble. Les éloigne. Encore et encore. S'il assistait à la scène, le docteur Lorrain dirait peut-être qu'il tente de construire l'absence de sa mère, de la représenter à partir de son corps.

Peu à peu, ce jeu semble produire un apaisement et Pablo s'abandonne à la rêverie. Vous voilà, l'un et l'autre, dans les mêmes territoires. Aux confins.

Un peu avant 5 heures, la porte du service s'ouvre brusquement et vous entendez des pas précipités. Les têtes se tournent pour voir entrer Fabienne, bientôt suivie de Jeannette. Le soulagement se lit sur les visages des mères, comme si leur présence, saugrenue à cette heure, pouvait tout réparer.

– C'est bon, vous pouvez y aller, dit Fabienne en se tournant vers les soignants venus en renfort. On prend le relais.

– Merci de votre aide ! ajoute Jeannette avant de quitter son imperméable dégoulinant.

Elle a les cheveux en vrac, les traits tirés et les paupières gonflées. Tu devines qu'elle a essuyé ses larmes, juste avant d'entrer. Lorsqu'il reconnaît sa voix, Pablo sort de sa torpeur et se redresse. Il lui tend ses petites mains en geignant. Tu le laisses changer de bras et, tandis que son poids t'est enlevé, tu découvres qu'il te tenait chaud. Qu'il te tenait vivante. Qu'il te tenait.

Une fois contre Jeannette, il se love, fourre son petit visage dans son cou nu et, alors qu'il semblait jusque-là serein, il se met à pleurer. Un pleur déchirant qui vous bouleverse toutes.

– Oui, mon Pablo, tu as de quoi être triste, murmure l'infirmière en le berçant doucement. Pleure tant que tu veux…

Elle se met à arpenter la salle à pas lents, en l'enveloppant de ses bras, sans chercher à le faire taire. Et tu songes que tu aimerais qu'on te serre ainsi, toi qui ne cesses d'entendre résonner dans ta tête le dernier cri de ta compagne de chambre.

Fabienne se sert un café et vient s'asseoir près de toi. Elle ne semble pas surprise de te voir couverte de sang. Le docteur Lorrain a dû les briefer quand il les a appelées. Elle pose une main amicale sur ton avant-bras.

– Comment vous sentez-vous ? demande-t-elle à mi-voix.

Tu hausses les épaules, tu préfères ne pas savoir.

– Pablo, qu'est-ce qu'il va devenir ?

Elle grimace.

– L'Aide sociale à l'enfance devrait venir le chercher sous peu. Je suppose qu'il va être placé en famille d'accueil. Avec la mort de sa mère, il est possible qu'il devienne adoptable.

Mort. Le mot est posé. Impossible de reculer devant le réel. Quelque chose tremble au fond de toi.

– Et ses grands-parents ?

Elle baisse la voix un peu plus comme on protège un précieux secret.

– Je ne sais pas ce que vous a raconté Madeline mais il y avait des années que ses parents refusaient de la voir. Ils lui en voulaient d'être malade. Je crois que sa mère se contentait de lui envoyer des colis tous les mois.

Tu soupires, accablée.

– Oui, je sais. Des colis, mais jamais de lettre.

Maintenant que Pablo est en sécurité dans les bras de l'infirmière, tu t'autorises à retourner dans ta chambre, sous escorte, pour te doucher et t'habiller. En passant devant le lieu du drame, tu détournes le regard. Mais comment ne pas voir le sol et le mur maculés de sang au-delà de la rubalise ? Tu te penches pour ramasser un macaroni rose échoué sur le carrelage.

– Ne touchez à rien ! gronde le policier qui t'accompagne.

Tu acquiesces mais tu conserves, au creux de ta main, ce minuscule vestige de la vie d'avant.

Une fois dans la salle de bains, tu hésites à te déshabiller. Il te semble que la nudité va concourir à ton effondrement. Tu regardes couler l'eau en frissonnant. Lorsque tu te glisses enfin sous le jet, c'est pour voir avec effroi le sang de Madeline couler le long de ton corps et s'accumuler entre tes pieds nus. Tu te savonnes sans parvenir à effacer complètement les marques sombres sous tes ongles. En te séchant devant le miroir, tu remarques que ta cicatrice est boursouflée et violacée par endroits. Pourtant, tu ne sens rien, comme si ton corps était anesthésié. Tu tâtes ton ventre mou, tu détestes ton image d'après. Tu te détestes.

Tu sèches tes cheveux puis tu enfiles tes dernières affaires propres. Le pantalon de grossesse est trop large, tu dois nouer la ceinture au maximum pour qu'il tienne sur tes hanches. Ton cœur se serre devant ton soutien-gorge d'allaitement tout neuf. Tu aurais tellement voulu pouvoir donner le sein à Noé, maintenant que tu l'as enfin rencontré. Cela te semble si naturel, si chaleureux. Encore un rêve qui ne se réalisera pas, la liste est longue. Tu l'attaches, mélancolique, avant de boutonner un chemisier noir parsemé de minuscules points blancs.

Lorsque tu sors de la salle de bains, des techniciens sont occupés à relever les empreintes sur le pourtour de la fenêtre de ta chambre. D'autres tentent de repérer des traces de pas dans la boue, à l'extérieur. En te voyant habillée de frais, un OPJ te tend un sachet de scellés et confisque ton pyjama sanglant pour les besoins de l'enquête.

Entre-temps, la capitaine Llorca est arrivée. Elle semble au moins aussi éprouvée que toi par la tournure qu'ont pris les événements. Elle te fait entrer dans le bureau médical où se trouve déjà le docteur Lorrain. Très vite, tu comprends que la présence du psy est un garde-fou. Car, en ce qui concerne Noé, elle n'a pas de bonne nouvelle. Mariam, l'auxiliaire de puériculture, n'a pas réussi à décrire son agresseur. Tout ce dont elle s'est souvenue, c'est qu'un gros SUV gris métallisé était garé en double file devant le service de pédiatrie quand elle est descendue de l'ambulance avec Noé. Elle a dû contourner le véhicule sous la pluie avant de rentrer prendre l'ascenseur. Mais rien ne prouve qu'il s'agissait du véhicule qui a servi au ravisseur.

– Un SUV gris ? À part les Vélib, y a rien de plus courant, à Paris. C'est tout ce que vous avez ?

Tu croises le regard du psychiatre et y puises de la force.

– En gros, vous n'avez rien. Ça va faire quinze heures que mon fils a été enlevé et pas le début d'une piste.

– Je suis désolée. Mais un important dispositif a été déployé. Le signalement de Noé est partout, dans les gares, les aéroports et à tous les postes frontières. Nos techniciens tentent de remonter la piste du mouchard trouvé sur votre smartphone. La personne qui l'a installé s'y connaît. Le signal passe par plusieurs relais destinés à brouiller les pistes. C'est plus compliqué que prévu mais on n'abandonne pas.

– Mon cousin Benoît… Je crois qu'il était très fort en informatique. Il codait, il trafiquait des serveurs. Pour avoir la paix, ses parents lui payaient tout le matériel qu'il voulait et il fabriquait des trucs bizarres dans sa chambre... C'était un as du cryptage et de la dissimulation.

– Ça colle bien avec le profil.

Elle met fin à l'entretien pour aller coordonner son équipe.

La fatigue tombe sur toi après son départ. Tu es vidée. Tu te tournes vers le psychiatre. Il a troqué son polo maculé de sang contre un pyjama de bloc. Le col en V laisse voir son cou nu depuis que son collier de nouilles s'est cassé dans l'action. Nu et fragile. Plus encore que les patientes, il semble en état de choc.

– Vous avez assuré, cette nuit, dit-il l'air songeur. Quel sang froid ! Ici, on n'a pas trop l'habitude de ce genre de crise. Heureusement qu'on a fait un recyclage « gestes d'urgence » le mois dernier...

Sa voix est lente, éraillée.

– Je suis désolée, dis-tu la gorge serrée.

– Désolée de quoi ? Vous n'y êtes pour rien.

– Si. Depuis que vous m'avez reçue dans votre service, il n'est arrivé que des ennuis. Il faut que je parte. C'est moi qu'il cherche et c'est Madeline qui s'est sacrifiée. Comment je vais pouvoir m'en remettre ?

Il hoche la tête. Tu renchéris.

– Tous ceux que j'approche sont en danger à cause de moi. Et puis... À quoi bon rester sans Noé ? Je vais rentrer chez moi et attendre le retour de mon mari.

Tu aimerais qu'il te retienne. Le monde extérieur est désormais si inquiétant. Et qu'y a-t-il chez toi ? Un berceau vide ? Une flaque de sang sur le parquet de chêne ? Qu'il semble loin, désormais, le temps de ta grossesse, quand tu n'avais pour préoccupation que le sexe du bébé que tu portais. Comme cela te paraît futile, à présent !

Oui, tu aimerais qu'il te retienne, qu'il te supplie de rester. Mais il se contente de hocher la tête.

– OK, je vais vous remplir vos papiers de sortie. Vous pouvez aller préparer vos affaires.

Tu acquiesces. Déjà, ton corps d'automate te propulse jusqu'à ta chambre. En quelques minutes, tu rassembles tes effets et ceux de ton fils. Dans ton sac, tu glisses le livre dédicacé par Charlotte. Au moment de quitter les lieux, tu as un dernier regard pour la fenêtre, celle par laquelle Benoît a circulé à sa guise. Les montants sont recouverts de poudre à empreinte. Après ce qui s'est passé, l'hôpital va-t-il enfin se décider à la réparer ?

Le docteur Lorrain t'attend dans son bureau, porte ouverte.

– Voici le papier à déposer au bureau des entrées. Je vous ai fait aussi une ordonnance pour un anxiolytique. Après la nuit que vous avez passée, vous risquez d'en avoir besoin.

Tu prends l'enveloppe qu'il te tend.

– Merci.

– Ce n'est pas tout. Voici le numéro du secrétariat. Je veux vous revoir en consultation. Avec votre bébé. Dès que possible.

– D'accord, on viendra. J'ai encore un peu de travail. Je voudrais comprendre pourquoi j'avais si peur d'avoir un garçon.

Lorrain sourit tristement.

– La question trouve à se formuler quand la réponse affleure, non ?

– Oui. Le plus terrible, c'est que j'ai peur de ne pas savoir éduquer un garçon. Comment faire pour qu'il ne devienne pas un violeur à son tour ? Mais si j'avais eu une fille, j'aurais été morte de trouille qu'il lui arrive... Qu'il lui arrive des bricoles, comme disait ma mère.

– Des bricoles. Presque rien...

Tu glisses les papiers dans ton sac et serres longuement la main qu'il te tend.

Tu cherches Pablo pour lui dire adieu. Tu le trouves en salle d'activité, endormi, la tête sur l'épaule de Jeannette.

– Vous partez déjà ? dit-elle en voyant ta valise.

– Oui, c'est mieux pour tout le monde.

Tu te penches pour déposer un baiser dans les cheveux de Pablo. Il soupire dans son sommeil.

– Jeannette... Il y a des photos dans le portefeuille de Madeline. Elle les conservait pour Pablo. J'ai peur que la police ne les emporte pour les classer dans un dossier auquel il n'aura jamais accès.

– Merci de me prévenir. Je vais m'en occuper tout de suite. Maintenant, prenez soin de vous. C'est pas très réglementaire mais... on se fait la bise ?

La fée Fabienne surgit aussitôt, les bras grands ouverts.

– Qui a parlé de bise ?

Tu n'as pas le temps de t'abandonner à son étreinte qu'on sonne à la porte du service.

– Désolée, je vais ouvrir et je reviens.

Tu la suis dans le couloir. Nouvelle sonnerie. Déjà, des têtes se penchent hors de la salle de réunion. Fabienne déverrouille la porte et Sylvain Tranchet se présente. Il demande à te voir.

– Je suis désolée. Pas de visite le matin ! répond l'infirmière en montrant la porte. Revenez cet après-midi.

– C'est un vrai moulin, ici ! commente la capitaine Llorca avant de retourner travailler.

– Je comprends, madame, répond Tranchet en lui tendant sa carte de police. Mais il y a urgence, le mari de Mme Tavernier est sur le point d'atterrir au Bourget et je voudrais la conduire auprès de lui.

Tu t'avances, tremblante d'émotion.

– Camille a été libéré ?

Partie 8

La voiture du commandant Tranchet roule à vive allure sur le périphérique. L'avion présidentiel qui ramène les otages devrait atterrir dans moins d'une heure à l'aéroport du Bourget. Plus une minute à perdre si tu veux passer les contrôles à temps pour accueillir Camille à son arrivée sur le tarmac.

À peine franchi le portail de l'hôpital, Tranchet a enclenché gyrophare et deux-tons pour se frayer un chemin dans la circulation. Devant lui, les véhicules s'écartent, changent de file. Des appels de phare insistants ont raison des plus récalcitrants. Il a la conduite nerveuse de ceux qui décident que la route a été dessinée pour eux. Tu repenses aux propos de Llorca, aux voitures de service embouties et tu te cramponnes à la poignée de la portière, le ventre douloureux. L'urgence t'a fait redescendre brutalement de ton nuage, l'adrénaline te met en tension.

Depuis votre départ, le policier se tait, concentré sur l'itinéraire. Toi, tu regardes avidement à travers les vitres. Après dix jours d'hospitalisation, tu as plaisir à retrouver un horizon. La pluie a enfin cessé et, dans cette aube rincée, Paris t'apparaît plus désirable.

Le trafic ralentit brusquement et Tranchet rugit. Tu observes ses mains serrées autour du volant et tu ressens un malaise diffus. Est-ce que quelque chose de grave est arrivé ? Que te cache-t-il ?

– Comment... Comment va-t-il ?

– Ne vous inquiétez pas, tout va bien. Les deux otages ont subi un examen médical, ils sont indemnes. Votre mari est pressé de vous retrouver. Reposez-vous en attendant...

Il te jette un bref regard avant de faire des appels de phare à une camionnette qui tente de déboîter devant lui. Le conducteur renonce aussitôt et se range.

Bientôt, vous vous engagez sur l'autoroute et le trafic devient plus fluide. Tranchet éteint le deux-tons, enclenche le régulateur de vitesse et se cale sur la voie de gauche. Tu montes le son de la radio. Sur France Info, on tourne en boucle sur la rupture de la digue du Touret, il y a moins d'une heure. Brusquement libérée, la Lawe s'est déversée dans les villages alentour, en provoquant une brusque montée des eaux. Heureusement, l'évacuation préventive de la population a permis d'éviter le pire. Des experts interviennent à l'antenne pour commenter la catastrophe.

La main du commandant Tranchet se tend pour sélectionner une radio musicale et, soudain, la voix chaude de Jagger te berce.

Angie, I still love you
Remember all those nights we cried?
All the dreams were held so close
Seemed to all go up in smoke

La fatigue de cette nuit mouvementée tombe sur toi, tu ne parviens plus à lutter. Tu fermes les yeux quelques minutes.

Quand tu les rouvres, tu as la bouche pâteuse et ton estomac vide gargouille. Les essuie-glaces chassent avec peine une pluie visqueuse. Combien de temps as-tu dormi ? Tes membres sont ankylosés, tu as l'impression que vous roulez depuis des heures. Tu frottes la buée sur ta vitre, scrutes le paysage sous le déluge. Tu ne reconnais rien.

– On arrive bientôt ?

Cette fois, il ne prend pas la peine de te répondre. Son silence te remplit d'effroi. Il est arrivé quelque chose à Camille, voilà pourquoi il ne te parle pas. Tu t'absorbes dans la contemplation du paysage que floute la buée. Il y a quelque chose d'anormal. Tu n'as jamais eu l'occasion d'aller à l'aéroport du Bourget, mais tu es certaine que ce n'est pas si éloigné de Paris. Est-ce que le commandant a reçu d'autres instructions entre-temps ?

Soudain, tu distingues un panneau qui surplombe l'autoroute au loin. Tu plisses les yeux pour déchiffrer les noms inscrits les uns au-dessus des autres :

Béthune – Calais – Cambrais – Reims

– Béthune ? Mais… Je…

Tranchet se tourne enfin vers toi et cherche ton regard. Son visage affiche une candeur cruelle qui t'est familière. Alors seulement, tu comprends qui il est.

Vous roulez à la vitesse maximale, entre deux étendues de champs noyés. Le ciel ardoise menace à chaque instant de s'ouvrir sur un nouveau déluge. Enfoncée dans ton siège, tu tentes de réfléchir malgré l'angoisse qui te déchire la poitrine. Tout ce qui t'est venu à l'esprit jusque-là, tu as dû y renoncer. Crier, supplier, amadouer ? Inutile, il t'a opposé un silence de pierre. Tenter de t'échapper ? À cette vitesse c'est la mort assurée. Sauter de la voiture au premier arrêt ? Lorsqu'il s'est engagé dans une voie, au péage de Béthune, Benoît s'est habilement positionné afin qu'il te soit impossible d'ouvrir ta portière. Puis, sans hésitation, il a pris la nationale qui contournait la ville. Depuis, il semble tendu vers son objectif et c'est à peine si ses doigts sont crispés sur le volant. Tout à l'air tellement normal ! Te revient alors le souvenir du garçon posé et maître de lui qui te faisait passer pour une sotte écervelée.

Pourquoi diable ne l'as-tu pas reconnu plus tôt ? Certes, tu étais dans le brouillard postopératoire.

Mais, surtout, il a changé. Grandi. Forci. Ce visage d'homme barbu affublé de lunettes imposantes, cette stature, cette voix grave... Tu ne l'avais jamais vu ainsi. Seuls demeurent la lueur inquiétante de son regard et ce rictus involontaire qui tord sa bouche par moments.

Tu ne l'as pas reconnu.

Il appartient à ton passé.

Au refus de savoir, qui t'a permis de tenir debout pendant plus de quinze ans.

Enfant, Benoît n'aimait rien tant que les histoires d'espionnage, de complot, de mystification. Lorsqu'il n'était pas occupé à t'embêter, il inventait des langages cryptés, des cachettes introuvables, des codes inviolables qu'il te soumettait. Il jouissait sans réserve de ton incapacité à résoudre ses énigmes. Mais, surtout, il prétendait être un agent secret, recruté dès le berceau pour être le plus jeune espion du monde. Un agent secret... Voilà le déguisement dont il s'est affublé pour te tromper. On devrait toujours écouter attentivement ses adversaires !

Tu t'absorbes dans la contemplation du paysage mais une seule pensée tourne en boucle dans ta tête. Fuir. Fuir loin de lui. Pas sans Noé. Depuis quelques minutes, vous roulez sur une départementale déserte et les pneus, à chaque instant, soulèvent des gerbes d'eau boueuse. C'est à peine si tu reconnais la route, celle des vacances de Noël de ton enfance et des visites interminables à l'aïeule acariâtre. Tu sais où il t'emmène. Comment n'y as-tu pas pensé plus tôt ?

À mesure que vous approchez de Saint-Omer, la végétation disparaît sous les eaux fangeuses dont ne dépassent que des arbres esseulés. Leurs cimes raclent un ciel boudeur. Tu ne retiens plus tes larmes.

Tranchet ralentit un peu, le temps de traverser un hameau désert. Partout, les volets sont fermés. Les habitants se calfeutrent. L'unique café-épicerie a baissé le rideau et tu songes au reportage que tu as vu hier soir, aux villages évacués, aux automobilistes jetés sur les routes. Hier. Il y a une éternité. Tu te décides à rompre le silence.

– Noé ? Il est où ? Qui s'en occupe ?

– Qu'est-ce que ça peut te foutre ? demande-t-il sèchement.

Si ce n'est pas la réponse escomptée, elle te confirme ce que tu craignais. Il est bien le ravisseur de ton fils, mais soit il a un complice qui le garde tandis qu'il est occupé avec toi, soit…

– Détrompe-toi, je m'inquiète pour lui. Sa santé est fragile…

– Tu crois que je ne le sais pas ? Jour après jour, j'ai veillé sur lui. Où étais-tu quand il était tout seul en néonat, au milieu des infirmières et des machines ? Les autres mères étaient là, elles…

Cette fois, tu as reconnu sa voix, amère et teintée de mépris. Comme jadis, la culpabilité t'étreint, tel un python enroulé autour de ta poitrine. Tu éprouves le besoin de te justifier.

– Je ne suis pas allée le voir parce que je venais d'être opérée, j'étais inconsciente. Tu le sais très bien, du reste…

– Oui, tu as toujours été inconsciente ! C'est bien le problème ! Et tu voudrais que je te laisse mon fils, sans surveillance ?

Son fils ? Il considère Noé comme son fils ? Mais comment est-ce possible ? C'est du délire !

Maîtriser l'angoisse qui bouillonne en toi.

Endiguer la colère.

Canaliser la haine.

Rester calme pour ne pas lui donner la satisfaction de retrouver la petite Mélie prompte à se jeter la tête la première dans chacun de ses pièges. Comme si ce n'était pas déjà le cas.

Réfléchir, surtout. Réfléchir…

À la sortie du hameau, il s'engage sur un chemin de terre inondé qui serpente entre les champs. Autrefois, durant l'été, vous alliez cueillir des mûres et des prunes sauvages le long des haies. Par malice, il s'amusait à renverser ton seau plein de fruits et riait de ton chagrin. Et quand tu ripostais, c'est encore toi qu'on punissait en blâmant ton mauvais esprit. Est-ce que les cauchemars reviennent toujours en deuxième saison ? Déjà, tu aperçois le toit pentu et les murs gris de la maison de ta grand-mère. Veuve à soixante ans, elle a racheté, pour une bouchée de pain, ce logement de fonction cédé par les Voies navigables quand l'écluse, désormais automatisée, n'a plus nécessité de main-d'œuvre à demeure. Tu la reconnais, cette maison éclusière, lieu, pour ton cousin, de toutes les fascinations. Le danger se rapproche, tu le sens à sa respiration qui s'accélère.

Négligeant le vieil appentis transformé en garage après la mort de votre grand-père, Benoît se gare derrière la maison, près d'un SUV gris.

– Je te conseille de te tenir tranquille, dit-il avant de déverrouiller ta portière.

Tu acquiesces. Retrouver Noé est tout ce qui compte, à présent.

Extérieurement, la bâtisse s'est considérablement dégradée. Les volets métalliques sont dévorés par la rouille, la façade lézardée, attaquée par le lierre et l'humidité. Une gouttière menace de se détacher. Tout semble laissé à l'abandon. Mais, passé la porte d'entrée, c'est une autre histoire. L'intérieur a été rénové avec goût. L'ancienne salle à manger, débarrassée de ses meubles vermoulus, s'ouvre sur une cuisine moderne et neuve.

– C'est ici que tu habites ?

Tu as décidé d'être aimable et, même si cela te coûte, tu t'y tiens.

Il hausse les épaules.

– Ça te plaît ?

Tu passes discrètement la main sur le plan de travail lisse et propre, le temps de repérer deux biberons qui sèchent dans l'égouttoir, puis tu te retournes face à lui, souriante.

– C'est joli. C'est toi qui as décoré ?

– Attends de voir notre chambre.

Souriante. Rester souriante. Même si tu as envie de lui sauter à la gorge.

– Et Noé ? J'ai hâte de l'embrasser. Il m'a tellement manqué !

Ta voix est tout sauf naturelle, mais il ne semble pas y prêter attention. D'un pas tranquille, il se dirige vers l'escalier et crie en direction de l'étage.

– Ludo ! Descends avec le petit !

Quelques secondes plus tard, un homme d'une trentaine d'années dégringole les marches et entre dans le séjour. C'est à peine si tu reconnais le lieutenant Schmidt dans ce grand gars voûté, en chandail et jean usé. Tu lui arraches littéralement Noé des bras pour le serrer contre toi.

– Mon chaton ! Si tu savais comme tu m'as manqué. Noé, c'est fini, maman est là...

Tu le respires avidement tandis qu'il se blottit contre toi, le nez au chaud dans ton cou. Les larmes montent quand tu sens sa petite main caresser ta peau nue.

– Il t'attendait pour la tétée, annonce le grand échalas comme s'il te connaissait.

Cette voix. Tu lèves les yeux, scrutes son visage, tentes d'y discerner un trait, une expression. Ton ventre se serre avant même que tu n'aies compris. En guise de confirmation, tes yeux cherchent ses mains, ses doigts squelettiques rongés jusqu'au sang.

– Ludovic ? Tu es...

– Le frère de Noé. Du petit Noé, celui que tu as laissé se noyer sans lui porter secours.

Il a dit ça calmement, comme on énonce un fait, mais la haine déforme ses traits. Un claquement de langue vigoureux le rappelle à l'ordre. Aussitôt, il se voûte et penche sa tête comme une fleur fanée au bout d'une tige. D'un geste, Benoît le congédie. En bon chien entraîné à obéir, il remonte les escaliers, non sans te jeter un dernier regard par-dessus la rampe.

Benoît, puis Ludovic que tu n'avais pas revu depuis l'année du drame, au camping. C'est monstrueux. Tes jambes se mettent à trembler de manière incoercible. Ton cousin s'en aperçoit. Il te conduit jusqu'au canapé et te force à t'asseoir. Il prend place près de toi et pose une main sur ta cuisse, à l'endroit même où il a laissé sa trace infâme. Tu te raidis.

– Allons, Mélie, détends-toi. Tu es ici chez toi. Depuis le temps que tu en rêvais… J'ai créé tout ça pour toi. Pour nous. Pour qu'on ait la vie qu'on a toujours voulue.

Décidément, il ne doute de rien. Jamais. C'est ce qui t'a toujours fascinée chez lui, cette certitude inébranlable de ton amour malgré l'évidence que tu ne voulais pas de lui et que ses tripotages incessants te dégoûtaient. Il a cette conviction délirante que tu l'aimes et que tu le désires. Et ça le pousse à interpréter chaque geste, chaque parole, comme un signe passionnel qui le concerne. Lui et lui seul. Tu ne l'aimes pas. Et il ne t'aime pas non plus. Mais il aime une illusion, celle-là même qui lui a permis de surmonter le ravalement de son être au statut de petit chat qu'on noie… Tant que l'illusion perdurera, tu auras la vie sauve.

Il te fascine.

Tout, en lui, y contribue. Ses certitudes, son autoritarisme, sa violence, son refus d'entendre d'autres voix que la sienne. Rien n'est voilé de sa jouissance, de son égoïsme forcené. Cette absence d'altérité t'a toujours sidérée.

Mais aujourd'hui, pour la première fois, tu comprends que la fascination que tu éprouves est son alliée. Elle participe de ton aliénation. Tu vas devoir t'en défaire.

Te défasciner.

Le voir tel qu'il est. Un pauvre type occupé depuis toujours à remplir le gouffre de son existence en s'inventant l'amour exclusif d'une femme.

Tu tressailles quand il se penche vers toi et respire tes cheveux. Son souffle s'accélère. Tu n'oses le repousser de crainte qu'il ne t'enlève ton fils, mais l'épouvante monte en toi. Rester calme. Jouer le jeu. Faire semblant. Et, dès que possible, s'enfuir avec Noé.

Sans doute a-t-il perçu ton angoisse, car le bébé commence à geindre puis à pleurer. Benoît se redresse, le regard dur.

– Il veut ton lait !

Tu secoues la tête et t'apprêtes à te lever.

– Il prend le biberon. Je vais lui préparer.

Mais, d'une main ferme posée sur ton torse, il te plaque sur le canapé.

– Il veut ton lait ! rugit-il en s'attaquant fébrilement aux boutons de ton chemisier.

– Benoît, je n'ai pas de lait. J'ai pris un médicament pour…

Tu t'interromps en voyant l'expression soudaine sur son visage.

– Ton lait ! hurle-t-il. C'est ton lait qu'il veut ! Tu dois le nourrir !

Avec les cris, les pleurs de Noé redoublent, il se tend, poings serrés, visage crispé.

– Je vais lui donner, tu as raison...

D'une main tremblante, tu achèves de déboutonner ton chemisier. Tu ne sais comment t'y prendre pour mettre le bébé au sein, alors tu improvises. D'abord surpris, Noé renifle l'aréole puis se détourne en pleurant. Aussitôt, la main de Benoît vient se poser sur ton sein et tu te retiens de hurler. Mais, patiemment, il guide Noé jusqu'au mamelon. Soudain, l'enfant ouvre la bouche et engloutit le téton. Une succion vigoureuse t'arrache un petit cri. Tes larmes coulent tandis que ton bébé s'acharne à téter un sein vide. C'est tellement absurde !

Au bout de quelques efforts infructueux, Noé se jette en arrière et recommence à pleurer.

– Donne-lui encore, ordonne ton cousin en dégrafant nerveusement l'autre bonnet du soutien-gorge. Il a faim.

Sa voix est tendue, ses gestes fébriles, comme s'il s'identifiait très précisément à la faim du bébé, qu'elle devenait sienne. Tu t'exécutes. Il est là, tout contre toi, et tu sais trop bien de quoi il est capable. Sa respiration s'accélère. Tu jurerais qu'il garde un cutter à portée de main, qu'il brûle de s'en servir. La peur écrase toute velléité de révolte. Tu obéis et tu te détestes.

Tu obéis.
Le corps en pâture.
Avec la haine de soi pour seul horizon.
Parfois, on n'a pas le choix.
Sauver sa peau…

Est-ce l'effet de la succion ? Noé s'est apaisé. Pour le change, Benoît te conduit à l'étage. Malgré la rénovation, tu reconnais la configuration des lieux. L'envie de vomir te prend quand il s'arrête devant ton ancienne chambre, celle où, à l'aube de tes quinze ans, il a abusé de toi. Est-ce pour cette raison qu'il se figure être le père de ton enfant ?

Avant d'entrer, il se déchausse comme autrefois. Son angoisse des microbes ne l'a donc pas lâché. Il t'invite à déposer tes chaussures à côté des siennes, dans le couloir. Aussitôt, il rapproche les deux paires. Cet alignement dont il rectifie le parallélisme est obscène. Croit-il que vous formez un couple ? Une famille parfaite, sous sa coupe, et dont il ne peut craindre l'abandon ? Comme tu restes sur le seuil, indécise, il te pousse en avant.

En réunissant vos deux chambres contiguës, il a créé une suite parentale. Aux côtés du lit nuptial qu'il vous destine, une minuscule salle de bains voisine avec une alcôve qui accueille un lit à barreau, une table à langer et un cheval à bascule. Il surprend ton regard sur l'animal en bois.

– Déniché au grenier. Je suis sûr qu'on a joué avec quand on était petits. Je l'ai entièrement poncé et repeint avec des lasures non toxiques. Comment tu le trouves ?

En d'autres circonstances, tu te serais extasiée devant ce jouet ancien si bien rénové. Mais là, tu cherches surtout comment échapper à ce qui va suivre. L'idée qu'il te touche te révulse. Tu t'approches de la table à langer, mais il te prend Noé des bras.

– Laisse, je m'en occupe. Allonge-toi, tu dois être crevée après ce voyage.

Mais tu restes plantée près de ton fils. À ta grande surprise, Benoît prend très au sérieux le rôle de père qu'il s'est attribué. Après avoir changé la couche et désinfecté le reste de cordon ombilical qui est prêt à se détacher, il rhabille Noé avec des gestes doux, l'embrasse et le couche dans son petit lit avec le lange imprégné de ton odeur. Tu observes chacun de ses gestes, stoïque, en te retenant de lui sauter à la gorge.

– Couche-toi, ordonne-t-il.

Mais tu viens de remarquer les petits vêtements empilés sur l'étagère, à côté des hochets que tu as choisis si soigneusement durant ta grossesse.

– Comment as-tu...

Ton regard tombe sur ses pieds nus et soudain, tu comprends.

– C'était toi ? Le voisin sur le palier, celui qui a pris le bébé peau contre peau avant que je ne perde connaissance, c'était toi ? Mais...

Tu renonces à poursuivre. Bien sûr, c'était lui. Et d'où venait-il sinon de chez ton infortunée voisine retrouvée noyée quelques jours plus tard ?

Pas étonnant qu'on l'ait accueilli à bras ouverts en néonat s'il tenait Noé contre son torse. Les puéricultrices ne pouvaient que le prendre pour le père…

– Tu as raison, je suis fatiguée. Ça ira mieux après une bonne sieste.

Tu souris bravement. Il se penche et t'embrasse sur les cheveux.

– Dors ma Mélie. Dors tranquille, je suis là. Tout ira bien maintenant…

À peine est-il sorti que tu te lèves, à la recherche d'une issue. Inutile d'essayer d'enfoncer la lourde porte qu'il a verrouillée avant de redescendre. C'est du chêne massif. Tu cours, pieds nus, à la fenêtre de la salle de bains. Comme celle de la chambre, elle surplombe le canal à plus de cinq mètres de hauteur. Tu l'ouvres sans bruit, examines la façade. Le revêtement rongé par le temps n'offre guère de prises, sinon des entailles qui risquent de s'effriter sous ton poids. T'échapper par là est impossible et t'obligerait à laisser Noé. Tu t'attardes sur cette vue familière. Par rapport à ton souvenir, quelque chose diffère. Tu examines le paysage. Plantée sur l'autre rive, le long du canal, une rangée d'arbres brise-vent te bouche la vue. En hiver, le soir, il était possible d'apercevoir les fenêtres du hameau que vous avez traversé juste avant d'arriver. Ton imagination aidant, tu te voyais déjà lancer des appels de détresse lumineux à la nuit tombée. Mais au printemps, les feuilles abondantes réduiraient tes efforts à néant, d'autant que les habitants ont probablement fui la crue.

La crue, c'est ça ! Dans la Lys, l'eau, d'ordinaire paisible, a dépassé la cote d'alerte et se répand, fougueuse, sur les talus, en amont et en aval de l'écluse. Entre les bajoyers de pierre, cependant, elle reste contenue à son plus haut niveau. La maison éclusière est ainsi protégée, mais pour combien de temps ? Tu pousses le regard un peu plus loin, détaillant le régulateur d'eau qui coupe la rivière. Enfant, Benoît aimait se promener juste au-dessus, en empruntant le pont de service. Il nourrissait une passion pour les eaux bouillonnantes et votre grand-père prédisait souvent qu'il finirait éclusier. Ou marinier. Ou noyé. Au vacarme des flots, tu devines que les vantelles sont béantes pour permettre l'écoulement des flux jusqu'à l'Escaut et protéger ainsi la plaine fluviale. Malgré cela, les eaux continuent de monter dangereusement. Encore un mètre et la maison sera encerclée. Qui sait si cette vieille baraque branlante résistera à la fureur d'une rivière en crue ?

Ta fatigue a eu raison de ta vigilance et tu as fini par t'allonger sur le lit nuptial glacial. Recroquevillée sur ton ventre douloureux, tu trembles. De peur. De froid. De désespoir.

Te retrouver, dans cette maison, à la merci de ton cousin, n'est-ce pas ce que tu fuis depuis toujours ? Même si la décoration a changé, l'atmosphère reste oppressante.

Une image te traverse, soudain, celle d'une femme âgée tournant inlassablement entre le buffet et l'évier. Mollets gonflés, mains usées, les cheveux maintenus dans un chignon strict, elle ne levait que rarement les yeux de sa tâche.

Avec trente ans de retard, tu comprends le regard noir et les lèvres amères qui démentaient l'étrange soumission de ta grand-mère. La maison éclusière était, autrefois, le lieu des brimades, celles que ton patriarche de grand-père infligeait à son épouse. Tu le revois confisquer le porte-monnaie lorsqu'elle rentrait du marché et contrôler chaque sou dépensé.

Malheur à elle si elle avait osé acheter, sans sa permission, quelques fraises pour ses petits-enfants. Mais jamais elle ne protestait ni ne cherchait à se défendre. Dans ce lieu, les femmes n'avaient pas la parole. Inutile de les faire taire, fille et belle-fille se soumettaient à la règle implicite.

Tu réalises que, durant des années, tu as été le témoin muet d'une violence conjugale discrète. Tellement banalisée que nul ne pipait mot. Tu éprouves, rétrospectivement, de la honte pour ton silence.

Est-ce pour cette raison que Benoît tient tant à cette maison sinistre éloignée de tout ?

Quand Noé se réveille en pleurant, tu sursautes et te lèves d'un bond. Cette fois, tu en es sûre, il a faim. Tu t'approches du petit lit pour le prendre avec toi quand tu entends des pas précipités dans l'escalier. Benoît déverrouille la porte et surgit.

– Il veut ton lait, dit-il en attrapant l'enfant dont les pleurs redoublent.

– Je n'ai pas de lait…

– Il veut ton lait !

Sa toute-puissance n'admet pas de discussion. Tu te rassieds sur le couvre-lit de satin blanc et tu prends le bébé pour le mettre au sein. Cette fois encore, Noé tète goulûment sans déglutir puis se tend et crache le sein dans un hurlement de déception.

– Puisque je te dis…

– Ton lait ! L'autre sein ! Il tétera jusqu'à ce que tu aies du lait !

Abasourdie, tu obéis et offres à ton bébé ton autre sein aussi vide que le premier. Noé se jette dessus avec conviction et, avant que tu aies pu prononcer un mot, la porte se referme et le verrou claque. Te voilà seule avec ton bébé affamé et rien pour le nourrir.

Des heures durant, Noé pleure. Dans l'espoir que la succion l'apaise un peu, tu lui donnes et lui redonnes le sein. Tes tétons sont rouges et douloureux à force d'être étirés et malaxés entre les gencives de cet enfant avide de lait. Tu serres les dents. Mais les pleurs, à chaque fois, ne s'arrêtent que quelques brèves secondes avant de reprendre de plus belle, nourris de la déception répétée.

– Je suis désolée, Noé, je suis tellement désolée…

Tu le serres contre toi et tu déambules dans la chambre en imitant la démarche chaloupée de Jeannette. En désespoir de cause, tu lui chantes toutes les berceuses de ton répertoire. Puis, comme cela ne suffit pas, tu lui parles à l'oreille.

– On va s'en sortir, ne t'inquiète pas. Maman va trouver une solution, mon bébé, et je te promets un énorme biberon avec plein de bon lait tiède.

Mais ventre affamé n'a pas d'oreille. Tes larmes se mêlent aux siennes et tu te sens tellement démunie. Quelle torture !

À bout de forces, tu le poses dans son lit où il hurle son désespoir pendant que tu t'enfermes quelques minutes dans la salle de bains pour ne plus l'entendre. Tu te passes un peu d'eau sur le visage puis tu fouilles tous les tiroirs dans l'espoir de trouver de quoi nourrir un bébé. Mais la salle de bains est rangée comme un appartement témoin. À part quelques produits de toilette neufs et des accessoires encore emballés, rien ne retient ton attention. Tout cela est tellement absurde.

Tu bois un peu d'eau au robinet et tu t'assois dans le bac à douche pour réfléchir. Une étiquette autocollante recouvre encore la bonde. Cette douche, comme le reste, n'a jamais servi. Depuis combien de temps Benoît guette-t-il le moment où tu pourras venir habiter sa maison idéale avec ton bébé ? Il t'attendait, rien n'est improvisé, il a dû s'y préparer des années durant et une telle détermination te terrifie.

Rêver. T'abandonner au rêve.
T'élever au-dessus de tout cela, planer, te détacher.
Loin de la souffrance, loin de l'angoisse.
Ne plus sentir. Ne plus subir. Ne plus entendre.
Ne plus être responsable de rien.
Quitter ton corps…

Appuyée contre la paroi de la douche, tu fermes les yeux. La fraîcheur du carrelage contre ta joue en feu te soulage. Tu ramènes tes genoux contre ta poitrine, comme tu le faisais enfant quand personne n'entendait ton désespoir. Les bras autour de tes jambes, tu laissais ton front reposer entre tes genoux et tu pouvais rester ainsi des heures, loin de toi-même.

Mais quelque chose te gêne, en haut de ta cuisse gauche. Tu glisses ta main dans ta poche pour en retirer l'objet que tu sens à travers l'étoffe. Un macaroni rose.

« Je sais ce que vous êtes en train de faire, Betty. Revenez maintenant, il le faut pour Noé. »

Le docteur Lorrain. Si attentif à ce que tu peux éprouver. Il est le seul à avoir pointé cet étrange mécanisme qui t'enferme, depuis toujours, loin de toi. Si seulement tu n'avais pas demandé ta sortie ! Peut-être se serait-il opposé à ton départ précipité ? Peut-être aurait-il perçu ton hésitation, ce doute infime qui t'a saisie au moment de monter en voiture. Comment pourrait-il t'aider à présent ? Combien de temps avant qu'il découvre que tu n'as pas déposé ton bulletin de sortie au bureau des entrées ? Tentera-t-il alors de te contacter ? Mais tu n'as plus de portable…

Ton esprit divague. L'équipe de l'UMB te semble l'unique secours, si l'on excepte cette capitaine Llorca et son pauvre stagiaire. Voilà qui est bien maigre !

À regret, tu te lèves et tu saisis le paquet de coton hydrophile dont tu déchires l'emballage. Puis tu prends le verre à dents neuf que tu remplis d'eau tiède et tu y fais tremper une bande de ouate. Tu retournes ensuite dans la chambre où ton bébé continue de s'égosiller. Tu fouilles sur la petite étagère, près de la table à langer et tu sélectionnes une minuscule chaussette. Tu y fourres le coton trempé. Noé est écarlate et brûlant à force de pleurer.

– Mon pauvre chaton, je suis tellement désolée !

Tu l'installes au creux de tes bras puis, avec précaution, tu introduis l'extrémité de la chaussette entre ses lèvres et presses le coton pour faire couler quelques gouttes d'eau. Le succès est immédiat. Noé tète goulûment le tissu mouillé et l'eau coule, goutte à goutte, dans sa bouche.

– Doucement, ne va pas t'étrangler…

Tu croises son regard et tu crois y lire de la reconnaissance. Mais tu sais que l'accalmie sera de courte durée. Si elle étanche sa soif, l'eau ne calmera pas sa faim. Pourvu que ça te laisse le temps de réfléchir un peu, loin des cris !

Mais, déjà, Noé se détourne du filet d'eau. La faim le dévore toujours. Il crie. Tu le poses sur le lit, désemparée. Si seulement Madeline était là, elle aurait sûrement une brillante idée.

L'évocation de ton amie suscite ta colère à l'égard de Benoît. Comment a-t-il pu agir ainsi ? Quel être abject peut prendre la vie d'un autre pour son seul plaisir ? Charlotte, Madeline, la vieille Mme Monsot… Sans compter Noé, ton petit amoureux. Tous ceux qui t'ont manifesté de l'intérêt ou se sont, involontairement, placés en travers de son chemin. Et s'il avait aussi tué Camille ? Après tout, la direction de RFI n'a-t-elle pas démenti l'enlèvement ?

Prise de fureur, tu te mets à tambouriner contre la porte de la chambre, mais personne ne vient. Tes poings s'abattent, encore et encore, et tu hurles jusqu'à l'épuisement. En vain. L'oreille plaquée contre l'épais battant, tu écoutes avidement. Aucun bruit, hormis le vacarme de ton bébé qui hurle, s'étrangle, hoquette et tremble de détresse.

Est-ce qu'ils sont repartis ? Depuis la chambre, tu ne peux voir la voiture garée derrière la maison. Et s'ils t'avaient laissée seule enfermée dans ce lieu isolé, loin de toute aide ? Peut-être ton cousin projette-t-il de vous faire endurer ce qu'il a vécu à l'aube de son existence ? Personne ne va s'inquiéter de ta disparition puisque tu es partie de l'hôpital en compagnie d'un policier. Si nul n'a l'idée de te chercher, combien de temps cela prendra-t-il pour que vous mouriez de faim tous les deux ? Quelle atroce perspective que cette agonie commune…

Une frénésie nouvelle chasse ta fatigue. Tu retournes toute la chambre, ouvres chaque placard, chaque tiroir, à la recherche d'un outil qui te permettrait d'attaquer la serrure ou même le battant. Mais ton cousin est tout sauf idiot. Tu ne trouves pas même une lime à ongles. Tu tentes de te jeter contre la porte pour jauger sa solidité et ne parviens qu'à te meurtrir l'épaule.

Stressée par les cris incessants qui résonnent dans la pièce, tu retournes à la fenêtre et réexamines la possibilité de t'enfuir par cette voie. À supposer que tu parviennes à t'échapper seule, il te faudra courir pieds nus sur le chemin de terre jusqu'à la départementale, deux ou trois kilomètres plus loin. Ce matin, vous n'avez vu aucun véhicule mais, avec un peu de chance, tu croiseras des automobilistes qui pourront donner l'alerte. La police viendra chercher Noé, vous serez sauvés !

Tes vieux démons ne sont jamais loin. Et si on ne te croit pas ? Si personne n'accorde de crédit à ton récit ? Tout cela semble tellement délirant ! Peut-être qu'on va t'enfermer sans venir en aide à ton bébé ? Ton imagination s'emballe. Tu te vois déjà attachée aux quatre membres dans une chambre d'isolement, hurlant à des soignants incrédules que ton bébé est seul, prisonnier d'un psychopathe dans une maison isolée, près d'une rivière qui déborde. Calmez-vous, madame, on va monter un peu la dose, ça va aller.

Dans ton angoisse, ton regard tombe sur le macaroni rose échappé du collier du docteur Lorrain. Sa vue te fait redescendre instantanément sur terre. Tu le saisis, le presses contre tes lèvres. Qu'attendre d'un objet si dérisoire, sinon un peu de magie ?

« *Vous avez assuré, cette nuit. Quel sang froid !* »

Tu souris à cette évocation, comme si le psychiatre était venu, en personne, te tendre une main secourable. Tu te redresses. Croire en toi, c'est tout ce qu'il te reste.

– Ça va aller, Noé, je vais trouver une solution.

Tu lui redonnes quelques gouttes d'eau, il boit avidement. Il semble tellement fatigué que tu décides de tenter, de nouveau, de l'endormir. Après l'avoir longuement bercé, joue contre joue, tu le couches avec précaution dans son lit, son doudou posé près de sa joue. Puis tu lui parles à voix basse, une main en cuillère sur le sommet de son crâne trempé de sueur. Au bout de quelques longues minutes, miracle ! Il se laisse glisser dans un sommeil agité de sanglots résiduels. Tu le contemples quelques secondes avant de te mettre au travail.

Tout d'abord, retirer les draps du lit afin de confectionner une corde suffisamment longue pour te permettre de descendre sans encombre jusqu'au rez-de-chaussée. Mais lorsque tu soulèves le couvre-lit, il n'y a qu'un matelas encore recouvert de sa housse en plastique. Décidément, tout cela n'est qu'un décor, une chimère, Benoît lui-même n'y croyait donc pas ?

Tu fouilles l'armoire, n'y trouves que des vêtements de bébé et quelques serviettes de toilette. À supposer que tu parviennes à attacher tout cela bout à bout, ça ne suffira pas. Tu examines le couvre-lit. Sans ciseaux, rien à faire. Il reste le petit drap dans le lit du bébé mais maintenant qu'il dort, pas question d'y toucher.

Tu passes tout en revue. Pas de rideau, pas de flexible de douche… mais un magnifique verre à dents. Si tu t'y prends bien…

Tu l'enfermes dans un gant de toilette et le projettes avec force contre le lavabo. Le bruit de verre brisé fait sursauter Noé sans le réveiller. Tu récupères les morceaux et les examines. Il y en a deux, assez larges, avec un bord tranchant. Ça devrait faire l'affaire.

Tu tailles, découpes, déchires tout ce qui te tombe sous la main. Les enveloppes des oreillers, les sorties de bain, le couvre-lit, tu les transformes en bandelettes que tu noues à la hâte. Chaque nœud attise ton angoisse. Est-ce que ce sera assez solide ? Qu'adviendra-t-il de ton fils si tu te tues en tombant ? Il te reste à trouver comment attacher ce filin artisanal à la fenêtre. Après maints efforts, tu parviens à le glisser entre un volet et le mur, puis à faire un double nœud. La corde ainsi fabriquée s'arrête un mètre au-dessus du sol. Tes mains sont en sang, des éclats de verre se sont fichés sous ta peau, mais tu verras ça plus tard.

Tu retournes dans l'alcôve et t'approches du berceau. Durant quelques heures, tu t'es accrochée à l'idée que l'équipe de l'UMB continuait à veiller sur toi et qu'on était parti à ta recherche. Mais personne ne va venir. Tu dois t'enfuir. Chercher du secours. Pas d'autre solution. Pauvre Noé ! À quoi songera-t-il lorsqu'il se réveillera, seul et affamé, dans cette chambre inconnue ?

– Je n'ai pas le choix, mon chaton. Mais je vais revenir très vite, je te le promets.

Tu te penches sur lui, respires sa peau de bébé. La vue de ses cernes violacés te donne l'énergie de te battre. Tu cours jusqu'à la fenêtre et tu l'enjambes.

Comme tu l'as espéré, ton départ de l'unité mère-bébé n'est pas passé inaperçu. Du moins pour ceux qui t'entouraient.

Car ils t'ont crue. Ils ont entendu ce que tu ne t'étais même pas formulé, devant la hâte du policier. Partir. Vite ! Vite ! Sans même prendre le temps de saluer Sophia.

Ce regard intranquille adressé à Fabienne, au moment où tu emboîtes le pas à Tranchet. Cette autorité soudaine qui t'affole et te fait hésiter sur le perron, l'infirmière et le psychiatre les perçoivent. Tu n'as même pas besoin de leur dire ton appréhension. Ton départ précipité les alerte. Tandis que, d'un même mouvement, ils te suivent jusque sur le parking, ils te voient monter dans une voiture banalisée. Ils sont là quand Tranchet sort le gyro qu'il plaque sur le toit avant de démarrer comme s'il avait le loup aux trousses. Alors, d'un seul regard, ils partagent leur inquiétude. Des années qu'ils travaillent ensemble, des années qu'ils se parlent sans mot durant les entretiens, jaugeant sur le visage de l'autre s'il a bien entendu la même chose, s'il est bien sur la même longueur d'onde.

– Je n'aurais pas dû la laisser partir, murmure Lorrain avec lassitude.

– Vous n'aviez pas le choix, répond Fabienne en poussant la porte du service. Mais je n'aime pas les manières de ce type.

– DC345RZ.

– Pardon ?

C'est Sophia qui les attend, plantée dans le hall. Sophia qui a observé toute la scène derrière la fenêtre de la salle à manger. Avec son souci maladif du détail, elle a noté le numéro inscrit sur la plaque. Ils la dévisagent et elle baisse la tête.

– Désolée, je ne peux pas m'en empêcher.

– Ce n'est rien, dit Fabienne en lui prenant l'épaule, on ne vous demande pas d'être différente.

Elle sort son carnet de sa poche.

– Comment vous dites, déjà ? FC…

– DC345RZ.

Ils foncent jusqu'à la salle de réunion dont la porte est restée entrouverte. Les OPJ[1] sont penchés autour d'un écran d'ordinateur. Debout derrière eux, un téléphone collé à l'oreille, Llorca est en liaison avec le central de la police judiciaire.

– Vous êtes sûrs que c'est lui ? Ils sont peut-être plusieurs à être nés la même année. Comment ça se fait qu'on n'a pas plus d'info ? Il se cache ! Mais, c'est pas votre putain de boulot de trouver les mecs qui se planquent ?

Lorrain s'approche.

– Désolé de vous déranger ! Capitaine Llorca, vous pourriez vérifier un numéro d'immatriculation ?

La capitaine lui jette un regard torve.

1. OPJ : officiers de police judiciaire.

– Ça concerne l'enquête ?

– Bien sûr, répond Fabienne avec aplomb. Mais c'est... disons que c'est délicat.

La policière n'est visiblement plus à ça près. Arrachant le papier des mains de l'infirmière, elle dicte le numéro de plaque à son interlocuteur.

– Bien sûr que ça concerne l'enquête ! Ça urge, même !

Elle raccroche, excédée, s'essuie le front. Elle a les joues enflammées.

– Quelqu'un peut ouvrir la fenêtre ? On crève de chaud ici !

Puis elle se tourne vers le psychiatre.

– C'est la bagnole de qui ?

Lorrain marche sur des œufs.

– Elle appartient au polic... au type qui vient de partir avec votre principal témoin. Le commandant Tranchet.

– Attendez ! Vous voulez dire que le gars que j'ai aperçu dans le hall s'est présenté comme Tranchet ?

Llorca accuse le coup. Elle a travaillé pendant quatre ans sous le commandement de Sylvain Tranchet et, elle peut le jurer, la personne qui a emmené Betty n'a rien à voir avec lui.

– Oh putain ! On a merdé !

D'un doigt fébrile, elle rappelle la PJ.

– Ça vient cette immat' ou faut que j'aille la chercher moi-même ?

Sur le bord de la fenêtre, le vertige te saisit. Tu te tiens aux volets métalliques. Ton cœur chahute et l'appréhension te coupe le souffle. Mais pas de temps à perdre. S'ils ont quitté la maison, Benoît et Ludo peuvent revenir d'un instant à l'autre. Tu prends une grande inspiration et tu empoignes le filin.

Tu avais naïvement imaginé descendre en rappel le long de la façade, comme dans les films d'action sur lesquels tu as travaillé. Mais tu n'es pas cascadeuse, sans compter ton absence de chaussures et la piètre qualité de la corde qui n'offre guère de prise. À peine es-tu suspendue dans le vide que tu glisses rapidement sans parvenir à te ralentir. À mi-chemin, le filin cède sous ton poids et tes mains se referment sur le vide. Ta chute est plus brutale que prévu. Heureusement, la pelouse est gorgée d'eau et tu roules dans la boue. Tu restes prostrée quelques secondes, le temps de t'assurer mentalement que tu es en possession de tous tes membres. Les paumes des mains en feu, tu as l'impression que ton cerveau cogne interminablement contre ta boîte crânienne.

Tu te redresses avec peine. Benoît est devant toi, goguenard.

– Décidément, tu me décevras toujours, Mélie. Quand je pense à tout ce que j'ai fait pour toi !

La suite, tu ne peux pas la connaître, bien sûr. Comment pourrais-tu deviner que la capitaine Llorca et ses hommes se mobilisent pour toi ?

Une fois les prélèvements et interrogatoires terminés, les policiers se décident à regagner leur unité. Mais à peine ont-ils franchi le portail du centre hospitalier qu'un appel radio résonne dans le véhicule.

– Central pour Llorca. On a un truc bizarre, capitaine.

– Crachez !

L'équipe qui surveille le comportement du mouchard sur le smartphone vient d'intercepter un message vocal destiné à Betty. Un chauffeur de taxi a vu le portrait-robot diffusé avec l'alerte enlèvement de Noé Tavernier. Il jure que l'homme qu'on recherche ressemble au voisin de Betty, qu'il l'a vu sortir de l'appartement d'à côté et qu'il lui a demandé de l'aide pour réchauffer le bébé.

Le cerveau de Paloma Llorca ressemble au périphérique un soir de départ en vacances.

– Mais je pige rien à cette putain d'affaire ! braille-t-elle en évitant de justesse un cycliste. D'où il sort, ce chauffeur de taxi ?

L'équipe semble bien en peine de répondre.

– OK, vous le rappelez et vous me le convoquez ! Non, pas demain ! Aujourd'hui ! On rentre, là.

Cette fois, Benoît ne fait même plus semblant d'être prévenant. Il attrape tes cheveux à pleine main et t'entraîne dans la maison. Tu as beau hurler et te débattre, sa force paraît décuplée par la rage et c'est à peine si tes pieds nus se posent sur le sol.

À l'intérieur, négligeant le séjour sur votre droite, il te tire jusqu'au cellier et te force à t'agenouiller sur le sol de ciment. Tu sanglotes de dépit comme de douleur tandis que, sans lâcher tes cheveux, il déverrouille la lourde trappe d'acier. Une échelle de meunier descend dans les profondeurs. Tu reconnais l'entrée de la cave creusée dans le sous-sol où, jadis, ta grand-mère stockait ses bocaux de légumes et les cerises à l'eau-de-vie dont ton cousin était friand. Il prenait un malin plaisir à t'enfermer là et jouissait de tes cris de terreur.

Lorsque tu comprends son intention, tu tentes encore de te soustraire à son emprise. Une touffe de tes cheveux lui reste entre les doigts mais déjà, tu es à la porte de la cuisine, prête à courir vers l'extérieur quand Ludovic se met en travers de ton chemin.

– Arrête-la ! rugit Benoît.

Aussitôt, Ludo t'assène un violent coup de poing dans la poitrine et tu t'écroules en suffoquant. Il en profite pour te frapper au ventre et, tandis qu'il se déchaîne, tu te ratatines, le souffle coupé.

– Laisse-la ! ordonne Benoît en levant la main.

Ludo obéit, soumis. La trappe soulevée, les deux hommes te poussent sans ménagement dans les escaliers que tu dévales, tête la première. À ta grande surprise, ta chute est amortie par cinquante centimètres d'eau glacée dans laquelle disparaissent les dernières marches. Tu n'as pas le temps de te relever que la trappe se referme. Tu entends claquer le verrou puis le bruit d'un meuble qu'on tire, peut-être le congélateur que tu as aperçu lorsque tu étais au sol.

Te voilà dans l'obscurité avec comme seule source lumineuse un soupirail à la vitre crasseuse. Tu te relèves, inquiète de la douleur qui persiste au creux de ton ventre. Pourvu que ta cicatrice ait tenu le coup. Arrimée à l'échelle de meunier, tu essaies de te repérer dans cette pièce dont tu n'as qu'un souvenir lointain et angoissant. Tu grimpes quelques échelons pour échapper à l'eau sombre qui enserre tes chevilles et t'assieds sur une marche, les mains serrées autour de ton ventre. Retrouver son calme, réfléchir à une solution. Mais soudain, tu te figes. Tout près de toi, quelqu'un ou quelque chose respire dans l'obscurité. La panique s'empare de toi. Tu perds pied. Tu hurles.

La voiture dans laquelle Tranchet est venu te chercher est immatriculée dans le Pas-de-Calais. Elle appartient à un certain Ludovic Artois. Voilà qui intrigue les enquêteurs lancés à ta recherche.

– Artois, tu dis ? gronde Llorca en tendant son calepin à son stagiaire. Connais pas. On a sa vignette Panini, qu'on vérifie si c'est notre homme ?

– Mieux que ça, répond l'analyste de la PJ. Je viens de télécharger tout l'album. C'est une petite frappe bien frappée. Gros palmarès judiciaire depuis l'âge de douze ans. Plusieurs condamnations pour des délits, nombreuses récidives, une tête de pioche si on en croit son contrôleur judiciaire qui le décrit comme un grand nerveux fasciné par la violence et la torture. Il est sorti de Fleury le mois dernier. En détention, il était surnommé « le bouffeur de chat ».

– De… chattes ?

– Non, non, de chat. Il racontait volontiers qu'il les étranglait à mains nues avant de les éventrer. Ça calmait ses codétenus.

– Encore un chic type ! soupire la capitaine occupée à se garer devant l'immeuble de Betty.

Elle tente un audacieux créneau sur une place réservée aux handicapés, à deux pas de l'entrée.

– Il crèche où ? Il a de la famille ?

– C'est bien le problème. L'adresse qui figure sur sa carte grise n'existe plus, c'était une barre HLM qui a été démolie pendant qu'il était en taule. Mais il a une mère, divorcée, qui habite dans le XXe. Tanguy et Delaunay se rendent sur place, histoire de papoter un peu.

– Bonne idée. Et pour Benoît Rey, vous en êtes où les gars ?

– Disparu des radars. On a bien un Benoît Rey, expert en réseaux informatiques, mais il est clean. Il bosse essentiellement pour le ministère de l'Intérieur.

– Vérifiez quand même. On ne cherche pas un truand, n'oubliez pas qu'il s'est fait passer pour un collègue. À propos, on a des nouvelles du vrai Tranchet ?

– Je m'en occupe. Je te rappelle dès que j'ai quelque chose. Vous rentrez bientôt à la boutique ?

– Changement de programme. On commence par une descente chez Tavernier et sa voisine. Tu dis à Tanguy de me rappeler à son retour ?

– Entendu ! Je t'envoie la photo de l'ami des chats.

Elle raccroche, coupe le contact et se tourne vers Arno, le doigt pointé.

– Gilet pare-balles, téléphone en silencieux, arme chargée sécurisée. Comme à l'exercice, mais pour de vrai. On monte vérifier l'info donnée par le chauffeur de taxi. Où sont les autres ?

– Ils nous suivaient..., murmure le jeune stagiaire, le cœur au bord des lèvres. D'ailleurs, les voilà.

Trois hommes s'approchent et les rejoignent.

– On décale ! annonce Llorca en sortant du véhicule.

Chez les Tavernier, on trouve, dès le hall, les traces de la naissance traumatique de Noé. Avant de sécher, le sang a été amplement piétiné, sans doute par les secours. Les murs sont maculés et un tabouret renversé encombre le passage. L'odeur de remugle prend à la gorge. L'inspection des autres pièces ne donne rien. Tout est en ordre.

– Ça corrobore la version de la victime, dit l'un des hommes en rangeant son arme. On se tire d'ici.

Mais Llorca l'informe de l'appel reçu en cours de route. Un mystérieux chauffeur de taxi évoquant la présence d'un voisin venu prêter main-forte après l'accouchement.

– Du coup, une petite enquête de voisinage s'impose…

Il y a deux autres appartements sur le palier. Celui de gauche est occupé par une avocate replète qui vit seule depuis son divorce. Très vite, elle consulte son planning sur son téléphone. Le jour de la naissance de Noé, elle était de permanence au tribunal pour les comparutions immédiates. Elle est rentrée tard dans la nuit.

– Vous pouvez vérifier auprès du greffe, si vous voulez.

– Inutile, on vous croit. Et sinon, vous connaissez Mme Monsot ?

La dame sort sur le palier et désigne la porte de droite.

– Oui, elle habite là. Gisèle est très gentille, elle réceptionne mes colis quand je suis absente. Mais, en ce moment, elle voyage. Si je pouvais, j'en ferai autant. Paris me fatigue…

Llorca renonce à lui expliquer que le voyage de Mme Monsot s'est achevé prématurément sur une table de l'IML[1]. D'autant que la voisine fouille dans un tiroir et exhibe un trousseau.

– Elle me laisse toujours un double de ses clés, au cas où il faudrait intervenir chez elle en son absence.

– Formidable, murmure la capitaine en tendant la main. On doit justement procéder à une petite inspection de routine…

Et comme la voisine leur emboîte le pas, elle lui intime l'ordre de rentrer chez elle et de s'enfermer. À la vue des armes qui sortent des holsters, la dame obtempère et tire les verrous.

L'appartement de Gisèle Monsot est sens dessus dessous, un spectacle que n'aurait pas supporté sa digne propriétaire qui ne sortait jamais de chez elle sans vérifier que tout était impeccable.

– Ma parole, on a squatté ici, murmure Llorca en pénétrant prudemment dans le séjour.

Rapidement, ses hommes sécurisent les lieux puis vont refermer la porte d'entrée.

– Il n'y a plus personne, mais on dirait que cet appart a servi de planque. Madame Monsot s'est bel et bien fait exproprier, c'est peut-être pour ça qu'on l'a butée.

L'inspection du réfrigérateur puis des poubelles entassées dans la cuisine apporte quelques informations supplémentaires. Conserves et plats cuisinés

1. IML : institut médico-légal.

ont été au menu, en quantité suffisante pour nourrir plusieurs convives pas trop regardants en matière de gastronomie. Bière belge et vin de Bourgogne ont arrosé le tout, comme en témoignent les nombreux cadavres empilés à côté de l'évier.

– Je vais appeler une équipe pour les relevés d'empreintes, annonce le lieutenant Le Mézec avant de pénétrer dans la pièce contiguë.

Llorca se penche sur les poubelles dont elle détaille le contenu.

– Betty Tavernier était bien sous surveillance, on la traquait, et sans doute depuis plus longtemps qu'elle ne pensait si j'en crois la date de péremption de cette barquette de brandade qui pue la mort...

– Il va falloir qu'on embarque tout ça ? demande le stagiaire effaré, en désignant les dizaines de sacs-poubelles éventrés.

– À ton avis ?

– Multiples traces de lutte ici ! lance Corentin Le Mézec depuis le séjour.

Il range son arme pour enfiler des gants. Tout le monde rapplique.

– Attention où vous mettez les pieds ! Quelqu'un a été blessé, il y a du sang sur la moquette. Et ça...

Il désigne un gros rouleau de scotch marron dont de larges tronçons sont collés au bord de la table basse, prêts à être utilisés.

– Bâillon ! s'écrie son collègue en découvrant des morceaux usagés entassés dans un coin de la pièce. Il y a des poils et des cheveux dessus. Et des Colson qui ont déjà servi. Est-ce que Mme Monsot portait des traces de liens ?

– Non, la légiste n'a rien signalé de tel, mais le corps a séjourné longtemps dans l'eau, on a une grosse marge d'erreur. D'après son rapport, elle était plutôt équipée comme si elle allait au marché. Je parierais qu'on l'a suivie dans la rue, qu'on l'a entraînée sur les quais de Seine pour la poignarder et qu'on l'a balancée à la flotte après lui avoir pris ses clés.

– Donc, risque le stagiaire, quelqu'un a été retenu ici contre son gré. Sans doute un homme, si j'en crois les traces de pilosité sur la colle. Je suppose qu'on doit procéder à des relevés et poser des scellés ?

– Tu supposes bien, réplique Le Mézec. Mais la scientifique va s'en charger. On a plus urgent !

Dans l'obscurité, une main se plaque sur ta bouche. Tu te débats. Ton cri étouffé résonne sous la voûte.

– Betty, c'est moi. C'est Camille. Chut ! Calme-toi. Calme-toi !

Tu vacilles et tombes assise dans l'eau glacée. Camille ? Mais comment ?

– Camille ! Je ne comprends pas…

Il t'aide à te relever et te serre contre lui. Son odeur est différente, mais tu reconnais ses bras. Tu sanglotes, entre terreur et soulagement, tandis qu'il te couvre de baisers. À la lueur du soupirail, tu découvres son visage épuisé, marqué de nombreux hématomes et d'une plaie sur la tempe gauche. Une barbe irrégulière le vieillit. Mais c'est bien lui. Vivant.

– Tu es rentré de Somalie ? demandes-tu lorsque tu trouves enfin la force de parler.

Il a un rire amer qui te tord le ventre. Il n'est allé nulle part. Quand, muni de son billet d'avion et de son ordre de mission, il a quitté votre appartement pour se rendre à l'aéroport, il a croisé un homme sur le palier. Un homme et un cutter très dissuasif. Quelques minutes plus tard, il était couché au sol, dans le logement contigu au vôtre. Ligoté et bâillonné sous la garde d'un sale type chargé de le nourrir et de le surveiller.

– Un grand maigre ? Ludovic ?

Il a un haut-le-cœur.

– Tu le connais ? Mais c'est qui, ces types, pour toi ?

– Je les connais tous les deux. Depuis longtemps. Mais je ne pouvais pas imaginer…

Tu fonds en larmes et Camille te serre de nouveau contre lui. Décidément, vous allez avoir beaucoup de choses à vous raconter. Tu pleures tout ton saoul, énervée de te sentir si vulnérable au moment où il faudrait te battre pour ton bébé resté dans la chambre. Parfois, il te semble l'entendre pleurer de détresse, deux étages au-dessus. À moins qu'il s'agisse d'une hallucination, tout est tellement bizarre…

Camille poursuit son récit. Au terme d'une dizaine de jours de détention ponctués de coups assenés gratuitement, Ludovic et Benoît l'ont exfiltré en pleine nuit, sous la menace d'une arme et l'ont chargé à l'arrière d'un SUV pour l'amener dans cette maison isolée. Ils étaient nerveux et ne cessaient de se disputer. Ils ont commencé par l'attacher dans le cellier où il est resté deux ou trois jours.

– Et ce matin, ils m'ont obligé à descendre dans la cave. Je croyais qu'ils allaient me buter. Depuis le début, dès qu'ils m'enlèvent mon bâillon, je les supplie de m'expliquer ce qu'ils me veulent… Tout ça n'a pas de sens.

– Il y en a probablement un, mais tu n'as pas l'esprit assez tordu pour comprendre. À moins…

Tu t'interromps, frappée par la crudité de ce que tu allais dire. Pourquoi Benoît a-t-il gardé Camille en vie alors qu'il n'a pas hésité à tuer à plusieurs reprises ? Voilà qui est incohérent. À moins qu'il ne s'agisse de te torturer en te rendant témoin de sa mort, à l'image de ta poupée tournoyant dans les flots ? Que Benoît vous conduise au bord de la Lys ne peut signifier qu'une chose : il rapproche ses victimes du lieu rêvé pour mettre en œuvre son fantasme de noyade. Pour lui, vous ne serez bientôt qu'une poignée de feuilles mortes lâchées dans les remous du barrage.

Tu sursautes, quelque chose, dans l'eau, vient de frôler ta jambe. Quelque chose de mou et gluant...

– C'est un sac plastique. Depuis que l'eau a commencé à s'infiltrer, il y a toutes sortes de débris entreposés dans cette cave qui flottent. Plus ça va, plus il y a de l'eau...

– Ça doit être la nappe phréatique qui remonte. Tout le secteur est en crue. La population a été évacuée et la rivière a commencé à déborder.

Tu grimpes sur l'échelle de meunier pour te mettre au sec et il t'imite en prenant place deux barreaux au-dessous de toi. Avant ton arrivée, il a exploré minutieusement l'unique possibilité de s'échapper mais la trappe est verrouillée et lestée.

– Impossible de la soulever, surtout en équilibre sur une échelle.

– Et la fenêtre ?

Il se tourne vers le soupirail situé à quelques centimètres du plafond, ce qui correspond au ras du sol à l'extérieur.

– Ils sont pas complètement fous. Même en entassant tout ce qui se trouve dans la cave, pas moyen de l'atteindre. Et il y a deux solides barreaux... Si personne ne vient à notre secours, on va crever là, dans la flotte.

– On ne peut pas. On a un bébé qui compte sur nous.

Tu lui racontes la fin de ta grossesse, la violence de ton accouchement solitaire. À son tour, il fond en larmes. Il était là, de l'autre côté du mur, il a entendu tes cris, impuissant, enragé de ne pouvoir te venir en aide.

– J'étais à deux mètres de toi et je ne pouvais pas t'aider. J'ai essayé de me libérer de ces putains de Serflex et quand ils ont vu ça, ils m'ont bourré de coups de pied pour que je me tienne tranquille. Des lâches qui frappent un homme à terre et qui laissent une femme accoucher toute seule. Mais qui sont ces salopards et qu'est-ce qu'ils ont à voir avec toi ?

Alors, tu entames un long récit. Serrée contre lui, dans ces bras qui t'ont tant manqué, tu lui racontes ton cousin obsédé par toi, avide de te posséder, malade de jalousie à ton égard. Puis ta rencontre, au camping, avec le jeune Noé, votre entente immédiate, ces quelques jours lumineux qui t'ont permis d'entrevoir que tu avais de la valeur pour un autre. Cette amitié vous a soustraits, toi à l'emprise de ton cousin, lui à celle de son jumeau. Aucun doute, à présent : Benoît s'est débarrassé de son rival et t'a fait passer pour une meurtrière auprès de Ludovic, scellant avec lui une ignoble connivence.

– Je ne comprends pas que tu ne m'en aies jamais parlé. Je… J'aurais compris ! J'aurais pu t'aider !

Tu évoques le refoulement des souvenirs douloureux, cette amnésie salutaire qui a longtemps tout recouvert, au point que quand les deux hommes se sont présentés à toi sous les traits de Tranchet et Schmidt, tu ne les as pas reconnus. De temps en temps, tu t'interromps et vous migrez sur l'échelon supérieur, à mesure que l'eau monte, inexorable.

Tout à ton récit tendu, tu as un peu oublié le monde qui vous entoure, ce monde où l'on cherche à te retrouver et où l'enquête progresse rapidement.

– On a logé Benoît Rey !

C'est ainsi que le groupe Llorca est accueilli, de retour au commissariat. Mehdi, l'analyste informatique, a écumé le net, éliminant un à un les différents homonymes.

– D'abord, Paloma avait raison.

– J'ai toujours raison, coupe Llorca.

– Ouais, c'est ça… Donc le mec est bien expert en sécurité des réseaux informatiques, il bosse comme consultant pour l'Intérieur.

– Donc pour nous !

– Absolument ! Il est hyper accrédité, il a accès aux infos sensibles. Et devinez qui s'est porté garant lors de son enquête de moralité ? Tranchet. Un ancien pote de lycée.

– Notre Tranchet ? demande Corentin. Le vrai ? Qui bosse à la DGSE ?

– Qui bossait. Depuis deux ans, il est divisionnaire à Nouméa. Voilà pourquoi il n'a pas répondu à tes messages, Paloma.

– Nouméa ! Y en a qui s'emmerdent pas.

– Demande ta mut !

– C'est ça, Coco, tu me garderas mes gamins ! Méfie-toi, ça bouffe, les ados ! Bon, trêve de plaisanterie ! Ce Rey, il crèche où ?

Ce sont les publications immobilières notariales qui ont apporté la réponse. En héritant de sa mère, Blandine Rey a cédé sa part de l'ancienne maison éclusière à son propre fils qui, en tant que chouchou de l'ancêtre, en possédait déjà une partie.

– Bref ! Un tour de passe-passe notarial l'a rendu propriétaire d'une ruine dans un coin paumé à vingt bornes de Saint-Omer. Je viens de vérifier la facturation de l'eau et de l'électricité, le lieu est habité.

– Reste à s'assurer que notre lascar est sur place.

– C'est fait. En recoupant nom et adresse avec les données bancaires, on a pu interroger son compte courant. Et devinez qui est sorti aujourd'hui à 11 h 29 au péage de Béthune ?

– Bravo Mehdi. Tu es mon geek préféré.

– C'est surtout que je suis le seul.

– Il faut combien de temps pour aller là-bas ?

– Normalement, un peu moins de trois heures mais avec toutes les routes coupées par les crues…

– On n'a pas trois heures. Trouve-moi un plan B ! C'est qui le type dans le couloir ?

– Un certain Rakhshan, chauffeur de taxi. C'est vous qui m'avez dit de le convoquer.

– OK. Je vais voir ce qu'il a dans le ventre. Arno, tu viens avec moi. On a une photo de Rey ?

L'analyste lui désigne le cliché agrandi d'une carte d'identité.

– C'est tout ce qu'on a trouvé pour le moment.

Llorca se penche, scrute l'écran, reconnaît l'usurpateur qui est venu chercher Betty à l'unité mère-bébé.

– Bon. Ça prend tournure. Tu me trouves un moyen rapide de se rendre sur place pendant que j'interroge notre témoin.

Rakhshan est très affecté par l'enlèvement du petit Noé et plus encore quand il apprend que Betty a disparu à son tour.

– C'est une gentille femme, pourquoi quelqu'un veut enlever son bébé ?

– C'est ce qu'on essaie de découvrir. Vous connaissez cet individu ?

Elle tourne l'écran dans la direction du chauffeur qui écarquille les yeux.

– C'est lui ! Le type aux pieds nus ! Il était là quand Betty a eu son bébé, il la regardait perdre son sang sans l'aider. C'est lui qui a tenu le petit au chaud pendant le transfert à l'hôpital.

– Vous voulez dire qu'il est monté dans l'ambulance ?

– Bien sûr ! Et je l'ai revu plusieurs fois quand je m'occupais des transferts dans l'hôpital. C'est ma faute... Je l'ai obligé à m'aider !

Il se tord les mains de remords. La policière le rassure et le raccompagne.

Voilà quelques minutes que de l'eau suinte autour de la fenêtre qui obstrue le soupirail. Signe que la Lys, surchargée par ses nombreux affluents en crue, a quitté son lit et envahi le terre-plein qui sépare la maison de l'écluse. Vous regardez avec frayeur le niveau monter derrière la vitre quand soudain, elle explose sous la pression. Vous poussez un cri et, par réflexe, grimpez précipitamment en haut de l'échelle tandis que l'eau se déverse massivement dans la cave.

– Il faut trouver quelque chose, une planche, n'importe quoi pour empêcher l'eau d'entrer. Sinon, on va être noyés…

L'idée de satisfaire le fantasme morbide de ton cousin t'est insupportable. Mais Camille a déjà tout exploré et n'a rien trouvé d'utile. Atterrés, vous regardez la rivière couler à flots et se répandre dans tout l'espace disponible. Déjà, les dix premiers échelons disparaissent dans l'eau boueuse et ça ne cesse de monter. Les lois de la physique sont sans pitié : l'eau n'arrêtera de se déverser que quand elle aura atteint le même niveau dedans que dehors. Tu lèves la tête.

Le plafond, voûté par endroits, pourrait alors vous réserver quelques poches d'air mais pas assez pour survivre bien longtemps. Soudain, un cri perçant te secoue la poitrine. Une sensation inconnue traverse tes seins qui se tendent.

– C'est Noé, tu l'entends ? Il a faim, il a besoin de nous...

– Je n'ai rien entendu. C'est notre fils, tu es sûre ? demande Camille ému.

Tu songes aux oreilles magiques de Madeline qui pouvait entendre Pablo l'appeler d'un bout à l'autre du service. Ça y est, tu t'éprouves comme mère. Un lien particulier te relie à ton bébé. Tu portes la main à tes seins, surprise de les sentir durcir sous tes doigts. Une montée de lait... Comment est-ce possible ?

Tu te sentirais plus vaillante si tu savais que vous n'êtes pas les seuls à vous battre, si tu avais l'espoir qu'on vienne vous aider. Les policiers ont pris la route sans perdre de temps, ils aviseront en chemin. À peine ont-ils quitté la grande couronne qu'Arno, le stagiaire, regrette déjà d'avoir pris place à l'arrière. La conduite sportive de Llorca semble avoir un effet délétère sur son système digestif.

Branchée sur la PJ, la radio de bord crache ses infos.

– Central pour Llorca !

– Oui, Mehdi ?

– J'ai épluché les comptes de Rey. Gros achats, récemment, dans une grande surface de puériculture de la périphérie de Saint-Omer.

– Il a peut-être prévu un cadeau de naissance…

– Il y en a pour plusieurs centaines d'euros. Ça fait cher le doudou. Sinon, j'ai eu une dame charmante aux Voies navigables de France. Elle vient de sortir des archives les plans cadastraux de la maison et des abords. Mais selon elle, pas la peine de se rendre sur place, tout le secteur est inondé. Je vous envoie les infos sur vos téléphones.

– Et pour mon plan B ?

– On bosse dessus. J'attends que le haut-commandement de la gendarmerie me rappelle. Oui, parce que pour faciliter les choses, ça se situe en zone gendarmerie, votre affaire.

– Pas grave, j'ai rien contre les képis. Des nouvelles de Tanguy et du propriétaire du véhicule ?

– Toujours rien.

La route défile, les voitures s'écartent devant le convoi, sirènes hurlantes. Arno entrouvre sa fenêtre pour avoir un peu d'air et la capitaine le rabroue immédiatement. Il commence sérieusement à envisager une réorientation professionnelle. D'après son téléphone, il reste encore deux heures de route. Au minimum. Mais quelle importance, il sera mort avant !

– Central pour Llorca !

– On t'écoute, Tanguy ! Elle a donné quoi, votre petite virée ?

– Rien de bien folichon. D'après sa mère, Ludovic Artois est un gamin fragile, traumatisé depuis la mort par noyade de son frère jumeau. Apparemment, elle a une image de lui assez idyllique. Victime du mauvais sort, victime de ses méchants professeurs qui ne l'ont jamais compris, victime des policiers qui s'acharnent à le gauler à chacune de ses conneries, du juge qui juge, de la prison qui emprisonne… Bref, ce môme n'avait aucune chance de se responsabiliser.

– Le père ?

– Barré, dans tous les sens du terme. Aucune nouvelle de lui depuis que Ludovic a quinze ans. Mais le plus intéressant, c'est que Mme Artois désigne Benoît Rey comme le diable qui manipule son cher petit et le tient sous son emprise. D'après elle, il rôde dans la vie de son fils depuis qu'il est gamin et il lui colle de drôles d'idées dans la tête. Mais Rey n'est jamais mis en cause, c'est toujours Artois qui tombe à sa place…

– Si je comprends bien, on risque d'avoir affaire à deux ravisseurs, au minimum. Merci, Tanguy. Tu nous mets tout le topo par écrit…

– À votre service ! Et bonne chance, les gars !

– Les gars, c'est ça…

Moins d'une minute plus tard, la radio grésille.

– Central pour Llorca. Je vous passe notre plan B.

Nouveau grésillement puis une voix inconnue.

– Capitaine Llorca ?

– Elle-même !

– Ici le colonel Nikhogossian, commandant du groupe de gendarmerie 62. C'est moi qui dirige les opé suite aux inondations. Il paraît que vous avez besoin d'un petit coup de main ?

Depuis que tu as senti tes seins se tendre en réponse à ton bébé, tu es habitée par une force inconnue. Quittant le confort relatif de ton échelon de bois, tu t'aventures à la recherche d'un objet qui pourrait te servir à attaquer les barreaux d'acier. L'eau glacée t'arrive à présent jusqu'au cou et, bientôt, tu n'auras plus pied. Tu pourras atteindre l'ouverture en te maintenant à la surface. Camille te guide. Au fond, sur l'étagère autrefois destinée aux bocaux, il a repéré une caisse à outils. À son arrivée dans la cave, il a bien essayé de s'en servir pour attaquer la trappe au-dessus de vos têtes avant de renoncer. Tu gonfles tes poumons et te baisses pour choisir, à tâtons, un lourd maillet. Tu te redresses et le brandis, triomphante.

– Viens m'aider. Si je monte sur tes épaules, je pourrai tenter quelque chose.

Il te rejoint et tu te hisses jusqu'au soupirail. La pression de l'eau a achevé de dégager la fenêtre et tu dois lutter contre le courant pour frapper le barreau. L'acier résonne mais ne s'ébranle pas. Tu essaies encore et encore. Rien ne bouge, à l'exception d'un morceau de ciment qui s'effrite et coule à pic.

– Bien sûr ! Inutile de s'en prendre aux barreaux, c'est le mur qu'il faut dégager. C'est vieux, rongé par l'humidité…

À présent, vous n'avez plus pied. L'eau est suffisamment haute pour vous porter à la hauteur de la fenêtre et vous vous relayez pour tenter de desceller les barreaux qui obstruent l'ouverture. Le premier cède au bout d'une dizaine de minutes mais l'espace reste trop étroit pour s'y glisser. Le deuxième semble plus solidement ancré. Le temps presse. Soudain, une énorme branche entraînée par les eaux vient se planter en travers du soupirail et tu lâches prise. Le souffle coupé, tu te cramponnes au barreau restant pour tenter de repousser l'intruse mais Camille intervient.

– Attends ! Il doit y avoir moyen de faire levier… Laisse-moi essayer…

Tu t'écartes et tu nages jusqu'à l'échelle en grande partie immergée. Transie, tu contemples cette cave inondée qui va, d'ici quelques minutes, devenir votre tombeau. Et le désespoir t'accable.

Pendant que vous luttez pour survivre, les policiers suivent les consignes du colonel Nikhogossian et quittent l'autoroute. Au bout de deux kilomètres, ils se garent en bordure d'un stade de foot désert. Bientôt, un hélicoptère de la gendarmerie est à l'approche. Tandis qu'il effectue une rotation à basse altitude, les pales impriment un mouvement de vagues sur la pelouse trop haute.

– Ah ! Je monte pas dans ce truc, hurle le stagiaire, en plaquant sa mèche soulevée par le souffle.

– Parfait, tu restes ici, Arno, tu gardes les voitures.

– Tout seul ? Vous allez m'abandonner en rase campagne ? Mais pourquoi je dois subir vos brimades ? C'est un bizutage, c'est ça ? Vous savez que c'est interdit par la loi ?

Llorca hausse les épaules et se glisse sous la barrière blanche qui entoure le stade. Le dos courbé, elle s'avance en direction de l'appareil. Un gendarme en sort et vient à sa rencontre.

– Capitaine Llorca ? Colonel Nikhogossian, on s'est parlé au téléphone. Montez, je vous brieferai à bord.

– Allez, viens, dit Corentin Le Mézec au stagiaire. Songe à tout ce que tu vas pouvoir raconter dans les soirées. Et baisse la tête si tu veux la garder !

Tassé à l'arrière, un casque sur les oreilles, Arno regarde le sol s'éloigner et son estomac, déjà malmené, se soulève dangereusement. Il se mord les lèvres. Pourvu qu'il ne vomisse pas sur ses godasses… La honte !

L'appareil prend de la hauteur et s'incline pour virer de bord. Nikhogossian s'entretient avec le pilote puis se tourne vers ses hôtes et leur indique de brancher leurs casques.

– Je vous briefe un peu sur la situation ? Il y a vingt minutes de vol jusqu'au poste médical avancé qu'on a installé hier matin, au début de l'inondation. On continue d'évacuer préventivement tous les secteurs qui se situent en zone inondable et les hélicos de la Sécurité civile effectuent des rotations pour repérer des disparus. Pour le moment, on compte un mort, une femme âgée qui s'est retrouvée coincée dans son véhicule. Mais on a aussi plusieurs fermes endommagées. Le matériel agricole est foutu. Une étable s'est écroulée sous la pression de l'eau. Il a fallu déplacer le bétail… Vous imaginez la logistique pour évacuer des vaches laitières ?

– Pas trop, non ! reconnaît Llorca. À Paris, on est assez tranquilles de ce point de vue. L'eau continue de monter ?

– D'après les prévisionnistes, répond le gendarme, on n'a pas encore atteint le pic de la crue. Entre ce qui est tombé sur le pays depuis dix jours et les grandes marées qui retardent l'écoulement des fleuves, tout était déjà engorgé. Ici, la terre est argileuse, rien ne s'infiltre, tout se stocke. La rupture de la digue, ce matin, a fait le reste. On peut s'attendre au pire dans les prochaines heures.

– Est-ce que vous savez si la maison qui nous intéresse est encore accessible ? demande Le Mézec.

– Elle l'était, il y a deux heures, lorsque la Sécurité civile a survolé le secteur. Mais la Lawe étant un des affluents de la Lys canalisée, on estime qu'elle devrait rapidement être impactée et déborder. C'est mécanique.

Il se tourne vers le pilote pour l'interroger. L'autre hoche vigoureusement la tête et l'appareil s'incline légèrement.

– On va faire un petit détour pour que vous voyiez les lieux.

– On ne risque pas d'alerter les ravisseurs ? objecte Llorca.

– C'est la raison pour laquelle on prend de l'altitude. De toute façon, entre les secours et les médias, ça bourdonne depuis quarante-huit heures… Ils ne doivent plus y prêter attention.

Bientôt, l'hélicoptère survole des étendues d'eau marronnasse d'où émergent, çà et là, des arbres, des poteaux électriques, une carcasse de voiture. Plus une route n'est visible et les rares habitations semblent abandonnées.

– Capitaine Llorca ! La maison qui nous intéresse se trouve à trois heures, vous la voyez ? On aperçoit l'écluse, juste à côté, et le pont de service avec un parapet bleu.

Tout le monde se penche dans la même direction et le pilote doit manœuvrer précipitamment pour rétablir l'assiette.

– Restez assis et pas de mouvements brusques, s'il vous plaît !

– Est-ce qu'il y a un moyen de savoir s'ils sont encore là ? demande Llorca. Je ne vois aucun véhicule.

Nikhogossian lui tend obligeamment ses jumelles.

– Pas de véhicule, pas de fumée. Aucune trace d'une présence.

– On va aller se poser au PC et, si vous voulez, vous pourrez revenir avec les gars de la Sécurité civile qui tournent sur le secteur. Ce sera plus discret.

Encore quelques minutes et l'hélicoptère survole un vaste espace encombré de véhicules et de tentes militaires. Il se pose, le temps de déverser ses passagers courbés pour échapper aux pales, et repart aussitôt dans un vacarme de rotors. Le gendarme conduit les policiers jusqu'au PC, installé sur le parking d'un gymnase. Près de l'entrée, sur une remorque, des Zodiacs semi-rigides sont entassés. Trois pompiers en combinaisons Néoprène s'affairent à proximité de leur camion. Ils saluent les nouveaux arrivants avec curiosité.

– Voilà notre poste de commandement, annonce fièrement Nikhogossian en soulevant un pan de toile kaki. Et la grande tente, là, c'est le PMA[1] tenu par les bénévoles de la Croix-Rouge et le SAMU. Pour le moment, on a peu de blessés, surtout de la bobologie et des gens qu'il faut réchauffer parce qu'ils ont passé des heures dans la flotte. Pour ça, on a aussi le gymnase mis à disposition par la municipalité.

Son regard tombe sur Arno qui se tient l'estomac.

1. PMA : poste médical avancé.

– Jeune homme, allez donc voir les secouristes, ils ont de l'alcool de menthe et du sucre, ça devrait vous requinquer.

Le stagiaire ne se fait pas prier.

– Si vous avez faim ou soif, c'est le camion, là-bas. C'est la Croix-Rouge qui régale, ne vous attendez pas à un gueuleton mais il leur reste peut-être du vin chaud.

– Pas pendant le service, grommelle Le Mézec avec regret.

Dans la tente de commandement, Nikhogossian présente sommairement ses hôtes parisiens. Ses hommes sont déjà au courant et, sur la table, figurent les plans cadastraux fournis par les Voies navigables de France ainsi qu'une carte d'état-major. Llorca résume la situation. Les gendarmes l'écoutent attentivement.

– Et vous pensez que le bébé est avec eux ?

– S'il est encore vivant. Il y a près de vingt-quatre heures qu'il a été enlevé.

Nikhogossian grimace puis se penche sur les cartes.

– Ici, la rivière canalisée de la Lys passe devant la maison. D'ordinaire, elle se tient bien sage. Peu de trafic fluvial, du petit gabarit. Évidemment, toute navigation a été arrêtée dès le début de la crue et les barrages de régulation ont été ouverts afin de permettre la décharge des eaux vers l'aval. En principe, les bajoyers de l'écluse protègent la maison mais là, vous avez vu, la Lys a débordé de part et d'autre.

Ils sont interrompus par l'officier chargé des transmissions.

– Colonel ! Vous m'avez demandé de vous prévenir. On a Dragon 62 sur la DZ[1] dans deux minutes !

– Passez-le-moi.

Nikhogossian s'empare du casque et engage le dialogue avec l'équipage. D'abord lointain, le vrombissement de l'appareil s'amplifie jusqu'à faire trembler les parois de l'abri.

– Entendu, Dragon 62 ! On arrive.

Il se tourne vers Llorca.

– Prête pour vous rendre sur zone, capitaine ?

1. DZ : *drop zone* ou *dropping zone*, aire d'atterrissage improvisée pour les hélicoptères.

Voilà plus d'une heure que vous vous acharnez sur le dernier barreau. Depuis que le soupirail est submergé, l'eau circule plus calmement entre l'extérieur et l'intérieur et vous n'avez plus besoin de lutter contre le courant mais à présent vous devez agir à tâtons, dans une eau boueuse chargée de débris végétaux. À tour de rôle, vous plongez depuis le haut de l'échelle de meunier, là où subsiste encore une poche d'air, et, retenant votre souffle, vous nagez jusqu'à l'ouverture pour tenter de desceller le dernier barreau d'acier en grattant le ciment qui résiste à sa base.

Assise sur l'échelon le plus haut, tu scrutes l'eau trouble, inquiète de ne pas voir réapparaître ton mari. Il y a quelques heures encore, tu ignorais quelle colère te laminait, depuis son départ précipité, à quelques jours de ton terme. Sans te l'avouer, tu lui en voulais de s'être éloigné alors que tu avais tellement besoin de lui. Est-ce pour cette raison que tu t'intéressais si peu à son sort ? À présent que tu sais dans quel piège il a été attiré, ta colère inemployée te donne une force inouïe. Tu crois en toi comme jamais.

Camille surgit soudain, à bout de souffle, et se hisse sur l'échelle. Il a les mains en sang et des morceaux d'algue dans ses cheveux. Tu t'apprêtes à replonger quand il te repousse.

– Attends, j'y retourne, j'y suis presque.

Il prend une grande inspiration et repart en apnée. Tu contemples la masse d'eau sombre dans laquelle il est si facile de se perdre. Tout à l'heure, tu t'es égarée sous l'eau et, en voulant remonter à la surface, tu as paniqué en sentant ton crâne heurter le plafond. Tu ne retrouvais pas la poche d'air et tu nageais à tâtons, avec l'impression que tes poumons allaient exploser. Des étoiles vénéneuses commençaient à scintiller dans ta tête quand Camille, ne te voyant pas revenir, a plongé pour te ramener à la surface. Depuis, vous veillez l'un sur l'autre. S'il reste un infime espoir de s'en sortir, ce sera ensemble.

À présent, l'eau a cessé de monter mais votre poche d'air s'appauvrit. Il vous faut plus de temps pour reprendre votre souffle et ton crâne résonne douloureusement. Vous commencez à manquer d'oxygène. Et vous grelottez.

À l'idée de mourir asphyxiée dans une cave, ton esprit se cabre. Ce n'est pas possible. Vous ne pouvez pas finir ainsi, avec votre bébé qui hurle, deux étages au-dessus !

Soudain, Camille réapparaît en brandissant le dernier barreau dans sa main gauche. Il halète et semble inquiet.

– Il faut sortir, on va manquer d'air. Vas-y d'abord.

Tu protestes.

– Pas sans toi.

Il acquiesce, bouche grande ouverte, comme s'il tentait de faire entrer un peu plus d'oxygène. Puis il prend ta main.

– À trois, on plonge. Un… Deux…

Vous vous guidez mutuellement jusqu'au fenestron que tu franchis sans mal. Pour Camille, plus large d'épaules, il n'en va pas de même. Les yeux écarquillés dans l'eau trouble, tu le vois se tortiller pour franchir l'ouverture… Faute de prise, il reste prisonnier, un bras dedans, l'autre dehors. D'un coup de pied vigoureux sur le sol, tu remontes à la surface, reprends une goulée d'air et replonges aussitôt. Tu fonces sur ton compagnon et le repousses vers l'intérieur en espérant qu'il va comprendre la manœuvre. La seconde d'après, il réapparaît, ses deux mains en avant. Tu les saisis et, les pieds appuyés contre le mur, tu tires de toutes tes forces. Tu parviens enfin à le dégager. Vous remontez tous deux à l'air libre, il était temps, vous commenciez à suffoquer. Éblouis par la lumière crue, vous plissez les yeux et tentez de vous repérer.

– Là ! L'entrée de la maison ! Il faut aller chercher Noé…

Mais le courant vous entraîne dans la direction opposée. Si vous avez largement pied, les remous ne vous permettent pas de rester debout et vous vous cramponnez l'un à l'autre, inquiets à l'idée d'être avalés par la rivière en furie. Le danger, alors, serait d'être happé dans le barrage de régulation des eaux.

– Le cerisier du grand-père !

Camille te regarde comme si tu étais folle, mais tu lui montres l'arbre imposant dont les branches basses trempent dans l'eau. Vous avancez en luttant contre le courant. À l'approche du cerisier, les flots dérangés par l'obstacle s'agitent de plus belle, mais vous vous accrochez et parvenez à vous hisser hors de l'eau. Les jambes tremblantes, tu évolues de branche en branche jusqu'au sommet. Enfant, tu aimais grimper dans ce cerisier sur lequel ton grand-père suspendait une balançoire. Tu t'installais à califourchon, cachée dans l'épaisseur du feuillage, pour échapper à ton cousin.

Camille te rejoint. Il grelotte.

– On fait quoi, maintenant ?

Il scrute le ciel. Depuis des heures, vous entendez vrombir des hélicoptères. Mais pas d'appareil à l'horizon.

– Euh... On attend un miracle.

– Cool...

Tu ne peux pas le deviner, mais le miracle vole à deux mille pieds dans votre direction.

L'hélico de la Sécurité civile est déjà sur zone mais la capitaine Llorca se débat toujours avec le baudrier qu'on lui a demandé d'enfiler pour la sécuriser à bord de l'appareil. Ici, pas de siège à l'arrière mais un vaste espace où est stocké le matériel de secours accroché aux parois. Assise à ses côtés sur l'étroite banquette de toile, une jeune secouriste, toute de Néoprène vêtue, lui propose son aide.

– Il faut que vous passiez cette sangle autour de votre taille !

Elle crie pour couvrir le bruit des rotors. Llorca soupire. Entre le gilet pare-balles, le holster et son ventre ballonné par la ménopause, c'est mission impossible.

– Je me demande bien pourquoi vous voulez me saucissonner comme ça, crie-t-elle. Je ne vais pas m'échapper !

Sa mauvaise humeur prend le dessus depuis qu'elle a eu l'imprudence d'avaler un chocolat chaud juste avant de monter à bord. Trop sucré, le breuvage ne tient pas en place et lui donne des bouffées de chaleur.

La secouriste règle sa sangle et s'empare du mousqueton pour l'arrimer à la ligne de vie qui court au sol.

– Voilà, au moins, vous ne vous envolerez pas pendant les manœuvres de treuillage. Parfois, ça secoue un peu.

Elle-même porte un baudrier, un casque d'escalade orange et des chaussures étanches. Elle semble tout à fait dans son élément.

– Mettez ces écouteurs si vous voulez communiquer avec le pilote et le MOB.

– Le quoi ?

– Le mécanicien opérateur de bord. C'est lui qui dirige les manœuvres.

Llorca obéit et le bruit s'en trouve aussitôt atténué.

– Capitaine ! intervient le pilote. On va survoler l'écluse dans moins d'une minute. Ça sera sur votre gauche. On est déjà passés plusieurs fois aujourd'hui, on n'a vu personne.

– Est-ce qu'il y a moyen d'atterrir ?

– À votre avis ?

Assis à l'avant gauche de l'appareil, le MOB se retourne pour dévisager la passagère qui pose des questions saugrenues. Llorca sent ses joues s'empourprer.

– Il paraît que c'est un bébé que vous cherchez ?

– Un bébé de dix jours, oui. Et sa mère. Ils ont été enlevés par…

– On y est ! coupe le pilote. Je descends à moyenne altitude. Vincent, tu me sécurises ?

Le MOB se concentre pour examiner les lieux.

– Attention aux câbles ! Pylône électrique à dix heures !

– Vu.

L'appareil effectue une rotation assez large quand, soudain, Chloé, la secouriste, pousse un cri.

– Là, y a un truc à quatre heures, sur l'arbre ! Refais un tour, Michel !

– Je confirme, dit le MOB. Présence de deux individus. Ils agitent les bras. Top, Michel ! On vient de passer vertical.

– Je vais descendre un peu, annonce le pilote.

Malgré son estomac capricieux, Llorca essaie de distinguer les silhouettes minuscules qui s'agitent au milieu des branches. L'hélicoptère perd de l'altitude et s'engage dans une nouvelle rotation. Le MOB vérifie sa longe.

– Mode basse altitude. Paré pour ouvrir.

La porte de gauche coulisse et le vent s'engouffre dans l'habitacle. Le MOB glisse de son siège et prend place, les jambes dans le vide. Il se penche pour distinguer les deux victimes qui s'agitent à la cime de l'arbre.

– Il faut qu'ils dégagent de là, on ne peut pas prendre le risque de treuiller au milieu des branches ! Mets-toi en vol stationnaire, Michel.

Guidé par ses indications, le pilote s'ajuste, jusqu'à ce que le MOB apparaisse dans le champ visuel des deux silhouettes qui cessent soudain de s'agiter. Il fait alors quelques gestes, plusieurs fois répétés.

– C'est bon, ils ont compris ! s'écrie Chloé. Ils se dirigent vers le toit.

En effet, les silhouettes progressent de branche en branche pour se rapprocher d'un vieil appentis. Un mètre sépare l'arbre du rebord du toit. Un dernier saut et ils parviennent à se hisser sur la toiture goudronnée recouverte d'humus et de feuilles mortes. Suivant les indications du MOB, le pilote vient se placer au-dessus d'eux. Llorca se penche et écarquille les yeux. Cette femme couverte de boue pourrait bien être Betty, mais qui est cet homme ?

– Vous avez des jumelles à me passer ? Je veux m'assurer qu'on n'a pas affaire au ravisseur, sinon, il faudra le neutraliser avant de le treuiller.

Après vérification, Llorca donne le signal de l'évacuation. Le MOB prend la direction des opérations.

– C'est parti ! Chloé, prépare-toi pour un treuillage court. Encore deux mètres en avant, Michel. Top pour l'avant ! C'est nickel.

La jeune secouriste ajuste son baudrier et s'empare d'une sorte d'anneau rembourré relié à une sangle. Avant de se détacher de sa longe, elle saisit le mousqueton que lui tend le MOB. La voilà reliée au crochet du treuil.

– Si c'est bon pour toi, Michel, treuillage court. Vincent me descend et je récupère une première victime à la sangle.

– C'est bon pour moi ! répond le pilote occupé à stabiliser l'appareil.

Aussitôt, le MOB met le treuil en tension et Chloé se retrouve suspendue dans le vide. Elle lève le pouce.

– Parée pour la descente.

La policière se tord le cou pour suivre la manœuvre, mais le vertige la saisit lorsqu'elle aperçoit la jeune fille qui tournoie lentement au bout du câble.

– Voilà, elle est à bonne altitude. Michel ! Un mètre à gauche. Top ! Deux mètres devant... Top pour l'avant ! OK, elle est sur le toit.

La suite est rapide. La secouriste discute quelques secondes avec les victimes puis positionne l'anneau sous les aisselles de la jeune femme, à la manière d'une bouée. Elle lui indique ensuite comment croiser ses bras pour sécuriser l'évacuation. Enfin, elle lève une main et mime l'hélice.

– Je déjauge, dit le MOB au pilote. C'est bon pour toi ?

– OK, vas-y !

Tandis que le câble remonte, lesté de deux personnes, l'hélicoptère décrit une petite rotation. Bientôt, Chloé arrive à hauteur de l'appareil et prend place sur le patin tandis que la première victime est acheminée, de dos, jusqu'à la porte. Le MOB la détache et l'envoie s'installer à l'arrière, le plus loin possible de la porte ouverte. Aussitôt, la capitaine la réceptionne. Tandis qu'elle déplie une des couvertures de survie préparées par la jeune secouriste, l'hélico entame une deuxième rotation pour aller chercher l'homme resté sur le toit.

– Attendez ! crie la policière. Betty ! Qui est cet individu ? Confirmez-moi que ce n'est pas votre ravisseur !

Surprise de reconnaître Llorca, tu serres la couverture autour de toi et tu secoues la tête.

– C'est Camille, c'est mon mari.

Tes lèvres tremblent. Tu ramènes tes genoux sous ton menton et tu luttes pour rester consciente.

Quelques minutes plus tard, Camille est hélitreuillé à son tour et te rejoint à bord, suivi de Chloé qui se rattache à la ligne de vie.

– Tout va bien ? Dans l'autre sens, les couv' de survie, le côté doré vers l'extérieur quand on veut se réchauffer.

Le treuil reprend sa place initiale, le MOB referme la porte et se tourne vers l'arrière pour vérifier que tout est en ordre. Suivant les règles de l'aviation civile, il s'enquiert de vos identités et les communique à la radio tandis que le pilote met le cap sur le poste médical avancé.

Tu sors de ta torpeur quand l'appareil prend de l'altitude. Tu comprends que vous vous éloignez. Tu repousses ta couverture scintillante et te redresses.

– Attendez ! Mon bébé est dans la maison…

Ni le MOB, ni le pilote ne peuvent t'entendre mais la secouriste fond sur toi.

– Asseyez-vous ! Vous n'êtes pas sanglée, c'est dangereux de vous agiter comme ça.

Mais tu la repousses.

– Je ne veux pas partir sans Noé ! Benoît ne me le pardonnera jamais, il va s'en prendre à lui.

Llorca t'entoure de ses bras.

– Restez tranquille, crie-t-elle pour couvrir le bruit des pâles. Tenez, mettez ça pour parler au pilote.

Elle quitte son casque et te pose les écouteurs sur les oreilles.

– Mon fils est là, au dernier étage de la maison. Il hurle de faim depuis des heures ! S'il vous plaît, laissez-moi redescendre, je ne veux pas partir sans lui.

Mais le pilote est catégorique. Impossible d'atterrir et plus assez d'autonomie pour un nouvel hélitreuillage. La seule solution, c'est de rentrer à la base et de revenir chercher le bébé avec la brigade fluviale. Tu as beau supplier, l'hélico s'éloigne du petit garçon qui hurle, seul, dans une chambre inconnue. Camille colle sa bouche contre ton oreille.

– Fais leur confiance, ils connaissent leur métier.

Tu aimerais le croire.

Penché sur le brancard où l'on t'a installée pour t'examiner, le colonel Nikhogossian se fait confirmer que Noé est bien dans la maison. Tu jures que tu l'as entendu pleurer depuis la cave où vous étiez emprisonnés. Camille est plus dubitatif.

– Allez, capitaine, on embarque. Vous venez ?

Bien qu'encore secouée par son périple dans les airs, Llorca n'hésite pas une seconde.

– On embarque ? Mais sur quoi, bon Dieu ?

– Surprise ! Venez enfiler une combinaison.

Tu te lèves pour les suivre en titubant.

– Non ! Vous, vous restez là, dit le médecin en te forçant à t'allonger. Il faut d'abord que je vous examine.

– Mais c'est mon bébé…

– On va vous le ramener, votre bébé !

L'infirmier s'approche pour te tenir, mais tu n'as plus la force de te débattre. Par l'ouverture de la tente, tu vois Llorca et ses hommes revenir en tenue de plongeurs, enfiler des holsters étanches par-dessus leurs gilets pare-balles et se répartir à bord de deux véhicules du SDIS[1] 62 qui tractent des Zodiacs.

---

1. SDIS : Service départemental d'incendie et de secours.

La suite, c'est sur la radio de la gendarmerie que tu l'entends. Après un bref examen et quelques pansements, le médecin te libère. Une bénévole de la Croix-Rouge vous propose des vêtements secs et vous sert des hot-dogs. Tout en mangeant, une couverture sur les épaules, vous rôdez autour de la tente de commandement, l'oreille dressée, pour suivre les échanges qui ont lieu à quelques mètres de vous.

Tout d'abord, il y a la voix de Llorca qui râle au moment d'embarquer.

– Je croyais avoir tout vu, dans ce putain de métier, mais une perquisition en Zodiac, on me l'avait encore jamais fait.

– Arno, attention ! prévient le lieutenant Le Mézec.

S'ensuivent un grand bruit d'éclaboussure et une exclamation dépitée.

– Ben oui, c'est un bateau, ça bouge…

– Je pouvais pas savoir.

Personne ne relève.

Tandis que les conversations sont couvertes par le vacarme des moteurs, un gendarme s'approche et vous demande de partir.

– Vous ne devriez pas être là. Circulez.

Mais tu le supplies.

– C'est mon bébé qui est là-bas. J'ai besoin de savoir.

Il te regarde avec pitié et tu baisses la tête, gênée. Camille te serre contre lui, il a épuisé tous les mots pour te rassurer. Le gendarme vous fixe, indécis, puis vous invite à le suivre à l'intérieur.

Vous prenez place sur des chaises pliantes. Un officier vous propose du café et s'agenouille près de toi pour te parler.

– On a peut-être des nouvelles des ravisseurs, dit-il à mi-voix. Deux hommes ont tenté de forcer un barrage à la frontière belge. Quand ils ont compris qu'on allait les interpeller, ils ont sorti leurs armes et ils ont tiré sur le dispositif pour couvrir leur fuite. Un policier a été légèrement blessé.

– Alors, ils se sont enfuis ?

Tu es dépitée. Un instant, tu as cru que c'en serait fini de la peur. Pourtant, tu n'ignores pas que ce qui organise l'existence de ton cousin, c'est son refus de perdre, en toutes circonstances. Plus qu'un refus, une impossibilité. Ne t'a-t-il pas traquée pendant toutes ces années sans jamais renoncer ?

– *Il* s'est enfui, précise le gendarme. On a retrouvé leur véhicule immergé, quelques kilomètres plus loin, dans la Lys grand gabarit qui est mitoyenne avec la Belgique. Les plongeurs de la brigade fluviale ont repêché un corps. Vous reconnaissez cet homme ?

Il te tend son portable avec les premières photos du suspect retrouvé noyé dans l'habitable. À son cou, la même blessure que sur Madeline.

– C'est Ludovic Artois. Benoît s'est donc débarrassé de son complice. Et lui, pas de trace ?

Tu frissonnes à l'idée qu'il est encore là, quelque part. Peut-être a-t-il déjà conçu un plan pour reprendre possession de toi et de Noé ? Tôt ou tard, tu vas le recroiser sur ta route, froid, déterminé, incapable de renoncer. Tu ne seras donc jamais en sécurité nulle part ?

Tu jettes un coup d'œil affolé autour de toi, comme s'il était déjà là, dans l'ombre, en train de t'épier.

– Ne vous inquiétez pas, on finira par l'arrêter.

– Et Noé ? Il était avec eux ?

Il secoue la tête.

– Les plongeurs n'ont pas trouvé de bébé. Et pas de siège-auto non plus dans le véhicule. C'est une bonne nouvelle…

La main de Camille cherche la tienne et la serre avec force. Tu es désemparée.

– Ne vous inquiétez pas, madame, on ne va pas abandonner…

Il s'interrompt car, de nouveau, la radio grésille.

– On approche. Coupez les moteurs. Silence radio.

– Bien reçu.

On n'entend plus que des clapotis. Tu devines les embarcations qui glissent sans bruit dans les eaux boueuses, à l'endroit même où vous vous êtes débattus contre le courant. Qui contournent la maison éclusière. Accostent à l'aplomb d'une fenêtre. Autour de la radio, la tension est extrême. Et plus encore quand vous distinguez le bruit des armes qu'on rend opérationnelles. Et celui d'une vitre qu'on brise.

– Allons-y.

Tu te dresses, les mains plaquées sur ta bouche. Un silence s'installe, interminable, autour de la radio qui n'émet plus. Tous les regards sont fixés sur toi.

– Qu'est-ce qui se passe ? Pourquoi on n'entend plus rien ?

– Chut !

Encore une longue minute de silence durant laquelle tu es traversée de pensées atroces. Est-ce parce que Noé est mort que Benoît ne l'a pas emmené ? Et s'il l'avait tué pour se venger de ta tentative de lui échapper ? Après tout, en t'enfuyant, n'as-tu pas rompu l'illusion qui lui permettait de croire à ton amour, au-delà de toute évidence ? Déjà, la culpabilité t'enserre. C'est ta faute, tu aurais dû te soumettre pour sauver ton enfant. C'est ta faute…

Le silence, encore. Puis la voix de Llorca :

– On a le bébé. Il pleure, il est faible mais il est vivant !

Il pleure. Tes seins l'entendent avant tes oreilles. Tu bondis sur le micro.

– Il doit être mort de faim ! Donnez-lui à manger ! Il y a du lait et des biberons dans la cuisine.

Tu entends ta voix en écho.

Mort de faim. Benoît. Jusqu'au bout de sa logique…

Épilogue

Tu écartes ton chemisier et dégrafes ton soutien-gorge. Aussitôt, la bouche de Noé se pose en corolle sur ton sein nu. Tu aimes l'empreinte de ses lèvres humides et douces sur ton mamelon.

– Tu avais faim, mon chaton, dis-tu en l'entourant de tes bras.

Les yeux fermés, il tète goulûment et sa succion puissante déclenche une cascade de sensations troublantes, comme s'il puisait le lait aux abysses secrets de ton corps. Des semaines que ça dure et tu ne t'en lasses pas.

– C'est beau de vous voir comme ça…, murmure Camille attendri.

Assis près de toi, sur le canapé, il veille sur chaque instant de votre nouvelle vie. Après tout ce qu'il a subi, son médecin l'a arrêté pour un temps indéfini et tu t'en réjouis. Vous devenez parents ensemble. C'est inestimable.

Tu lèves les yeux vers son sourire. Il est ému. Vous avez cru tout perdre et vous voilà miraculés, avides de goûter chaque seconde de l'existence. Délicatement, du bout des doigts, il vient effleurer la joue de votre fils. Noé interrompt sa succion et une fossette minuscule se creuse non loin de ses lèvres.

– On jurerait qu'il sourit…

Déjà, l'enfant replonge à la source mystérieuse du lait maternel. L'exigence délirante de ton cousin a eu cet effet inattendu : les tétées répétées ont fini par déclencher une lactation inespérée après les médicaments qu'on t'avait fait prendre. Que la biologie lui donne raison n'est pas sans un peu de culpabilité pour toi, mais tu t'en arranges.

La tétée terminée, Noé lâche le sein. Ton téton brun, aplati par la succion, s'éclaircit d'un voile de lait. Tu contemples l'enfant repu, puis tu le soulèves et le tiens contre toi, caressant au passage ses cheveux fins comme un duvet. Sa petite tête s'abandonne contre ton épaule. Tu le respires, longuement, tandis qu'il s'attarde au seuil du sommeil. Puis Camille consulte sa montre.

– Tu viens avec papa, mon chaton ? Maman doit finir de se préparer.

Une fois dans les bras de son père, le chaton ouvre un œil, bâille et le referme aussitôt. Tu reboutonnes ton corsage et tu te lèves avec précaution. Le soleil, à travers la baie vitrée, lèche les lattes du parquet. Il fait bon.

Vous décidez d'aller à pied jusqu'à la place du Panthéon. Dix minutes de marche rapide, dans la lumière paresseuse du matin. Tu respires, tu te sens revivre, comme si le désir recommençait à circuler en toi. Camille porte Noé dans l'écharpe offerte par

Yâsaman, il n'y a pas plus fier que lui dans tout l'arrondissement.

Vu les circonstances, l'officier d'état civil s'est déplacé jusqu'au parvis de la mairie pour vous accueillir. Il vous salue, le rouge aux joues.

– Dépêchez-vous ! Vos amis sont déjà là.

Vous le suivez à l'intérieur, intimidés par le décor. À votre entrée dans la salle, une salve d'applaudissements vous accueille. La petite foule vient à votre rencontre, de poignées de main en embrassades. Fabienne, Sophia, précédée d'un ventre énorme, Rakhshan et Yâsaman avec enfants et dinosaures, Paloma Llorca et son stagiaire, le docteur Lorrain qui arbore fièrement un double rang de macaronis, Jeannette et ses grandes filles, Mariam et son mari... Ému aux larmes, le père de Camille, vous serre fougueusement dans ses bras. Il a été très présent, ces dernières semaines. Vous discutez un bref instant puis tu devines une présence immobile dans ton dos. Tu te retournes brusquement, tous tes sens en alerte.

– Maman ! Tu m'as fait peur !

Ainsi, tes parents ont trouvé le courage de quitter leur bunker. Ta mère tient ton père par la manche comme s'il allait s'enfuir. Elle te tend un bouquet de pivoines blanches et t'embrasse timidement. Un jour, peut-être, vous parviendrez à vous parler.

– S'il vous plaît ! implore timidement l'officier. Asseyez-vous ! On va commencer...

Chacun prend place et, dans un silence tout relatif, il lit ce qu'il a préparé.

– Compte tenu de ce que l'enfant Tavernier a été déclaré à l'état civil par un tiers non autorisé et que ses parents n'ont pas été en mesure de choisir ses prénoms au moment de sa naissance, nous allons procéder à une petite rectification.

Il se penche vers toi.

– Je suis en roue libre, là, je n'ai jamais fait ça.

Tu le rassures et lui tends le jugement délivré par le tribunal d'instance.

– C'est parfaitement légal.

– Si vous le dites.

Il se redresse et s'éclaircit la voix.

– Monsieur et madame Tavernier, en présence de vos amis et témoins, je vous invite à procéder à la déclaration définitive de votre enfant à l'état civil.

Vous vous levez pour le rejoindre au micro. C'est Camille qui prend la parole, avec votre fils dans les bras. Il le tient face à lui à demi-endormi.

– Mon chaton, nous avons décidé de t'appeler Noé car ce prénom est déjà porteur de ta courte histoire. Tu nous as, pour ainsi dire, sauvés des eaux en nous donnant la force de lutter pour te retrouver. Même si nous ne l'avions pas choisi au départ, tu es et resteras Noé, c'est une évidence pour nous, tes parents.

Il s'écarte et tu t'avances à ton tour.

– En deuxième prénom, nous avons choisi Rakhshan, qui signifie « lumineux », en hommage à l'homme qui t'a donné le souffle. Rakhshan, ici présent, a accepté d'être un compagnon de route pour toi.

– Papa ! Elle parle de toi, papa ! crie un enfant dans la salle.

Les rires fusent.

– Enfin, nous avons choisi Madeline en troisième prénom. Je n'ai pas besoin de préciser pourquoi.

L'émotion est perceptible. Noé s'agite dans les bras de Camille, il est temps de conclure. Les doigts moites, tu déplies la feuille sur laquelle tu as écrit un long discours dont tu as pesé chaque mot. Mais, au moment de le lire, ta vue se brouille et tu renonces. Le papier serré au creux de ta main, tu affrontes les regards sur tes joues couvertes de larmes.

– Quelqu'un… Quelqu'un m'a dit récemment que le sentiment maternel, c'était comme une maison que chaque mère devait construire. Il n'y a pas de plan, chaque parent doit trouver sa manière de s'y prendre. Mais pas sans aide. Vous tous qui comptez pour nous, nous aimerions que vous fassiez partie de cette maison… Voilà, c'est tout. Ah, si ! J'oubliais ! On a prévu un peu de champagne !

À nos morts, à nos vivants,
Décembre 2020

Remerciements

Si l'écriture d'un roman est un long travail solitaire, l'auteur qui s'aventure hors de sa zone de confort peut s'appuyer sur l'expertise et les talents de quelques-uns. Par ordre d'apparition sur la scène de l'écriture :

Merci à Olivier Guérin pour la précision de ses indications géopolitiques, sa science de la cryptographie et sa relecture attentive. Olivier, je sais que je peux toujours compter sur toi.

Merci à Nicolas Guérin qui a su me guider en matière d'urgence médicale et a mis au service de ce roman son expérience de l'hélitreuillage. Tu es quelqu'un d'inspirant, Nicolas.

Merci à Catherine Lafon, infirmière puéricultrice, pour ses connaissances sur les procédures d'information préoccupante et le fonctionnement de la protection de l'enfance. C'était chouette de papoter avec toi.

Merci à Karine Chuquet, ingénieure responsable de l'unité eSAGE (expertise systèmes automatisés, gestion de l'eau) et à Giovannina Melas, chargée de communication aux Voies navigables de France, Direction territoriale Nord-Pas-de-Calais pour leurs nombreuses et précieuses informations sur le fonctionnement des écluses et la dynamique des crues. Sans vous, je m'y serais noyée…

Merci à Denis Vuaille, projectionniste de cinéma, qui a su m'éclairer sur les mystères de la projection numérique. La prochaine fois, tu me fais visiter la cabine de projection ?

Merci à Élise Leval, sage-femme, pour sa relecture attentive et ses conseils précis. Et pour ton enthousiasme, surtout !

Merci à Flora Guichard pour ses précieuses informations sur le fonctionnement de la gendarmerie. On n'a pas terminé, Flora, j'aurai toujours besoin de tes lumières.

Merci à Frédérique Martin, écrivaine et éditrice, pour ses remarques et conseils avisés.

Enfin, merci à mes « premiers lecteurs officiels » que sont :

– Marie-Christine Réthoret, lectrice fidèle et passionnée de polar, infatigable membre de l'association 813.

– Fabienne Lacoude, membre de l'association Maman Blues et créatrice du média materféministe

MILF. Je te souhaite beaucoup de lecteurs, Fabienne, c'est tout ce que tu mérites !

– Georges Lajara, grand polardeux devant l'Éternel, membre de l'association 813. Et formidable compagnon de fou rire.

– Stéphanie Ricordel, éditrice, dont le soutien a été extrêmement précieux. C'est doux de se sentir attendue par quelqu'un…

Un merci tout particulier à François qui m'entoure de ses attentions et me soutient avec amour à chaque étape de l'écriture.

Avertissement

Toute ressemblance avec des personnes ou des faits existant ou ayant existé serait fortuite ou involontaire. L'unité mère-bébé décrite dans ce roman est une pure fiction.

Il existe actuellement en France une vingtaine d'unités mère-enfant qui prennent en charge, en hospitalisation complète, des mères et leur bébé.

Vous trouverez la liste de ces unités sur le site de la Société Marcé francophone : http://www.marce-francophone.fr/liste-des-ume.html

Si vous ou quelqu'un de votre entourage se sent concerné par les difficultés maternelles, vous pouvez consulter le forum Maman-blues. Vous y trouverez des informations, des témoignages, des adresses et du soutien : http://www.maman-blues.fr/

Table des matières

Également dans la collection « Aparté »

***La vie dissimulée*, Marinca Villanova**

Comment s'émanciper, lorsqu'une vie pèse sur nos épaules ?

Et brusquement, le monde rassurant s'écroule. Le père de Nina part, son frère s'endurcit, sa mère se met au lit. Elles vont désormais rester toutes les deux. Nina guette les infimes variations de la présence de sa mère, dans le souffle de sa respiration ensommeillée, dans les silences de sa mélancolie. L'étau se resserre, les instants de joie hors de la maison sont des moments volés. L'enfant le sait, sa mère est devenue incapable de survivre sans elle. Personne ne doit deviner ce qui leur manque.
Parfois, lorsque Nina est seule, l'odeur de la forêt revient. Celle de bois pourri, de fougère et de mousse trempée.

Les cœurs imparfaits, Gaëlle Pingault

Des personnages fragiles, qui se rencontrent pour mieux vivre
Prix Merlieux des bibliothèques 2020

Barbara est seule. Sa solitude a des allures de refuge, pour tenir une mère imprévisible à distance. Quand le médecin de l'EHPAD « Les Genêts » la convoque, ce passé qu'elle fuit la rattrape. Médecin en fin de carrière, Charles s'ennuie. Coincé dans sa vie, après des choix par défaut. L'intransigeance de Barbara le contraint à faire face à ses propres petites lâchetés. Lise est aide-soignante. Elle s'impose une discipline rigoureuse, tente d'offrir aux résidents des Genêts des moments de partage arrachés à la cadence minutée des soins. Mais pour combien de temps ?
Barbara, Charles, et Lise... Dans l'histoire de chacun, des empêchements sont venus enrayer la possibilité d'aimer librement. Autour de Rose, la mère absente, ces cœurs imparfaits se rencontrent et inaugurent des voies possibles de consolation.

Les dévorantes, Marinca Villanova

Des relations mères-filles sur trois générations, unies par le désamour

Emma, Angèle, Karine. Trois filles, trois mères, trois générations.
De l'une à l'autre, les composantes de la maternité se transmettent dans une haine calfeutrée, mais agissante. L'absence d'amour prend toute la place, se tisse dans le quotidien de l'enfance et s'installe, implacablement, résonnant jusque dans les relations amoureuses ou amicales. Les mères refusent leurs filles, et ce rejet inaugural, loin de les séparer, les lie solidement en une longue chaîne qui traverse le temps.
Comment cesser d'être dévorée ? Comment cesser d'être une dévorante ?

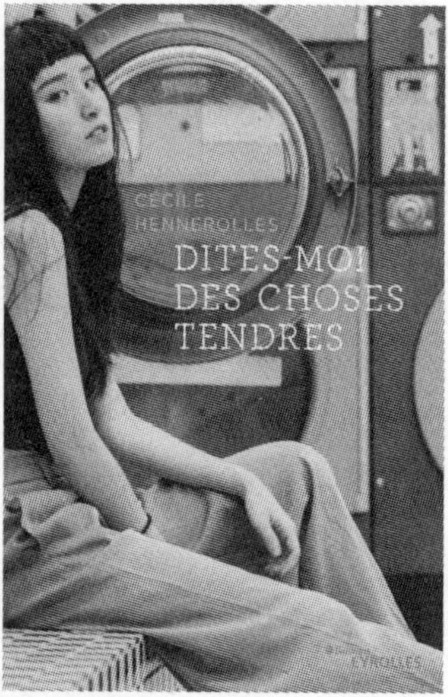

***Dites-moi des choses tendres*, Cécile Hennerolles**

La diversité des itinéraires amoureux,
entre blessures et coups de foudre

Un couple de quarantenaires qui bat de l'aile ; une amitié fondée sur une blessure commune ; une femme libre et désabusée ; des grands-parents amoureux depuis cinquante ans ; le premier amour d'un enfant.
Ces cinq trajectoires s'entrecroisent et se confrontent, chacune à leur manière, à la fulgurance de l'amour. Comment fait-on finalement pour aimer ? Comment fait-on pour se dire je t'aime ? Mais aussi pour dire je ne t'aime plus ? Comment fait-on pour se relever après avoir mordu la poussière ? Comment fait-on pour que ça reste beau malgré tout ?

MIXTE
Papier | Pour une gestion forestière responsable
FSC® C108412
FSC
www.fsc.org

Composition et mise en pages
Patrick Leleux PAO à Colombelles (14)

Imprimé en France par CPI Brodard & Taupin
en février 2023
Dépôt légal : mars 2023
N° d'impression : 3051628

Cet ouvrage est imprimé sur du papier bouffant
Novel 56 g, papier issu de forêts gérées durablement.